L'APOTRE DU CHABLAIS

Des mains impies se sont portées sur cette image sacrée.

L'APOTRE

DU CHABLAIS

PAR

CHARLES BUET.

LIMOGES.

BARBOU FRÈRES, IMPRIMEURS-LIBRAIRES

DÉDIÉ

A MADAME LA COMTESSE D'HESPEL,

NÉE CHARNAILLE

Comme un témoignage de respectueux attachement.

CHARLES BUET.

Saint-Jean de Maurienne. — Janvier — mai, 1870.

EN GUISE DE PREFACE.

Il est bon de prévenir, en peu de mots, le lecteur du sujet de ce livre, de son but, et de la façon dont il a été fait. Commençons par la fin, pour échapper à l'impitoyable logique. Il faut, en ce moment, faire l'original si l'on veut plaire ; notre siècle excentrique n'aime point les chemins battus.

L'auteur de ce livre se trouvait un jour, en fort bonne compagnie, dans un charmant presbytère de son pays natal. M. l'abbé C***, curé de Saint-A***, l'hôte de cette réunion très-cléricale — dans le sens libérâtre du mot, — est un homme des plus distingués, excellent connaisseur en matière littéraire, amateur des beaux-livres, voire des romans trop dédaignés par certaines personnes, du reste bien intentionnées.

Or, précisément à cause de la présence de l'auteur, on disputait avec énergie sur le roman et le rôle qu'il joue en ce bas

monde. La majorité, représentée par un vieillard qui se rappelait avec délices les romans de madame Cottin et du vicomte
d'Arlincourt, les tragédies de messieurs Viennet et de Joy,
s'exprimait en ces termes :

« Il est assez ridicule que des hommes d'intelligence et de
» savoir — car il faut l'un et l'autre pour écrire un bon roman
» — préfèrent créer une fiction, ingénieuse si l'on veut, in-
» vraisemblable quelquefois, exagérée toujours, plutôt que de
» se livrer à des études sérieuses et faire un livre, au lieu de
» bâtir un volume ! Le roman est nuisible. Il transporte le lec-
» teur dans un monde qui n'existe pas ; il lui présente des ca-
» ractères étranges, des tableaux mauvais; il exalte les pas-
» sions ; glorifie les sentiments dangereux; donne un libre
» essor à toutes les fantaisies de l'imagination ; ne produit au-
» cun résultat pratique ; n'apprend rien à personne et fait, en
» somme, plus de mal que de bien. »

Le curé de Saint-A... voulut relever le gant que M. R...
venait de jeter et répliqua :

« — Permettez-moi de vous dire que vous appréciez mal
» ce genre de littérature, ou plutôt que nous ne nous sommes
» point entendus. Vous venez de parler du roman-feuilleton à
» la mode. Or je vous abandonne sans restrictions les écri-
» vains qui, faisant bon marché de leur intelligence et de leur
» dignité, n'ont pas craint de peindre les mauvaises passions,
» de tracer des portraits odieux, de produire, en un mot, des
» œuvres malsaines, immondes, véritables interprètes du lan-
» gage des bagnes, des égoûts, du ruisseau. Il est inutile de
» citer aucun nom. Les titres mêmes de ces ouvrages ne sont
» point faits pour sortir de ma bouche. Mais, à côté de cela, il
» y a autre chose. Au-dessus de ces noms, il en est de glo-
» rieux. Condamnerez-vous donc, sans appel, Walter Scott,
» Feninoore Cooper, l'auteur de Fabiola, Silvio Pellico, Man-

» zoni, et tant d'autres dont je ne puis citer les noms, parce
» qu'il me faudrait plus de temps que vous m'en accordez?
» Croyez-vous que ces hommes aient été sans action, sans in-
» fluence sur leur époque? Ignorez-vous qu'ils ont puissam-
» ment contribué au mouvement littéraire du siècle? Pensez-
» vous qu'ils soient sans mérite devant le dispensateur de
» toute intelligence? »

Cet habile plaidoyer du savant prêtre contenait en peu de
mots la défense du roman. Néanmoins, l'auteur de l'*Apôtre du
Chablais* crut devoir y ajouter un commentaire. Il dit que le
roman avait ses avantages, même sur les œuvres plus sérieuses.
En effet, ce genre d'écrit permet de peindre, dans les minu-
tieux détails que repousse la grande histoire, les mœurs, les
coutumes, le caractère d'une époque ou d'une nation ; de révéler
des faits, des épisodes peu connus; de résoudre certains pro-
blèmes historiques ou sociaux restés inexpliqués jusqu'alors.
Son but philosophique est de montrer ce que peut amener tel
ou tel caractère dans une situation donnée. L'on parle de fantaisie, d'imagination ! Il est bien inutile de faire entrer l'une
ou l'autre dans un roman. La vie réelle, peinte avec vérité, sans
exagération, forme à elle seule un roman assez invraisemblable pour que bien des gens n'y croient pas. Que de drames
ignorés ! Combien de châteaux, de chaumières, de mansardes,
renferment les éléments d'un récit d'aventures, d'une étude
physiologique, d'une esquisse de mœurs ! Il n'est plus besoin
d'aller chercher ses héros sur les bords du Mississipi, dans
les tapis-francs de la rue aux Fèves, au milieu de la Rome
païenne. Notre société, telle que nous l'avons faite, possède
un assortiment assez complet de héros à mettre en scène. Les
cours d'assises ont retenti de plus de menées et de machinations
qu'ait pu en inventer la verve féconde des romanciers les plus
fameux. Donc, il est superflu de reprocher au roman d'être

une œuvre d'imagination, une pure fiction. Ce que l'on raconte est arrivé, a pu arriver ou arrivera. C'est toujours la vérité, mais la vérité avec un masque.

Quant aux tableaux, aux caractères, il dépend de l'auteur de les faire bons ou mauvais. Au lieu d'exalter les passions, les sentiments pervers, il peut agir en sens inverse, remuer les fibres du patriotisme, du dévouement, de l'amour chrétien ; montrer au doigt les ridicules ; signaler les écueils de la vie ; analyser des caractères ; et par la discussion faire jaillir la lumière. Mais pour atteindre ce but sans dévier, il doit se baser sur l'idée religieuse, sur les principes immortels de la foi chrétienne, hors de laquelle il n'est pas de salut. Et quand ces récits ne serviraient qu'à empêcher des lectures dangereuses ! ne serait-ce pas assez ?

Voilà, bienveillant lecteur, ce que l'auteur de ce volume eut le courage de dire à ces hommes d'esprit parmi lesquels il avait l'honneur de se trouver. Il fut applaudi, et se trouverait par trop modeste s'il ne le disait pas ici.

Le curé de Saint-A... voulut bien alors, pour clore la discussion dire quelques mots des prédécesseurs de l'*Apôtre du Chablais*. Puis il conseilla à l'auteur, qui cherchait un sujet, de traiter l'histoire de la conversion du Chablais par le Grand Patron de la Savoie, François de Sales. L'auteur saisit la balle au bond. Il se mit à lire avec attention les *Vies* du saint évêque de Genève les plus célèbres, Celles de Marsollier, de MM. Hamon, Perennès, Vallet. Il consulta le *Pourpris historique de la maison de Sales*, la *Chronique de Savoie* du doyen de Beaujeu, l'*Histoire de Genève*, de Spon, les notes généalogiques de Van der Burch et quelques fragments des écrivains de l'époque.

Après quoi, voulant mêler le roman à l'histoire, il jeta les yeux autour de lui et chercha un type et une idée. Il trouva l'un et l'autre dans la vie réelle, si bien qu'il peut affirmer que

Grégoire et *Faustin Mathevey*, *Jacob Le Rouge* et le *capi-taine Romuald* ne sont point des êtres fantastiques. L'auteur les connaît. Il les voit tous les jours, et peut-être espère-t-il qu'ils se reconnaîtront en ce livre, lequel est « de bonne foi. » Quant à l'idée, celle d'un père dénaturé, plein de haine pour son fils et cachant cette haine sous une profonde hypocrisie, que l'on jette les yeux sur les feuilles publiques, et l'on verra qu'elle n'est point fausse, point entachée d'exagération.

Et voilà comment, en commençant par la fin, nous sommes arrivé à terminer une préface, résumé d'une foule de choses que nous eussions développées davantage, si nous n'eussions craint d'ennuyer le lecteur par trop de prolixité.

CHARLES BUET.

Saint–Jean–de–Maurienne, 21 janvier 1870, jour de Sainte-Agnès.

L'APOTRE DU CHABLAIS

1578 — 1594 — 1622

Non fecit taliter omni nationi.

PROLOGUE

L'ENFANCE D'UN SAINT

—

I

COMME QUOI IL FAUT SE MÉFIER DE L'EAU QUI DORT.

Il ne reste plus rien aujourd'hui de l'antique château où naquit saint François de Sales, patron de notre cher pays de Savoie. Louis XIII le fit démolir en 1630 ; les soldats n'épargnèrent ni ses tours massives, ni ses murailles épaisses, ni sa chapelle à clochetons gothiques et à vitraux coloriés, ni ses vastes salles à voûtes en ogives. Que de ruines couvrent encore nos coteaux verts, nos rochers pittoresques ! Les siècles ont épargné ce que la main des hommes se fit gloire de détruire.

Sic fata voluerunt !...

En 1578, le château de Sales brillait encore de tout l'éclat de son architecture féodale. Ces demeures, à la fois palais et forteresses, ont été décrites assez souvent pour qu'il soit permis à notre plume de ne pas tenter une peinture de ce genre. Il nous suffira de dire que le manoir où nous conduisons nos lecteurs était situé sur une colline, à peu de distance du bourg de Thorens et à quatre bonnes lieues de la ville d'Annecy, aujourd'hui chef-lieu du département de la Haute-Savoie.

Du sommet de son donjon l'on découvrait un de ces points de vue splendides particuliers à la Savoie, cette heureuse rivale de la Suisse. D'un côté, c'est une immense chaîne de montagnes dominée par des pics déchiquetés ou des cimes carrées, ou bien encore de coupoles déformées : les Frêles, la Pierre Parmeloise, le mont Pithon, le mont Pesey. De la masse principale se détachent deux énormes contreforts, creusant, entre leurs murailles de granit, de vastes vallées et de frais petits vallons. Ils se terminent par deux sommets élevés : la Tête-Noire et la Tête de Chamlaitier. A l'ouest, au fond de la vallée se dessinent les montagnes qui dominent la vallée de Thônes, et derrière elles, celles qui bordent le lac d'Annecy. C'est un enchevêtrement de colosses, un amoncellement de roches, de terres cultivées, d'arêtes aiguës, d'aiguilles élancées, de flèches pointues, un chaos qui fait involontairement penser à l'entassement de Pélion sur Ossa. Au Nord, la vallée de Thorens est obstruée par un autre massif qui laisse une grande ouverture, du Plat jusqu'au château de Boisy, une brèche plus étroite du côté d'Evires. Enfin, presqu'au centre de la vallée se dresse un mamelon de médiocre élévation sur une des croupes de laquelle s'élevait le château de Sales.

Ajoutons que la vallée est traversée par le cours sinueux de la Fillière, et que près de cinquante villages ou hameaux s'éparpillent dans la plaine, sur le flanc des montagnes, au milieu des bois, à l'abri des massifs de roches; mais la plume de l'homme est impuissante à décrire dans ces détails l'œuvre merveilleuse de Dieu. Il faudrait un volume pour décrire cet admirable tableau, et pour écrire ce volume, la plume d'un grand poëte.

Le 20 septembre de l'an de grâce 1578, l'on ne songeait guère, au manoir de Sales, à contempler le magnifique paysage dont nous venons de dire quelques mots. La vaste salle des Chevaliers, pièce

principale du château, retentissait de cris joyeux d'une demi-dou-
zaine d'enfants, dont le plus âgé avait à peine entrevu l'aurore de
ses quinze ans. C'étaient d'abord deux garçonnets uniformément
vêtus de pourpoints et de chausses mi parti bleu et rouge, deux
pages de Sales, MM. Emmanuel de Thiollaz et Ferdinand de Côn-
zié. Venait ensuite un adolescent à la taille élancée, vêtu aux mêmes couleurs, mais d'étoffes plus riches. On le nommait, avec la
courtoisie traditionnelle de ce temps, messire Louis de Sales-Brens.
Il était neveu du comte de Sales, chef de nom et d'armes de cette
illustre maison. Les trois cousins, fils de ce dernier, complétaient
la bande joyeuse.

Jean-François et Louis, les plus jeunes, jouaient avec M. de
Brens et les pages ; mais François. leur aîné, se refusant à partager ces bruyants plaisirs, était assis dans l'embrasure d'une fenêtre,
aux pieds de son excellente et pieuse mère, madame Françoise de
Sionnaz, femme de François Iᵉʳ, comte de Sales, baron de Thorens
et seigneur de Boisy. Comme on le voit, ce prénom de François
avait été singulièrement multiplié dans cette illustre famille, qui
prétendait descendre des prêtres saliens de l'ancienne Rome, et
qui, pour consacrer cette tradition, avait conservé à son écu la
forme d'un *bouclier ancile* avec la devise : NEC PLUS, NEC MINUS.

François de Sales était alors un bel enfant blond de onze ans,
aux yeux noirs, au front large, resplendissant de force, de sérénité, d'intelligence. L'on voyait bien, dans ce visage calme et pur,
que jamais une pensée mauvaise n'avait effleuré son esprit ; dans
ce regard franc et vif, il y avait l'horreur de la fausseté ; on lisait
la douceur et la bonté sur ses lèvres roses. En un mot, il réalisait
le type parfait de l'enfant chrétien, image de l'Enfant-Dieu.

En ce moment, il ne parlait pas. Les coudes appuyés sur ses genoux, le visage appuyé sur ses mignonnes mains blanches, il paraissait absorbé dans la contemplation de sa mère, et ressemblait,
avec ses vêtements blancs, ses cheveux frisés et ses joues roses, à
ces beaux chérubins dont Raphaël aimait à entourer la Vierge
Marie.

Madame de Sales paraissait absorbée dans une pieuse lecture.
Quand nous aurons dit que le visage de son fils était un reflet du sien,
nous aurons achevé son portrait. Enveloppée d'une longue robe de
velours noir tailladée de soie rouge ; la tête couverte d'un de ces cha-

perons que la jeune reine d'Ecosse, Marie Stuart, avait mis à la mode à la cour de France, elle ne portait pour tout joyau qu'une petite croix d'or suspendue à un ruban couleur de feu. C'était un joli groupe que formaient la châtelaine et son bel enfant, dans cette embrasure de fenêtre encadrée de rideaux damassés aux plis somptueux et fermée par d'admirables vitraux coloriés, chef-d'œuvre d'un verrier du quinzième siècle.

L'autre groupe avait moins de majesté et ne présentait pas un aussi charmant tableau.

Mais quelle exubérance de vie! Comme ces joyeux garçons riaient! comme ils sautaient! comme ils s'en donnaient à cœur-joie!

Louis de Brens méritait, certes, la palme de la pétulance, comme en témoignaient éloquemment ses joues cramoisies et ses yeux brillants de plaisir. Ses cheveux noirs se collaient à ses tempes et sa respiration haletante l'empêchait de parler.

Le petit Louis, son cousin, se roulait bellement sur le tapis et lutinait son frère Jean-François, lequel avait atteint l'âge respectable de neuf ans.

Quand le jeune M. de Brens fut las de sauter, de courir, de harceler ses camarades, il appela près de lui Emmanuel et Ferdinand, et entama une causerie intime, passant du plaisant au sévère, du plaisir à la science.

Nous aurons l'indiscrétion de sténographier ce dialogue.

— Voyez, s'écria Louis en souriant, voyez donc mon cousin François : il ne bouge mie. Serait-ce une statue de cire que ce gros garçon-là? Comment peut-il vivre ainsi, sans jouer, sans courir, toujours lisant, toujours méditant?

— Peut-être a-t-il choisi le meilleur lot, répondit le jeune Thiollaz. La turbulance n'est pas le fort de tout le monde. Messire François est un rêveur, et savez-vous s'il ne veut pas devenir un poëte comme ce Clément Marot dont votre père nous parlait, il y a peu de jours?

Ferdinand de Conzié fit une moue dédaigneuse.

— Poëte! Est-ce là un état digne d'un gentilhomme? Oh! non, Thiollaz, tu railles : pour nous, c'est l'Église ou l'épée!... Prêtre ou soldat, voilà ce qu'il faut être, quand on est fils de quelqu'un et seigneur de quelque chose.

Emmanuël fit un brusque haut-le-corps, se croisa les bras avec une indignation comique et riposta vivement :

— Bon ! Tu parles comme un chevalier d'il y a cent ans. N'as-tu pas entendu, le jour où nous allâmes visiter le marquis d'Allinger, ce seigneur français, M. de Clermont d'Amboise, le brave Bussy ?

— Eh bien ?

— Il disait que le roi Charles IX a pour intime ami un certain maître Ronsard avec lequel il fait commerce de lettres en vers. Il nous en cita une, et je me souviens qu'elle commençait ainsi :

> L'art de faire des vers, dût-on s'en indigner,
> Doit être à plus haut prix que celui de régner ;
> Tous deux également nous portons des couronnes ;
> Mais roi, je les reçus ; poète, tu les donnes.

Eh bien ! est-ce beau, cela ?

— Je ne suis pas juge en poésie, répliqua Louis de Brens d'un petit ton impertinent.

— Oui, c'est beau, dit à son tour M. de Conzié ; mais cela ne prouve rien ! Ce Ronsard n'est pas gentilhomme !

— Et le roi Charles ?

— Il fait ce qu'il veut, un roi ne saurait déroger !

Emmanuël de Thiollaz, rouge de dépit, frappa du pied avec colère et réfléchit un instant. Ses traits ne tardèrent pas à s'éclaircir, et il reprit alors d'une voix triomphante :

— Dis-moi, Thiollaz, que penses-tu de la maison de Buttet ?

— C'est de la bonne noblesse.

— Alors tu accordes à messire Marc-Claude de Buttet d'être un bon gentilhomme ?

— Sans doute.

— Eh bien ! ce bon gentilhomme est aussi un bon poète, et je t'assure qu'il tire plus d'orgueil de ses vers que de toutes les écartelures de son écu.

— Allons donc !

— Tu ne veux pas me croire ? Va-t-en donc trouver l'aumônier du châtel, dom Jean de Age, demandes-lui de te faire voir la biblio-

L'Apôtre.   **2**

thèque de Monseigneur, tu trouveras les *Poésies de Marc-Claude de Buttet*, Savoisien ; l'*Ode sur la Paix*, l'*Amalthée*, et je te dirai, en outre, que maître Ronsard fait le plus grand cas de notre compatriote.

— J'admets, murmura Conzié, avec une certaine confusion, que M. de Buttet fasse des vers ; c'est une exception. Mais je suis persuadé qu'il renoncerait à la poésie, si on lui démontrait qu'il ne fait pas œuvre de gentilhomme en se faisant imprimer tout vif.

Thiollaz eut un beau mouvement ; il haussa les épaules et s'écria d'une voix tant soit peu railleuse :

— Toujours les fameuses vieilles idées, mon petit Ferdinand !... Mais ce sont des idées antiques, ratinées, contemporaines du déluge, que tu exprimes là ! Ce temps n'est plus où des chevaliers... imbéciles, se glorifiaient de ne pas savoir signer leur nom... En admettant toutefois que ce temps-là ait existé. — Sais-tu, Conzié, comment un des amis de mon père traite les nobles trop orgueilleux ? — Entre parenthèses, cet ami du seigneur de Thiollaz est un petit bourgeois. — Il parle ainsi :

> Tu dis que tu es gentilhomme
> Par la faveur du parchemin ;
> Qu'un rat se trouve en chemin,
> Tu seras puis simplement homme.

Louis de Sales-Brens ne put s'empêcher d'éclater de rire, et ses deux petits cousins qui riaient très-souvent sans savoir pourquoi, rirent cette fois sans le savoir davantage.

— Ah ! mon cher damoiseau de Thiollaz, dit naïvement le petit Louis de Sales-Boisy, comme tu parles bien !

— Moi j'ai bien compris, s'écria son frère d'une voix perçante, et je dis que tu as bien raison, Emmanuel.

En voyant arriver à son antagoniste ce renfort de troupes, sinon aguerries, du moins promptes à l'attaque, Ferdinand de Conzié se sentit battu à plates coutures. Néanmoins, comme tous les orgueilleux, il ne voulut pas s'avouer vaincu, et s'écria, d'un ton où la colère se mêlait au dépit :

— Tout cela ne prouve pas que messire François se doive noircir les doigts et creuser l'esprit à faire de méchants vers.

Thiollaz amena sur son visage l'expression d'un profond étonnement et répondit :

— Mais il n'a pas été question de cela !

— Vraiment ? Et que disais-tu donc tout à l'heure ?

— Je n'ai rien dit de semblable ?

— Si !

— Non !

— Si ! te dis-je, s'écria l'irascible Conzié. Tu as dit, en voyant
messire François tout rêveur...

— Qu'il avait peut-être, — remarque bien, *peut-être*, — l'intention de se faire poète !... Mais je n'ai rien affirmé et n'ai dit telle
chose que par manière de plaisanterie.

Qui fut bien confus ? Notre petit ami Ferdinand de Conzié lui-
même ne s'attendait à rien moins qu'à cette sardonique réponse.
Ce fut bien pis lorsque madame de Sales qui jusqu'alors n'avait pas
levé les yeux de dessus son livre, le posa sur le bras de son fauteuil
et appela Ferdinand auprès d'elle

Il s'approcha, les yeux baissés et la mine déconfite.

— Mon enfant, lui dit la châtelaine, tu ne sais point encore ce
que c'est qu'un poète ! Ignores-tu donc que les plus grands et les
plus saints personnages se sont disputés l'honneur de composer
les hymnes que nous chantons à l'église ? Crois-tu que les travaux
de l'intelligence ne sont pas de ceux qui annoblissent ? Vois-tu,
Conzié, ce ne sera jamais déroger que d'enseigner les hommes ! Or
un poète, un historien, un philosophe enseignent. L'un apprend
aux hommes à célébrer les grandeurs divines, les beautés de la
nature ; le second leur dit les glorieux faits du passé, comme un
exemple utile ; les actions mauvaises, comme une terrible leçon ;
le dernier leur apprend à reporter toutes leurs pensées vers le Dieu
créateur, le Dieu consolateur ; à tirer les conséquences de tel fait,
à remonter aux causes de tel autre. L'écrivain qui sait et qui veut
remplir sa mission pour la plus grande gloire de Dieu, peut être
mis sur le même rang que le prédicateur... il écrit ce que celui-ci
prêche. Il cherche à convaincre, à instruire ; il défend les bonnes
causes, et, ainsi que s'exprimait un des Pères de l'Eglise, il combat
les bons combats du Seigneur.

Les autres enfants avaient suivi le petit page et formaient un de-
mi-cercle autour de la noble comtesse. L'espiègle petit Louis mon-

trait du doigt le pauvre Conzié, sans souci de l'offenser et riait doucement en parlant à voix basse à son grand frère Jean-François.

Madame de Sales poursuivit :

— En second lieu, mon Ferdinand, tu viens de commettre un
péché d'orgueil. Parce que tu es gentilhomme, tu regardes comme
au-dessous de toi tout ce qui n'est pas d'Eglise ou d'épée. Or tu ne
considère pas que ton aïeul, Jean de Conzié, était un écrivain de
mérite ; que ton oncle, Marin de Conzié, a publié, il n'y a pas
dix ans, des poésies et un recueil de sonnets. Ensuite, tu as dans
ta famille de beaux exemples à suivre. Un de tes ancêtres en ligne
collatérale, François de Conzié, fut Evêque de Grenoble, Archevê-
que d'Arles, de Toulouse et de Narbonne, nonce en Arragon, vice-
chancelier de l'Eglise romaine, patriarche de Constantinople ; tu
es allié à saint Louis d'Arles, à saint Bernard de Menthon. Tout
cela est glorieux, et je conçois que ta vanité d'enfant soit flattée.
Mais écoute : ces grands saints, ces grands personnages avaient
pour première vertu, l'humilité. Jésus-Christ, le plus grand des
enfants des hommes, et qui était Dieu, naquit dans une étable...
Eh bien ! la noblesse de naissance n'est rien si la noblesse du cœur
ne vient pas l'embellir. J'aime mieux un paysan né sous le chaume
et vivant dans le fumier, lorsqu'il est chrétien, qu'un gentilhomme,
fils de roi, frère d'empereur, qui serait un malhonnête homme.

II

COMMENT, APRÈS AVOIR ESSUYÉ UNE PREMIÈRE DÉFAITE SUR LA QUESTION
LITTÉRAIRE, LE PETIT M. DE CONZIÉ FUT UNE SECONDE FOIS VAINCU
DANS UNE QUESTION HÉRALDIQUE.

La courte, mais vive leçon que la comtesse de Sales venait de lui
donner, impressionna vivement le page. A mesure que sa maîtresse
lui parlait, on pouvait voir sur le visage de l'enfant les impressions

diverses qui se succédaient dans son esprit. Quand elle eut achevé, il releva la tête, et, avec ce bon sourire franc et joyeux, avec ce limpide regard dont les âmes pures ont le secret, il mit un genou en terre devant la châtelaine, et d'une voix émue, il répondit :

— Gracieuse maîtresse, je requiers merci. Accordez-moi votre pardon ; je n'en serai pas indigne et suivrai fidèlement les conseils que votre maternelle bonté veut bien me prodiguer.

La comtesse lui jeta un regard pénétrant qu'il soutint sans effroi, sans trouble, sans hardiesse. Elle continua de le fixer pendant un long instant ; voyant qu'il ne détournait pas les yeux, elle se pencha et le baisa au front en lui disant :

— Allez vous divertir un moment encore, enfant, et soyez sage !

La bande prit son vol sans plus de cérémonies, et cinq minutes ne s'étaient pas écoulées que les voûtes sonores de la salle des Chevaliers retentissaient de nouveaux éclats de rire et de nouvelles disputes.

François n'avait pas dit un mot pendant que se passait la scène que nous avons essayé de raconter. Mais dès qu'il se retrouva seul avec la comtesse, il lui sauta au cou et l'embrassa à plusieurs reprises, en lui disant avec effusion :

— O ma mère ! ma douce et bonne mère ! que je vous aime !

— Je sais que vous m'aimez, François, parce que je cherche à vous guider dans le sentier de la vertu...

— En y marchant devant moi, mère chérie, en m'encourageant de votre exemple !

— Je ne fais que mon devoir, en agissant ainsi. Qui vous ferait croire à la vertu, si vos parents ne cherchaient pas eux-mêmes à la pratiquer ? Eh bien ! François, je suis contente de vous ; jusqu'ici vous ne m'avez pas donné l'occasion de vous faire de trop durs reproches. Aussi, quelle heureuse mère je suis !

La figure enfantine du jeune comte se rembrunit légèrement.

— O ma mère ! s'écria-t-il, vous allez me rendre présomptueux.

— Gardez-vous en bien, enfant, dit la comtesse avec vivacité. Ne voyez dans mon éloge qu'un simple encouragement. Certes, vous êtes loin d'être parfait, quelquefois même vous me rendez soucieuse sur votre avenir. Vous avez un défaut dont il importe que vous vous débarrassiez : Vous aimez par trop à railler

— Maman !...

Il y avait bien de l'amour dans ce nom si doux ainsi prononcé par ce bel enfant. Aussi madame de Sales ne put-elle s'empêcher de sourire. Qui pourrait dire les trésors d'indulgence que contient le cœur d'une mère? Madame de Sales avait souri, elle était désarmée.

La discorde était revenue au camp d'Agramant. Nous voulons dire qu'à la discussion littéraire si brillamment soutenue de part et d'autre, succédait une discussion héraldique engagée entre les trois adolescents : Louis de Brens, Thiollaz et Conzié. Jean-François, bouche béante, les écoutait. Il ne comprenait pas encore, mais il aimait à s'instruire et, faute de pouvoir placer un mot, il tendait les oreilles. Son petit frère, lui, trouvait un grand plaisir à ranger en bataille d'inoffensifs soldats de bois et des couleuvrines de semblable matière qui ne ressemblaient pas du tout aux canons Armstrong avec lesquels nous nous divertissons. Pour cette fois, Thiollaz avait tort... A la vérité, nous serions injustes en prétendant donner raison aux deux autres. Il s'agissait d'expliquer le blason de la maison de Sales et son origine. Thiollaz ne voulait pas admettre que ses maîtres descendissent des fameux prêtres saliens, et Louis de Brens, avec une vivacité qui frisait de près la violence, soutenait cette origine comme étant la seule vraie.

— Je vous dis, s'écriait Conzié, que Sales porte : *d'azur à deux fasces d'or surfacées de gueules...*

— Accompagnées, interrompit Louis de Brens, *d'une croix d'or en chef et de deux étoiles du même, l'une en abîme et l'autre en pointe.* Bien plus l'écu est en forme de bouclier, les fasces *surfacées* sont les poignées de l'ancile. L'azur est la couleur du ciel et les étoiles en sont l'ornement. Or, les anciles tombèrent du ciel sur la terre, et il est évident que les prêtres saliens durent les orner d'étoiles et les peindre de bleu. Voilà.

Emmanuel de Thiollaz ne se troubla pas pour si peu. Il sourit narquoisement et répliqua d'un accent goguenard :

— Vous parlez d'or, messire ! Mais, dites-moi, cette croix qui forme le chef de votre écusson vient-elle aussi des prêtres saliens ?

Louis de Sales hésita, chercha, réfléchit, et, ne trouvant aucune réponse à cette question si simple en elle-même, il rougit et baissa la tête.

— Vous voyez bien ! s'écria Thiollaz en manifestant sa joie d'avoir confondu le jeune seigneur.

Ce n'était point l'affaire de Conzié, lequel avait sur le cœur sa défaite précédente. Il saisit la balle au bond et s'écria :

— Maître Savoie-Croix-Blanche, héraut de la duché, nous apprit, mon cher Thiollaz, que les signes héraldiques ont une signification précise, comme ces autres signes plus singuliers encore que mon oncle Charles de Thiollaz vit en Alexandrie d'Egypte, lors de son pèlerinage de Terre-Sainte. Or donc, et pour répondre à ta question, je te dirai simplement ceci : la croix est un témoignage de la part prise aux croisades par les seigneurs de la maison qui la porte dans son écusson.

Il prit alors par la main son collègue et le conduisit devant une riche panoplie d'armes. Ce trophée se composait d'une bourguignotte, — sorte de chapeau de fer à visière et à oreilles, avec une lame descendant sur le visage pour le protéger, — posée sur une cuirasse d'acier damasquiné d'or et de fabrique milanaise. Un fouillis d'armes de toute espèce : arbalètes fleuronnées, dagues à coquille bronzée, tridents mauresques ornés de pierreries, flancards brabançons, hallebardes, pertuisanes et fauchards, faisaient à ce casque et à cette cuirasse une auréole étincelante. Trois drapeaux, l'un écarlate coupé d'une croix blanche, l'autre à raies jaunes, rouges et bleues ; le troisième rouge avec un croissant d'argent suspendaient leurs plis réguliers au-dessus de cet admirable faisceau d'armes.

— Voyez, dit à Louis de Brens et à M. de Conzié le jeune Thiollaz, ces armes sont celles d'un de vos ancêtres, messire. Ces tridents mauresques, ces glaives recourbés, il les a conquis sur les Turcs. Voici le drapeau qu'il a reçu du comte de Savoie, comme un témoignage de sa valeur ; ici est le gonfanon aux couleurs de Sales qui flottait à ses côtés dans la bataille, et ce haillon d'écarlate c'est l'étendard de Mahomet qu'il arracha aux mains d'un soldat du sultan. Sire Louis, votre ancêtre Pierre Ier qui accompagna le comte Amé V de Savoie à l'île de Rhodes et qui fit des prodiges de valeur pour empêcher les Osmanlis de s'emparer du boulevard de la chrétienté, forma de ses mains ce magnifique trophée, et voilà pourquoi il mit une croix dans ses armes.

Conzié sourit méchamment : il allait prendre sa revanche.

— Tu te trompes, Thiollaz, dit-il avec un calme affecté, et M. Louis se trompait aussi lorsqu'il parlait de croix tout à l'heure. C'est un croissant que mit dans ses armes Pierre de Sales, en souvenir de ses exploits.

La comtesse de Sales, un doux sourire aux lèvres, écoutait avec attention cette savante discussion qui paraissait étrange entre des enfants d'un âge aussi tendre. La main appuyée sur l'épaule de François qui, selon sa coutume, écoutait sans mot dire, elle suivait avec un intérêt marqué les différentes phases de cette dispute. Il y eut encore des controverses au sujet de la croix et du croissant. Chacun défendait son opinion avec cette inébranlable ténacité et cette logique rigoureuse, privilège des adolescents. Enfin, impatienté de l'entêtement de ses adversaires, ou plutôt se trouvant à bout d'arguments, Thiollaz s'écria d'une voix retentissante :

— Eh ! par saint Maurice ! messieurs, tout cela ne me prouve pas que la maison de Sales descend des prêtres saliens.

Jean-François de Sales ouvrit timidement les lèvres et demanda, en balbutiant, honteux de son ignorance et de ce qui lui paraissait un excès de hardiesse :

— De grâce, mon cousin Louis, dites-moi donc ce qu'étaient ces prêtres saliens dont vous parlez depuis tantôt une heure ? Était-ce des apôtres de Jésus-Christ ?

Ce fut un beau concert d'éclats de rire ! Ces grands jouvenceaux, fiers de leur savoir, se moquèrent impitoyablement du petit Jean qui, à neuf ans, ne savait rien des prêtres saliens et ne craignait pas de l'avouer ! Ces savants !...

Thiollaz se contenta de soulever les épaules.

Conzié fit une moue pleine d'une orgueilleuse modestie. Louis de Sales décocha à son petit cousin un regard dédaigneux. Mais aucun des trois ne daigna répondre. Ce que voyant, Jean-François réitéra résolument sa question. Devant une telle obstination, il n'y avait plus à reculer, aussi Louis de Brens s'empressa-t-il de répondre, en scandant chaque mot, en martelant chaque parole de façon à bien faire entrer son érudition dans le cerveau du petit ignorant, tout en mettant en relief ses vastes connaissances.

— Mon petit Jean-François, il y eut jadis à Rome un roi nommé Numa Pompile, fameux guerrier, sage non moins fameux. Eh bien ! il avait institué douze prêtres pour garder douze boucliers de bronze, parmi lesquels il en était un qui était tombé du ciel et auquel étaient attachées les destinées de la nation romaine. Ces prêtres habitaient le temple de Mars. Ils furent appelés *saliens*, parce qu'ils dansaient par la ville...

Jean-François l'interrompit avec indignation :

— Et vous voulez me faire croire, s'écria-t-il, que notre maison descend de gens païens, danseurs, *et cætera*. Allez vous cacher vitement, cousin de Brens...

Emmanuel de Thiollaz rit à gorge déployée, tandis que Louis, piqué au vif, répondait :

— La maison de Cossé, en France, descend bien de l'empereur Coccius Nerva ! La maison de Levis, alliée de Notre-Dame la vierge Marie, ne vient-elle pas d'une des douze tribus d'Israël ? Et, en Savoie, n'avons-nous pas les Menthon, qui prétendent avoir été barons avant que Notre-Seigneur fût né ? (1) Ne dites-vous pas vous-même :

Antequam Abraham fieret ego sum.?

Comme l'on était fort à court de raisons et que les ergoteurs, disputant le terrain pouce par pouce, ne paraissaient point disposés à se mettre d'accord, l'on était près d'en venir aux mains et d'invoquer la raison du plus fort. François de Sales avait suivi toute cette querelle avec beaucoup d'attention ; il crut le moment propice pour intervenir. Après avoir échangé avec sa mère un regard d'intelligence, il s'écria, en donnant à sa voix une inflexion railleuse :

— Cousin Louis, viens ici, et je te démontrerai comme quoi notre origine est bien plus ancienne encore que tu le prétends.

Louis et toute sa compagnie furent en deux bonds auprès du fauteuil de madame de Sales, qu'ils environnèrent en poussant des cris joyeux.

Depuis un instant, un nouveau personnage assistait à cette scène sans y prendre part. C'était un prêtre d'une taille élevée et d'âge moyen, à la tournure pleine de distinction, au visage animé d'une expression de douceur et de bonté, qui n'excluait point la

_____

(1) *Ante Christum natum, jam baro natus eram.* Devise de Menthon. V. *L'Homme au Capuchon rouge*, par Charles Buet.

finesse. Il se nommait Jean de Age et cumulait les fonctions de
précepteur des enfants de Sales avec celles d'aumônier du manoir.
Personne encore ne s'était aperçu de son entrée dans la salle.

— Voyons, demanda Louis de Brens à François, montrez-nous
votre science, beau cousin.

— Eh bien, Louis, j'ai découvert que nous descendions, en ligne
directe, de très-haut et très-puissant seigneur Adam, prince d'Eden,
lequel vivait l'an Ier du monde, juste 4004 ans avant Notre-Seigneur Jésus-Christ.

Cette piquante repartie provoqua de nouveaux éclats de rire
mêlés à des exclamations de dépit. Ce tohu-bohu dura cinq minutes, puis la dame de Sales fit un signe qui rétablit le silence, alors
elle prit la parole.

— Mes enfants, dit-elle, sans vous en douter, vous venez de me
procurer un plaisir bien grand et bien doux. Je vois que vous vous
rappelez les excellentes leçons que vous recevez de vos maîtres et
que vous savez mettre à profit vos connaissances. Il est peu de
garçonnets de votre âge, mes chers amis, qui se divertiraient à
pérorer pendant une heure à propos d'un blason. Quoique je regarde cette science comme futile, je suis heureuse de vous y voir
déjà savants. Seulement n'exagérez pas comme vous le faites, et,
quand vous désirerez connaître la vérité, ne vous inspirez pas de
l'orgueil. Thiollaz et vous, Conzié, vous avez bientôt seize ans, et
l'an prochain vous commencerez à faire la guerre. Etudiez donc
avec ardeur. Ayez la passion du travail, comme d'autres ont la
passion de la paresse, et surtout ayez pour mobile et pour but la
gloire de Dieu et de notre sainte religion. Maintenant, mes amis,
il est midi, c'est l'heure de l'étude. Allez travailler.

La bande joyeuse avait écouté avec respect ces quelques paroles
sans prétentions, où l'éloge se mêlait habilement à la critique. Les
jeunes gens entendirent à demi-mot. Ils se retirèrent donc le cœur
content, disposés à mettre à profit les leçons qu'ils allaient recevoir
de l'excellent abbé de Age.

Celui-ci les conduisit à la bibliothèque, tailla à chacun sa besogne et revint incontinent auprès de la comtesse, qui avait gardé
auprès d'elle son fils aîné. Madame Françoise était pâle. François paraissait ému. Sans doute il venait de se passer quelque chose, car,

en voyant paraître l'abbé, le jeune enfant disparut subitement, laissant en tête-à-tête sa mère et son maître.

— Qu'y a-t-il donc, madame? demanda ce dernier.

La châtelaine répondit, sans cacher son chagrin :

— Vous savez, mon bon abbé, que notre petit François a appris aux colléges de la Roche et d'Annecy tout ce qu'il pouvait y apprendre et que l'intention de Monseigneur est de l'envoyer à Paris?

— Oui, madame.

— Eh bien! avant de partir, François veut exécuter une folle idée qui fermente en sa jeune tête. Vous n'ignorez pas que messire Gallois de Regard, évêque de Bagnorea, habite présentement son château de Clermont. En l'absence de Mgr Giustiniani, l'Evêque de Genève, il doit ordonner quelques prêtres?

— Je le sais, madame.

— François, avant de partir, veut recevoir la tonsure des mains de ce prélat. Il en a déjà plusieurs fois conféré avec Monseigneur qui ne veut absolument pas l'y autoriser, ayant des vues sur lui. De mon côté, j'hésite... ce serait un sacrifice pénible... Nous destinons Jean-François à l'Eglise, mais il est cadet, et nous nous bornons à suivre l'usage. Conseillez-moi.

Le visage du prêtre s'éclaira d'un reflet d'amour et d'espérance.

— Madame, répondit-il, les desseins de la Providence sont insondables! Votre enfant, à onze ans, est un homme par l'intelligence et le caractère, laissez-le agir à son gré. Priez, suppliez M. de Sales... Qui sait? Peut-être... Ce n'est qu'une préparation... Cela n'engage à rien... Pourquoi ne le permettriez-vous pas?

III

Nos lecteurs l'ont déjà compris : nous avons l'intention d'ex-
quisser un coin de la vie du grand Saint, patron de la Savoie. Il ne
sera donc pas inutile que nous disions ici quelques mots de la maison dont il était sorti, aujourd'hui complétement éteinte.

La discussion héraldique à laquelle nous venons d'assister nous
apprend quelles étaient les prétentions de cette illustre famille,
prétentions que Charles-Auguste de Sales devait développer un
quart de siècle plus tard dans son *Pourpris historique*. Il est certain que la maison de Sales était une des plus antique du Genevois (1). Le premier de cette famille qui apparaisse dans l'histoire
est Gérard, vidame de la Roche, officier du roi de Bourgogne, Rodolphe III. Plus tard on nomme Girin, religieux de Talloires ;
Aimon, vicaire d'Ardutius de Faucigny, évêque de Genève, en 1151 ;
Guillaume, curé des Templiers de Chambéry, en 1214 ; Jean de
Sales, écuyer de Louis XI, et enfin Jean III de Sales, écuyer et
maître d'hôtel de Louise de Savoie, duchesse d'Angoulême, mère du
roi François Ier. Ce dernier Jean eut deux fils, de son mariage avec
une fille de la maison de Menthon, l'un, seigneur de Brens, père

(1) Les de Sales de la branche cadette, qui eut pour tige Louis II, devinrent,
après saint François, marquis de Thorens, de Tresun, comtes de Sales, de Lea-
tinville, de la Thuile, de Duingt, de Brens, seigneur de Montpithon, de Boisy, de
Nouvelles, du Vuad. Du mariage de Paul-François de Sales, comte de Duingt,
avec Mlle de Regard de Dizonche, naquirent deux enfants : 1° Joséphine-Françoise-
Philippine de Sales, mariée à Joseph-Maurice-Marie Benso, marquis de Cavours,
comte d'Isolla Bella ; 2° Benoît-Maurice-François, marquis de Sales, marié à
Alexandrine de Grolier, dont il n'eut qu'une fille, qui épousa le marquis de Roussy,
et fut mère du marquis, du comte et du baron de Roussy de Sales, de la marquise
de Chanaz et de Mme de Malbos, représentants actuels de cette illustre famille.

de notre petit Louis et de Gaspard, duquel vint la branche aînée de Sales, éteinte en 1860. L'autre était destiné à devenir grand par sa postérité. Il se nommait François et portait le titre de seigneur de Nouvelles; on l'appelait communément le comte de Sales, suivant l'usage de Savoie qui joint le titre au nom patronymique. (1)

En 1560, M. de Nouvelles, qui avait alors trente-huit ans, épousa une jeune fille qui n'en avait que quatorze. C'était Françoise de Sionnaz. Elle appartenait à une grande famille; son père, don Melchior, seigneur de Vallières, de la Thuile et de Boisy, avait combattu en France et en Italie, sous les ordres de François Ier; en Allemagne, sous Henri II. Sa mère était une Villette-Chevron, de cette illustre famille qui a donné un pape, Nicolas II, à l'Église, plusieurs évêques à Aoste, trois archevêques à la Tarantaise. Françoise de Sionnaz n'avait qu'un frère. Ce frère, après avoir combattu à Lépante, au siège de la Rochelle, à Châtelaine, périt sur un champ de bataille. Elle était donc unique héritière de sa maison et le sire de Nouvelles prit désormais le titre de seigneur de Boisy.

C'était un vaillant homme d'armes, un fin diplomate que messire François de Sales, seigneur de Nouvelles et de Boisy. Officier dans l'armée du roi de France, il assista aux sièges de Landrecies et de Saint-Didier, où il fit des prodiges de valeur. En 1559, il prit part au traité de Cateau-Cambrésis et parlementa si bien avec l'empereur Charles-Quint et le roi Henri II, que la France dut rendre au duc Tête-de-Fer les États de Savoie dont elle s'était emparée. Nous aurons plus tard l'occasion d'expliquer ce point de notre histoire nationale. Jugeant qu'après avoir servi si bien son pays, il avait le droit de se reposer un peu, le comte de Sales revint dans ses terres et se maria. Son unique désir fut alors d'avoir un fils.

Madame de Sales avait toutes les vertus d'une femme forte, d'une femme chrétienne. Elle réalisa le type de la Bible: *Domi mansit lanam fecit.* Elle partageait son temps entre le travail, la prière et l'aumône; pieuse, douce, modeste, elle formait avec son époux, pieux et charitable comme elle, un de ces couples fortunés sur lesquels Dieu verse ses plus abondantes bénédictions.

(1) Ainsi l'on dit: le marquis Costa, pour M. Costa, marquis de Beauregard; le marquis d'Oncieu, au lieu de M. d'Oncieu, marquis de Chaffardon.

Dieu n'exauça leurs vœux qu'au bout de sept années.

Tandis que madame de Sales attendait cet héritier de son nom, qui devait illustrer un jour sa famille, son pays et l'Église, il se passa un fait remarquable.

La duchesse de Nemours vint visiter Annecy.

Elle appartenait, par son mari, à la maison de Savoie. Le premier duc de Nemours était Philippe de Savoie, troisième fils du duc Philippe-sans-Terre, qui joua un rôle si singulier sous Louis XI et au moment des grandes luttes politiques entre la Savoie, la Bourgogne et la France (1). Philippe n'étant encore que baron de Beaufort avait combattu vaillamment à la bataille d'Agnadel. Son neveu François Ier lui donna, avec le duché de Nemours, la main de sa cousine, Charlotte d'Orléans, fille du duc de Longueville. De ce mariage, il eut un fils et une fille. La fille fut mariée au duc de Mercœur, de la maison de Lorraine.

Le fils était ce Jacques de Savoie, duc de Nemours et de Genevois, gouverneur de Lyonnais et Dauphiné, général de la cavalerie de France, qui, à quinze ans, commandait deux cents lances ; qui défendit Metz contre Charles-Quint, empêcha les protestants d'enlever Charles IX, et duquel M. de Brantôme disait : « C'était » un prince très-beau, vaillant, accortable, bien disant, bien écri- » vant autant en rime qu'en prose. Il était pourvu d'un grand sens » et esprit. Ses avis étaient les meilleurs du conseil. Il excellait » en toutes sortes d'exercices, parfait en tout ; si bien que qui n'a » vu Savoie-Nemours en ses gaies années n'a rien vu, et qui l'a vu, » le peut baptiser par tout le monde la *Fleur de Chevalerie* (2). » Ce brillant seigneur épousa, en 1566, Anne d'Este, comtesse de Gisors, fille du duc de Ferrare et de Renée de France et veuve du grand-duc François de Guise que Poltrot de Méré avait assassiné devant Orléans.

Le duc de Nemours voulut que sa nouvelle épouse visitât son apanage dont Annecy était la capitale.

Il l'envoya donc dans cette ville, accompagnée des cardinaux de Lorraine et de Guise, ses beaux-frères, et d'une suite nom-

---

(1) V. *Le dernier des Montmayeur* et *La Mitre et l'Épée*, par CHARLES BUET.

(1) BRANTOME : *Vie des grands capitaines.*

breuse. On lui fit naturellement de grandes fêtes, et toute la noblesse de la province courut à Annecy pour la voir.

Or, la Savoie possédait un monument historique et religieux d'une valeur incomparable. C'était le linceul de Notre-Seigneur, connu sous le nom de Saint-Suaire, et que l'on conserve aujourd'hui dans la chapelle du palais royal à Turin. Voici comment cette inestimable relique était arrivée en Savoie. Nicodème, qui le posséda le premier, l'avait laissé en héritage au maître de Saint-Paul, le docteur Gamaliel. Il passa ensuite entre les mains de divers disciples du Rédempteur. Lorsque Titus vint assiéger la ville de David et de Salomon, les chrétiens dérobèrent au pillage le précieux linceul et l'y rapportèrent quand ils revinrent édifier à nouveau leurs foyers. En 1187, le fameux Salah-Eddin, que nous appelons tout bonnement Saladin, prit Jérusalem, et Guy de Lusignan s'enfuit en son royaume de Chypre, emportant avec lui tous ses trésors, parmi lesquels se trouva le Saint-Suaire.

De là, comment arriva-t-il en Bourgogne ? C'est ce que l'on ignore. Toujours est-il qu'en 1452, une dame noble, Marguerite de Charny, femme de Humbert de Villarsexel, comte de la Roche sur Lognon, seigneur de Saint-Hippolyte et d'Orlie, le donna à la duchesse de Savoie, Anne de Chypre, de la maison de Lusignan. Ce dépôt sacré fut mis dans la chapelle du château de Chambéry que, par bulles du 19 avril 1467, le pape Paul II érigea en collégiale. En 1572, Sixte IV donna à cette église le nom de Sainte. Elle était desservie par un chapitre composé d'un doyen, d'un archidiacre, d'un chantre, d'un trésorier et d'un grand nombre de chanoines et de prêtres d'honneur.

Dieu marqua, par un événement miraculeux, l'authenticité de cette relique. Le 4 décembre 1532, vers minuit, un incendie dont la cause a toujours été ignorée, éclata dans la Sainte-Chapelle de Chambéry. Un gentilhomme, de la chambre du duc Charles, prit avec lui deux Pères cordeliers du couvent de Saint-François et un serrurier nommé Guillaume Pussod. « Ils allèrent au milieu
» des flammes, dit Besson dans ses *Mémoires historiques*, rompre
» les treillis de fer du grand autel, et après avoir arraché les
» cadenas tout ardents, ils emportèrent le Saint-Suaire, qui de-
» meura tout entier, quoique la châsse d'argent, richement tra-
» vaillée et donnée par Marguerite d'Autriche, duchesse de Savoie,

» fût déjà fondue à la vue de toute la cour et du peuple qui y accourut. » Deux ans plus tard, le pape Clément IV délégua, pour s'assurer de l'authenticité du linge sacré, Louis de Gorrevod, cardinal du titre de Saint-Césaire in Palatio, évêque de Maurienne, légat apostolique. Ce prélat constata le miracle par un procès-verbal dont nous possédons l'original.

Les ducs de Savoie eurent de tout temps une grande vénération pour cette vénérable dépouille de la Passion du Sauveur. Louis Ier, Charles le Guerrier et Emmanuel Philibert firent battre des monnaies à l'effigie du Saint-Suaire. Le bienheureux Amé IX venait souvent à pied de Turin à Chambéry — il y a cent soixante kilomètres — pour adorer le Saint-Suaire. Sa femme Yolande de France, fille de Louis XI, l'accompagna une fois. François Ier, en 1516, fit dans le même but, et à pied, le voyage de Lyon à Chambéry. Les rois de ce temps-là, s'ils commettaient des fautes, savaient du moins les expier.

Pour en revenir au voyage de madame la duchesse de Nemours, elle voulut voir le Saint-Suaire qui fut envoyé à Annecy, d'après les historiens de saint François, entre autres MM. Marsollier et le savant curé de Saint-Sulpice.

Nous ne le croyons pas, nous appuyant sur l'autorité des historiens de la province ecclésiastique de Savoie, mais afin de ne pas introduire un élément de discorde dans l'histoire du grand saint, nous subissons l'opinion de nos dévanciers, et nous l'acceptons à cause de la pieuse tradition qu'elle tend à rappeler.

Le Saint-Suaire fut donc exposé dans une église d'Annecy.

La comtesse de Sales fut une des premières à l'aller vénérer. Elle demanda mille grâces à Dieu pour l'enfant qui allait naître, elle l'offrit à Jésus-Christ, le conjurant de le tenir à jamais pour sien en vertu du don qu'elle lui en faisait, de le prendre sous sa garde comme un bien lui appartenant, de le combler de ses grâces, et de faire qu'il n'eût de vie que pour honorer et faire honorer les mystères adorables de sa passion et de sa mort.

Dieu l'exauça.

L'enfant naquit le jeudi 21 août 1557, entre neuf et dix heures du soir, au château de Thorens, dans une pièce que l'on appelait *Chambre de saint François d'Assises.*

Il fut baptisé le lendemain et eut pour parrain et marraine dom

François de la Fléchère, prieur de Saleuzy, et la mère de sa mère, laquelle avait contracté un second mariage avec messire Bonaventure de la Fléchère. L'enfant reçut les noms de François-Bonaventure.

Il devait être appelé un jour SAINT FRANÇOIS DE SALES...

Les premiers mots que sa bouche murmura furent ceux-ci : *Le bon Dieu et maman m'aiment bien !*

Sa première faute fut un vol. Il avait dérobé à un ouvrier une aiguillette de soie multicolore. L'ouvrier chercha partout sa parure. Alors l'enfant vint à son père et lui dit :

— Monsieur, voici l'aiguillette de ce pauvre homme. C'est moi qui l'ai prise : je m'en repens et vous supplie de m'octroyer merci.

M. de Sales fut inexorable : François reçut le fouet en présence de toute la maisonnée. Que messieurs Sauvestre et Duruy pardonnent au père de saint François ce crime de lèse... cuistrerie !

Il nous serait impossible de raconter ici tous les traits de son enfance. Un volume n'y suffirait pas. Disons seulement que, dès ses plus tendres années, l'on voyait en lui un petit saint qui faisait présager ce qu'il serait un jour. A l'âge de six ans son père l'envoya au collège de la Roche, fondé en 1501, par Jean d'Angeville, sous la direction de Pierre Bataillard. Il y fit l'admiration de ses condisciples, de ses maîtres et des familles des environs.

Deux ans plus tard, M. de Boisy ayant momentanément abandonné son château de Sales, retira François du collège de la Roche et le mit à celui d'Annecy avec l'enfant du seigneur de Brens son frère.

IV

FIAT VOLUNTAS TUA.

Veuille notre lecteur nous pardonner cette longue digression. Nous revenons maintenant à notre histoire, en la reprenant au point où nous l'avons laissée.

Madame de Sales ne resta point longtemps seule avec l'abbé de Age. Son époux ne tarda pas à la rejoindre dans la salle des Chevaliers et la conversation fut aussitôt mise sur le projet qu'avait François de recevoir la tonsure des mains de l'évêque de Bagnorea.

— Comment! s'écria le comte, encore cette idée! Voici trois fois que François revient sur ce sujet et trois fois je lui ai répondu qu'il me serait impossible de l'approuver.

— Monseigneur !...

Cette exclamation désolée échappa involontairement à la mère. L'abbé de Age, lui, joignait les mains et gardait le silence. M. de Sales continua avec chaleur :

— Faudrait-il donc que mon fils aîné m'abandonnât? Cet enfant m'a coûté trop de peines... Il m'inspire trop d'espérances... Je ne saurais le céder à Dieu !

L'abbé de Age osa répondre d'une voix lente et persuasive :

— Dieu qui vous l'a donné n'aurait-il point le droit de vous le reprendre, monseigneur ? Votre fils vous appartient-il ? Non : il appartient à la société. Songez-y : s'il devenait magistrat, sénateur, ministre, les affaires l'accapareraient à votre préjudice. Guerrier, officier d'armée, il devrait à son roi toute sa vie et tout son sang. Dieu n'exige point ce sacrifice : le martyre veut des âmes d'élite; le sacerdoce veut des esprits obéissants, des cœurs fidèles...

M. de Sales, ne pouvant contenir son agitation, se promenait de long en large, comme un lion dans sa cage, et ne répondait aux paroles du prêtre que par des interjections étouffées, des gémissements. La comtesse le suivait des yeux avec anxiété et murmurait une fervente prière. Oh ! son sacrifice, à elle, était déjà consommé, bien que la nature essaya de la dominer et de lui faire entrevoir la souffrance, sans lui en laisser comprendre les grandeurs et les mérites.

L'abbé continuait :

— Et si la Providence le rappelait aux cieux, cet enfant que vous lui refusez ?

Un silence de mort suivit cette question. La mère avait senti comme un choc intérieur. Le père eût préféré qu'on lui enfonçât une épée dans le cœur.

— Et s'il s'en va, cria le comte tout-à-coup, faudra-t-il que ma lignée soit éteinte ?

— Le Très-Haut vous a fait une belle part, dit l'abbé, il vous en restera deux autres. N'est-ce point assez ?

— Oh ! j'avais fait tant et de si beaux projets !... Cet enfant si bon, si doux, si plein d'obéissance, d'humilité, de candeur!... Comme il eût relevé la gloire de notre maison ! Mes rêves s'évanouissent ! Au lieu de porter la cuirasse du chevalier, la toge de velours du magistrat, il n'aura que la pauvre soutane du prêtre...

— Et n'étant pas le ministre des rois, interrompit gravement l'abbé, il se contentera d'être le ministre de Dieu ! Est-ce bien ce que Votre Seigneurie veut dire ?

François de Sales comprit jusqu'où il s'était laissé entraîner par l'orgueil, cet éternel ennemi de l'homme, et ce fut en pleurant qu'il saisit la main du prêtre et lui dit :

— Dieu m'est témoin, ami, que je donnerais ma vie pour la cause de la religion ; mais je souffre de cette ténacité de mon enfant. Car, écoutez bien, mon cher ami, François est trop jeune pour avoir mûrement pesé sa détermination. C'est un enfant, il agit comme un enfant.

L'abbé vit que l'irritation cédait le pas à la douleur, il espéra venir plus facilement à bout de celle-ci que de celle-là. Il comprit que le jour se faisait dans l'esprit du malheureux père, et que l'amour divin finirait par l'emporter sur l'amour paternel. Il répondit en donnant à son accent toute la douceur de la persuasion qu'il possédait.

— Il est des enfants qui, bien jeunes, pressentent l'avenir. Dieu choisit les siens. Soyez en persuadé, monseigneur, François don-

nera plus de gloire à votre maison que tous ceux qui l'ont précédé ;
plus, peut-être, que tous ceux qui le suivront. Il m'édifie et me
montre le chemin du ciel, à moi, que vous avez placé comme un
maître au-dessus de lui.

— N'assistiez-vous point, l'an dernier, à cette auguste cérémonie, où, pour la première fois, notre François reçut sur ses lèvres
le corps trois fois sacré du Sauveur ?

— Sans doute, j'y étais.

— C'était dans l'église des dominicains d'Annecy, ajouta la
comtesse, et je me rappelle que ce jour-là me parut un des plus
beaux de ma vie.

— Eh bien ! reprit le bon précepteur avec animation, vous enten-
dîtes sans doute les belles paroles que le révérendissime évêque
adressa à François en lui donnant la confirmation ?

Le comte de Sales parut embarrassé :

— L'on m'a répété, balbutia-t-il, ce que dom Angelo Giustiniani
voulut bien dire à mon fils ; mais je me rappelle...

— Il lui a dit ceci, interrompit l'abbé : « Vous êtes l'ange visible
de la patrie ; si Dieu vous conserve la vie, vous serez un personnage insigne, une grande lumière dans l'Eglise, la merveille de
notre temps (1). »

Madame de Sales rougit. Ces paroles prophétiques remuèrent ses
sentiments les plus intimes et elle ressentit en elle-même des joies
qui jusqu'alors lui étaient inconnues.

L'orgueil de la mère primait en ce moment l'humilité de la
chrétienne.

Le comte ne put s'empêcher de tressaillir. Il vit bien que telle
était la volonté de Dieu. La résignation se peignit tout d'abord sur
son visage ; mais son cœur se révoltait encore contre sa volonté et
l'empêchait d'accorder l'autorisation qu'on lui demandait.

Jean de Age comprit bien vite ce qui se passait dans l'âme de
son seigneur. Il sentit qu'il n'avait plus à faire qu'un léger effort
pour gagner la partie et, puisant des arguments dans une considération humaine, il poursuivit :

— Du reste, monseigneur, vous le savez aussi bien que moi ; en
recevant la tonsure, François ne s'engage point définitivement.

(1) Historique.

Un abus que l'Eglise tolère encore lui permet d'être clerc sans porter l'habit ecclésiastique. Allons, du courage et permettez.

Le comte soupira profondément et consulta du regard sa chère épouse. Il vit dans les yeux de celle-ci une prière, un ordre... et il répondit :

— Eh bien ! faites... seulement j'espère que François reviendra de sa détermination. Dites-lui vous-même qu'il peut partir demain pour Clermont et ajoutez que ni sa mère ni moi ne l'accompagneront. Pour moi, je ne veux pas le voir avant qu'il soit revenu. Ah ! voyez, mon cher abbé, je suis blessé au cœur.

Et le grand seigneur, l'illustre guerrier, l'excellent père se mit à sangloter comme un enfant...

. . . .

Une heure plus tard, François apprit de la bouche de son maître ce qui s'était passé. L'abbé de Age lui dit que son père était parti immédiatement pour Annecy et qu'il reviendrait seulement le lundi suivant. L'enfant refusa d'assister aux récréations de ses frères et aux repas de famille le restant de la journée. Il passa toute son après-midi à se préparer par la prière et la méditation au grand acte qu'il allait accomplir le lendemain.

Il prit dans sa logette un modeste repas. Après l'*Angelus* du soir, il vint s'agenouiller aux pieds de l'abbé de Age et lui fit l'aveu des petites fautes qu'il avait commises.

Les anges du ciel durent sourire en entendant cette confession, car il n'y avait dans le cœur de cet enfant aucune pensée impure, aucun péché de mensonge ou d'orgueil.

Quand l'enfant se fut relevé, l'abbé le prit par la main et le conduisit chez la comtesse qui priait, elle-même, agenouillée devant son crucifix.

Dans la pièce voisine on entendait de grands éclats de rire, et les voix des petits enfants formaient un joyeux concert. L'abbé ouvrit la porte et les appela, en leur recommandant le silence.

Les deux pages, Louis de Brens et Jean-François vinrent se ranger autour de leur maître.

François se mit à genoux devant sa mère et lui dit, en levant sur elle un regard chargé d'amour et de reconnaissance :

— O maman ! donnez-moi votre bénédiction, parce que je vais

demain recevoir l'Eucharistie et me consacrer pour la vie au service de Dieu.

Oh ! qu'elle était sublime et touchante cette scène ! Ce blond enfant prosterné aux pieds de sa mère... Cette mère, la résignation peinte sur le visage, les yeux au ciel, absorbée dans une ardente prière et demandant, pour son fils, la grâce de persévérer, pour elle, la grâce de supporter en chrétienne l'angoisse du sacrifice. Et près d'elle, ce vénérable prêtre aux cheveux blancs... ces gracieux adolescents dont le visage exprimait une admiration étonnée... ce petit enfant ne comprenait point ce qui se passait et sentait néanmoins que c'était quelque chose de grand !...

L'ange gardien de cette pieuse famille devait, lui aussi, être là, et planer invisible au-dessus de la mère, étendre ses blanches ailes sur les acteurs de ce drame chrétien.

Enfin, la dame de Sales ouvrit ses bras et murmura d'une voix solennelle :

— Enfant, j'appelle sur toi, que je chéris et que j'admire, les plus abondantes et les plus douces bénédictions du Seigneur. Vas où ta volonté t'appelle... Je te donne à lui tout entier... et je prie Marie pleine de grâces d'être désormais ta seule, ton unique mère !...

Et la pauvre affligée, écrasée par son émotion, retomba palpitante à genoux auprès de son fils, le saisit dans ses bras, le pressa contre son cœur et couvrit de baisers son visage, qu'elle inondait de larmes brûlantes.

Et le prêtre se mit à murmurer d'une voix grave ces paroles que Jésus dit à ses disciples sur la montagne :

« — *Beati qui lugent : quoniam ipsi consolabuntur. Gaudete et » exultate, quoniam merces vestra copiosa est in cœlis.* »

Les jeunes gens ouvraient de grands yeux et paraissaient émerveillés. Le petit Jean-François était venu entourer sa mère de ses deux gentils bras, et il embrassait tantôt madame de Sales, tantôt François, en murmurant ces douces paroles que les mignons enfants savent trouver dans leur cœur lorsqu'il faut tarir des larmes et amener un sourire sur des lèvres aimées.

— Qu'est-ce donc ? disait à voix basse Emmanuel de Thiollaz à son ami Conzié. Vraiment, je ne conçois rien à cette scène ! François va-t-il partir ?

— N'as-tu pas vu, répliqua Ferdinand, que pendant le souper notre gracieuse maîtresse est restée sombre et silencieuse et que des larmes perlaient à ses yeux? Bien sûr, monseigneur le comte envoie François dans un collége éloigné... à Paris peut-être. Qu'en pensez-vous, monsieur de Brens?

Louis se retourna et répondit d'un ton ému :

— Le sais-je, moi? Je vois qu'il arrive... Ah! tenez, laissez-moi pleurer tranquille.

M. de Age expliqua alors aux jeunes gens de quoi il s'agissait et leur apprit la résolution qu'avait François d'embrasser l'état ecclésiastique et de recevoir dès le lendemain même la tonsure. L'on peut s'imaginer l'étonnement où cette nouvelle inattendue plongea le cousin et les amis de François. Néanmoins, comme les impressions de l'adolescence sont rapides et fugitives, leur étonnement ne tarda pas à faire place à d'autres sentiments. Ils vinrent l'un après l'autre embrasser François et le féliciter.

Pendant ce temps-là, madame de Sales s'était calmée. Le premier moment passé, elle s'était sentie consolée ; elle parlait maintenant d'une voix tranquille et donnait à son jeune fils les conseils dont il avait besoin.

L'abbé de Age voulut expérimenter le cœur de cette mère et savoir si le sacrifice était accompli. Il s'approcha d'elle et lui dit, en montrant les boucles blondes qui descendaient sur les épaules de François, encadrant son joli visage d'une auréole dorée :

— Madame, il faudra enlever au lion sa crinière ; l'Eglise veut que nous soyons humbles de corps et de cœur : ces longs cheveux iraient très-bien à un page, mais ils dépareraient le front d'un clerc.

Une contraction nerveuse contracta les traits de la comtesse, mais ses yeux restèrent secs. Elle eut la force de sourire et répondit :

— Qu'à cela ne tienne ; si François y consent, nous allons le priver de cet ornement futile.

L'enfant sourit à son tour et s'écria d'une voix joyeuse :

— Maman, dépouillez vous-même la brebis de sa toison.

Il s'assit sur un escabeau et s'enveloppa d'un manteau de nuit tout garni de dentelles.

Madame de Sales saisit les ciseaux d'acier qu'elle portait suspendus à sa ceinture par une chaînette d'argent, et coupa d'une main ferme, sans trembler, sans pâlir, ces beaux cheveux blonds qu'elle aimait tant à contempler lorsque le soleil les transformait en un nuage d'or. L'opération fut longue et, plus d'une fois, la mère dut sentir son cœur défaillir, en continuant son œuvre : elle accomplissait, pour ainsi dire, la partie matérielle du sacrifice. Lorsqu'elle eut terminé, tous se retirèrent, la laissant seule avec ses tristes pensées.

— Allons ! se dit à lui-même Jean de Age en sortant, elle est calme, résignée : François sera prêtre !

Et il crut entendre une voix mystérieuse qui ajoutait :

— François sera un saint, un apôtre !...

V

DE LA RENCONTRE QUE FIRENT D'UNE FEMME, D'UN ENFANT ET D'UN SOL-
DAT, LE JEUNE M. DE SALES, SON PRÉCEPTEUR ET SES PAGES, ET DE
L'ACCUEIL QU'ILS REÇURENT DE MESSIRE GALOISDE REGARD, ÉVÊQUE DE
BAGNOREA.

Le lendemain, avant que le soleil fût levé, une troupe de cavaliers assez nombreuse quittait le château de Sales et s'engageait dans le chemin qui conduit de Thorens à Clermont, en passant par Charvonnex et la Balme de Sillingy. Cette cavalcade se composait du jeune François de Sales et de son cousin de Brens, avec leur précepteur l'abbé de Age, messieurs de Thiollaz et de Conzié, puis quelques valets, portant corselet de fer, casque à plumet, comme des soldats qu'ils n'étaient pas, et dûment armés d'arquebuses à rouet, dont ils se seraient fort peu soucié de faire usage. François, vêtu simplement, chevauchait à la tête du cortége, côte à côte avec le vieil abbé qui montait une bonne mule de Maurienne dont le pas dent et solennel convenait plus à son âge, à son caractère, que le trot fringant d'un genêt d'Espagne. Les deux pages suivaient à dix pas de là, causant librement, sans crainte d'être entendus par le rigide gouverneur qui n'eût peut-être pas toléré une causerie aussi futile. Ces jeunes gens, pour faire honneur, disaient-ils, à leur maître, mais en réalité pour flatter leur propre vanité, avaient fait assaut de luxe dans leur toilette. M. de Sales leur permettait beaucoup de privautés en ce genre, et comme leurs familles étaient riches et les pourvoyaient libéralement d'argent et de vêtements, ils ne laissaient passer aucune occasion de relever leur bonne mine par un costume somptueux.

Conzié s'occupait en cet instant de faire remarquer à Thiollaz son triomphant justaucorps de soie bleue à crevés cerise, sous lequel il grelottait un peu — car les matinées commençaient à être fraîches — et les plumes multicolores de son élégant toquet attaché à ses cheveux frisés par de longues épingles noires, suivant la mode inventée par le roi de France Henri III. Emmanuel de Thiollaz répondait à cette exhibition, en montrant non sans orgueil, un pourpoint à l'italienne en satin de Venise, richement passementé de fils d'argent ; un chapeau à l'allemande, entouré d'une chaîne ciselée et des gants parfumés comme en portaient d'habitude les seigneurs italiens attachés à la cour de madame Catherine de Médicis. Chacun vantait les mérites des nouveautés qu'il étrennait ce jour-là, et celui qui leur eût reproché de donner à ces colifichets une importance ridicule les eût vraiment étonnés.

Ce serait leur faire trop d'honneur que de rapporter ici leur entretien qui roula jusqu'à Charvonnex sur les différentes coupes de justaucorps, le nombre, la forme et la couleur des rubans dont il convenait de les orner, les nuances à adopter pour assortir les plumes du toquet, aux aiguillettes et aux crevés des chausses, et mille sottises du même genre qu'un homme sensé trouve infiniment niaises même dans la bouche d'une dame.

Pendant ce temps-là, François de Sales s'entretenait avec l'abbé des merveilles de la nature, des beautés agrestes du pays qu'ils traversaient, de l'harmonie si grande, si puissante qui existe dans l'œuvre de Dieu, de sa prévoyance et de sa bonté infinie pour l'homme à qui il donne tant de bien, ne demandant en retour que d'être aimé, servi, honoré.

Le soleil se levait, au moment où nos voyageurs arrivaient en face de Charvonnex, petit village situé sur la rive droite du torrent de la Fillière, dans une admirable vallée dominée par le mont Parmelan. Aux lueurs naissantes de l'astre du jour, pour nous servir du style de l'époque, le site leur apparut dans toute sa beauté. C'étaient des prairies déjà desséchées à demi par les vents d'automne; des groupes de mélèzes au feuillage nuancé de mille teintes diverses, depuis le jaune doré jusqu'au vert le plus foncé; des arbres chargés de fruits que la main du passant pouvait cueillir sans avoir à redouter l'importune apparition de cette gorgone ornée d'un tricorne et d'un vieux sabre appelée garde-champêtre. Les croupes arrondies, les pentes abruptes des collines et des montagnes se couvraient également d'un manteau de broussailles entremêlées d'arbustes encore verts et dominées quelquefois par les flèches élancées d'un bosquet de sapins. Çà et là, des villages apparaissaient, suspendus aux flancs d'un mont altier, ou bien enfouis dans l'ombre des vallées, entourés de vergers et de jardins, véritable ceinture verdoyante.

Comme tous les torrents, la Fillière courait, ou plutôt bondissait dans un lit hérissé de rochers énormes contre lesquels l'eau noire venait se heurter et se briser en flots d'écume blanche, pour retomber en cascade un peu plus loin, se creuser en tourbillon d'un autre côté, et redevenir enfin, après avoir triomphé de tous ces obstacles, un honnête ruisseau au doux murmure, à l'onde limpide, jusqu'à ce que de nouvelles roches vinssent barrer son cours et lui présenter une barrière.

Un modeste pont de bois formé de lourds madriers réunis par des crampons de fer unissait une rive à l'autre. Ce pont, tremblant sur ses assises de pierres, dénué de parapets, raboteux, glissant, n'offrait pas un passage des plus attrayants; le cavalier le plus expérimenté aurait cru commettre une imprudence en y hasardant son cheval. Aussi François de Sales et l'abbé jugèrent-ils à propos de confier leurs montures à un valet et de gagner à pied l'autre rive. M. de Age négligea d'ordonner aux deux pages d'imiter cet exemple; agir autrement eût été une insigne folie, et le digne homme crut inutile de les avertir. Au-delà du pont la route tournait à gauche et se dérobait derrière un amoncellement de rochers chargés de lierres et de ronces, pour reparaître cent pas plus loin entre deux rangées de hauts peupliers. Ni le gouverneur ni son élève ne virent donc la scène qui se passa.

— Tiens! s'écria Thiollaz en arrivant à l'extrémité du pont, voici un assemblage de poutres, de crampons, de bois et de fer qui ne fait guère honneur à l'architecte..... Nous sommes loin de ces monuments romains dont messire Vitruve nous a laissé de si belles descriptions... Allons! Ferdinand, il faut descendre!

— Descendre! dit Conzié en scandant chaque syllabe avec un accent de surprise dédaigneuse. Tu as donc peur, Thiollaz?

— Non, mais il me paraît inutile de commettre une imprudence.

— Bah! je prétends, moi, passer au galop sur ces planches à demi-pourries; et si elles s'effondrent... un Conzié ne se noie pas dans un verre d'eau.

Sur quoi, il prit du champ et piqua des deux. En deux bonds, son cheval le conduisit sur l'autre rive, où il disparut derrière les rochers. En fait d'extravagance, un adolescent ne veut pas reculer. Emmanuel voulut outrer la bravade de son camarade. Pour ce faire, il s'avança lentement sur le pont. Soudain un cri lamentable s'éleva. Tremblant de tous ses membres, le page pressa le pas et se vit bientôt en présence d'un spectacle inattendu. Une fois lancé au galop, le cheval de Conzié avait conservé son allure; or, la route était étroite, et sur cette route, une femme et un enfant cheminaient paisiblement; l'abbé et son élève virent passer comme un tourbillon cheval et cavalier, entendirent ce même cri qui avait effrayé Thiollaz, puis ils virent le cheval tourner bride et revenir lentement de leur côté. En même temps Conzié appelait à l'aide, et la femme se jetait à genoux auprès de l'enfant, étendu sans connaissance sur le gazon.

Bientôt les spectateurs de cette scène se trouvèrent réunis autour de la victime de l'étourderie du page, victime qui, du reste, avait eu plus de peur que de mal. L'enfant ne tarda pas à revenir à lui; son joyeux sourire sécha les larmes de sa mère, arrêtant ainsi les effets du désespoir de Conzié, qui s'arrachait les cheveux et se donnait de grands coups de poing dans les joues en s'adressant à lui même une kyrielle d'épithètes injurieuses dont la moindre, si elle lui eût été adressée par un autre, eût suffi à lui faire mettre flamberge au vent. L'abbé de Age, le sourcil froncé, faisait des

efforts inouïs pour dompter sa colère et ne pas compromettre sa
dignité par un éclat. François couvrait de caresses et de baisers le
pauvre petit ; l'étrangère, avant de témoigner sa joie de voir celui-
ci échappé à ce danger, remerciait la Providence de l'avoir si bien
protégé.

Bientôt l'on fut remis de cet émoi, et nos voyageurs purent
nouer connaissance avec ceux que le hasard, ou plutôt Dieu, mettait sur leur chemin. La femme pouvait avoir soixante ans. Elle
paraissait usée et vieillie par la misère, la maladie et les peines de
l'âme ; ses traits flétris conservaient les restes d'une grande
beauté ; sa démarche et son maintien annonçaient une condition
supérieure à celle dont elle portait les apparences ; quant à son
langage, correct et châtié, il dénotait une éducation peu commune
parmi les gens des classes laborieuses. Pourtant elle était pauvre-
ment vêtue d'une jupe et d'un surcot de serge noire, couverts
d'une couche de poussière, mais ajustés avec soin. Une cornette
de veuve et un voile noir encadraient son visage. Son fils, grand
et robuste garçon de douze à treize ans, possédait cette mine in-
souciante et hardie, ce regard franc, limpide, cet air ouvert et
affable, qui sont l'apanage d'une âme aguerrie au malheur et formée au milieu des misères de la vie. Il y avait dans son œil bleu
de la fierté, mais sans orgueil ; de la bonté sans faiblesse ; on y
lisait le courage et l'énergie. Ses traits, délicatement ciselés, n'é-
taient point ceux d'un enfant du peuple, et sa contenance n'indiquait point cette humilité, cet oubli de soi, que les gens de condition inférieure témoignaient devant les gens des hautes classes, à
cette époque où les principes d'égalité eussent paru chose monstrueuse.

François ne permit pas à ces inconnus de s'éloigner sans avoir
causé quelques instants avec eux. Il s'adressa d'abord à la mère et
lui demanda d'où elle venait et de quel côté elle se dirigeait :

— Messire, j'arrive d'Annecy et je vais à Thorens.

— A pied ?... sans serviteur... sans personne qui puisse vous
protéger ?

— A pied, oui vraiment, car je n'ai plus qu'un angelot d'argent
pour toute fortune... Il fut un temps où j'avais des serviteurs,
mais ce temps-là n'est plus, Dieu soit béni ! quoiqu'il m'ait tout

enlevé. Il me reste cet enfant, messire : qui voudrait être assez
lâche pour insulter une pauvre mère?

La voyageuse parlait d'un ton bref et saccadé, mais empreint
d'une certaine noblesse. Elle avait un léger accent étranger qui
ajoutait encore au charme de sa voix bien timbrée, harmonieuse
et sonore. Son geste était gracieux et digne. Tandis que François
causait avec elle, Conzié et Thiollaz interrogeaient l'adolescent.
Celui-ci leur répondait avec aisance, traitant avec eux d'égal à
égal, ce dont les deux pages, grâce aux préjugés de l'époque, se
montraient assez mortifiés. Ferdinand voulut lui faire accepter
quelque argent en dédommagement du péril auquel il l'avait exposé, mais le jeune garçon, avec une fierté au-dessus de son âge, le
remercia poliment et refusa.

Monsieur de Sales se retourna vers lui et lui demanda avec cette
grâce et affabilité dont il ne se départit jamais, comment il s'appelait.

— Je me nomme Jacob, messire, et ce m'est un grand honneur
de porter le nom de celui qui fut assez courageux pour lutter avec
l'ange, assez fort pour le renverser.

— Ah ! ah ! fit l'abbé de Age en souriant, vous connaissez déjà la
Bible, mon petit homme !

— Je ne suis pas un petit homme, répliqua Jacob en fronçant
légèrement le sourcil, et, puisque je vous parle avec politesse, mon
maître, je vous prie d'agir de même à mon égard.

Au milieu des éclats de rire qu'excita cette répartie, accentuée
par un geste énergique, on entendit la voix de la mère qui disait
d'un ton de reproche :

— Jacob !

François et ses deux pages remontèrent à cheval et l'abbé, après
avoir donné à cette femme singulière un riche présent de la part
de son élève, se remit en selle à son tour. Comme il se disposait à
bénir les deux pauvres voyageurs, afin d'appeler sur eux la protection d'en-haut, puisqu'ils ne possédaient aucun ami sur la terre, la
mère prit vivement son fils par la main et s'éloigna d'un pas rapide en s'écriant :

— Adieu, messeigneurs, Dieu vous garde de tout mal et vous récompense du bien que vous m'avez fait.

Jean de Age, surpris de cette action peu conforme aux manières d'agir des habitants du pays, les vit disparaître au tournant de la route avant d'avoir achevé le signe de la croix. Revenu de son étonnement, il murmura, en reprenant sa place à la droite de François.

— J'ai bien peur que nous n'ayons eu affaire à des hérétiques !

Cette phrase fut dite avec un tel accent de dépit que François ne put s'empêcher de sourire. Tels étaient les sentiments de répulsion que les sectateurs de la prétendue réforme s'était attirés par leurs actes et qui régnait contre eux dans toutes les classes de la Société que ce vénérable prêtre, malgré ses vertus, sa charité, manifestait un vif regret d'avoir obligé des gens soupçonnés d'hérésie. François lui représenta modestement combien peu importait à l'homme charitable et l'individu envers qui sa charité est exercée et la façon dont il l'exerce, pourvu qu'il suive le précepte sacré : Aimez-vous les uns les autres. Puis il le railla doucement de son mutisme obstiné en présence des étrangers. M. de Age, en effet, observait beaucoup, mais il parlait peu. Il dérogea néanmoins à cette habitude pour tancer vertement Conzié sur son étourderie. Il lui montra à quels remords éternels il eût été en proie, si par sa faute il avait causé la mort de cet enfant :

— Soyez donc plus prudent, s'écria-t-il, et ne cherchez pas tant à imiter ces muguets de cour dont l'habit de satin recouvre bien souvent un cœur gangrené par la corruption, moins pur et moins bon aux yeux du ciel que celui qui bat sous la bure d'un paysan. Vous aimez à briller, à montrer vos talents naturels, mais aujourd'hui vous nous en avez donné une piètre idée... En revanche, vous nous avez prouvé que vous êtes, non pas courageux, mais téméraire et plein de présomption.

Ferdinand, confus, baissa la tête et n'osa point répliquer. Il rejoignit son collègue Thiollaz et lui chercha querelle pour faire diversion et calmer ses nerfs, excités par la remontrance du gouverneur.

VI

Nos voyageurs arrivèrent à la Balme de Sillingy, petit village situé au delà des marais d'Épagny, au moment où la montre suspendue au cou de François par une chaîne d'or marquait dix heures.
En ce temps-là, c'était l'heure du dîner, et nos pères, qui savaient
manger bien et longtemps, riraient de nos repas du soir, que la
mode recule de plus en plus, si bien que l'on finira par aller dîner
en ville le lendemain du jour pour lequel on aura été invité.

A l'extrémité du village s'élevait une petite hôtellerie d'assez
bonne apparence. Un treille chargée de raisins cachés sous des
guirlandes de pampres jaunis, s'appuyait à la façade et formait une
sorte de salle à manger champêtre. Deux tables entourées de bancs
en ornaient les deux extrémités laissant entre elles un large passage. L'une d'elle était alors occupée par un de ces soldats voyageurs qui peuplaient à cette époque les routes de l'Europe, assistant à maintes batailles, distribuant force coups, vendant leur épée
au plus payant, détroussant au besoin les gens sur le grand chemin ; sans foi ni loi, sans feu ni lieu. Celui-ci paraissait pourtant
assez honnête ; ses armes étaient bosselées et ses vêtements usés,
mais fort propres. Son visage rébarbatif n'avait point désappris le
sourire ; son langage décelait une grande bonhomie. Il avait devant lui une *miche* de pain bis, une grillade de poissons du Fier,
accompagnant un plat de raves au fromage, et flanqué d'une énorme bouteille. L'abbé jeta sur lui un regard d'approbation, car c'é-
tait ce jour-là vendredi de Quatre-Temps, et il approuvait fort le
soudard de ne point contrevenir aux lois de l'Eglise. L'hôtelier se
précipita au-devant des clients que le hasard lui amenait, et
voulut tenir lui-même l'étrier du vénérable ecclésiastique. François et les pages avaient déjà abandonné leurs montures aux mains

des valets. M. de Age, coupant court aux salutations de l'hôtelier, lui ordonna de dresser le couvert sur la table voisine de celle du soldat, alléguant qu'avec un si beau soleil il ferait meilleur dîner en plein air qu'entre les quatre murailles d'une salle enfumée.

— Vous nous servirez, dit-il avec un sourire à l'adresse de son futur commensal, une grillade et un gratin de raves semblables à ceux que je vois devant ce brave et dont l'odeur n'est point désagréable, au contraire. En ce jour, les chiens seuls et suppôts de Calvin se repaissent de viande.

Enhardi par la bienveillance du gouverneur, l'affabilité de son élève et la mine espiègle des pages, le soldat engagea la conversation avec une aisance dénotant un certain usage du monde. Le digne abbé s'aperçut qu'il s'efforçait de gouverner sa langue et de ne laisser échapper aucune parole capable d'offenser en lui le prêtre, en ses élèves des jeunes gens vertueux. Son estime pour l'inconnu fut augmentée par cette réserve.

— *Maxima debetur puero reverentia*, grommela-t-il en se parlant à lui-même, voici un lansquenet dont la délicatesse ferait honte à plus d'un gentilhomme de ma connaissance.

Sur quoi, il renoua l'entretien par cette question.

— Et sans doute, voyageant comme vous le faites, mon ami, vous devez savoir grand nombre de nouvelles.

— Humph !... nouvelles... Heuh ! je voyage avec une commission, messire, une commission des moins agréables, *Nuestra Senora del Pilar !...* Or, mon ambassade occupe mon esprit sans relâche, le voue à des tortures sans nombre... en noie la quintessence, comme dirait mon ami le seigneur de Chicot, fou du roi Henri IIIe, de telle sorte que je ne puis songer à rien, *por la sangre del Moro !*

— Vous allumez notre curiosité, s'écria Conzié d'un ton malicieux, et vous vous retirez ensuite sans l'éteindre ; ce n'est point œuvre de bon chrétien.

M. de Age fronça le sourcil.

— Débarrassez-vous donc, murmura-t-il à demi-voix, de ces sottes manières de parler, qui offensent à la fois la langue et le bon goût. Laissez aux romanceros espagnols, aux bavards d'Italie ce langage précieux et trop imagé.

Le soldat sourit de cette apostrophe dont Conzié, lui, se sentait profondément humilié, et répondit au page :

— Qu'à cela ne tienne, mon jeune seigneur. Je puis vous dire en deux mots de quoi il s'agit : ma commission n'étant nullement secrète, et cela pourra vous édifier sur l'histoire de notre temps.

Romuald Schiffnetter, — cet homme se nommait ainsi — s'approcha, prit un escabeau et s'assit à la table de nos compagnons sans y mettre plus de façon. Comme il avait apporté sa coupe et sa bouteille, il emplit l'une du contenu de l'autre et reprit, après avoir, au préalable, bu une rasade :

— Vous n'êtes pas sans savoir, mes maîtres, que le roi de France, Henri III, — j'ai eu l'honneur de le voir à Turin, en 1574, et c'est un prince merveilleusement bien fait, galant et gracieux pardessus tout, — a restitué à Monseigneur le duc — Dieu le conserve ! — Pignerol, Savigliano et la vallée de la Perrouse. D'un autre côté, le très-catholique roi d'Espagne nous a remis Asti et Santia, ce qui fit dire à notre duc *Scianca-ferro* : « Je tiens enfin les clefs de la maison. » Ce n'est pas le tout que d'avoir les clefs, il faut encore savoir s'en servir. Or, les Français tiennent encore le marquisat de Saluces, lequel nous appartient légitimement. Il s'agirait donc de s'en emparer. Eh bien ! non... Ah ! poursuivit le soldat d'un ton colère et en frappant du poing sur la table avec violence, *non se puede ver hombre mas tomto* ! comme disait souvent le seigneur duc de Sessa à son écuyer don Hernandez Barrera ! — On ne saurait trouver un homme plus maladroit.

— Continuez, je vous en prie, dit François de Sales vivement intéressé par ce début.

— Vous êtes en même temps, ajouta l'abbé de Age d'un ton convaincu : *Valorosus miles nec non vir bonus dicendi peritus !*....

Romuald frisa négligemment ses longues moustaches, non sans laisser percer sur son visage une certaine satisfaction intime.

Flatté de voir son éloquente prolixité si bien appréciée, il poursuivit :

— Le marquisat de Saluces appartient présentement à M. le maréchal de Bellegarde, lequel s'en est emparé. Or vous savez ce qu'il en est de ce vilain sire. Après avoir été d'Église, il se fit d'épée, ayant un jour tué en duel un de ses jeunes camarades. Comme il était neveu du maréchal de Thermes, on le fit enseigne dans un régi-

L'Apotre.   4

ment; il devint lieutenant, puis capitaine, s'attacha à Gondi, l'un
de ces paltoquets italiens que madame la reine Catherine traîna en
France sur la queue de sa robe. Ce Gondi devint duc de Retz, et
pour que la faveur atteignît en même temps le maître et le valet, il
extorqua une commanderie de Calatrava pour le petit Bellegarde,
lequel se nommait alors tout simplement Roger de Saint-Lary.
Bref, celui-ci joua si bien son petit rôlet — comme fit le feu roi
Charles IX, — qu'il devint maréchal et riche de trente mille livres
de rentes. M. de Bourdeilles, abbé de Brantôme, m'en disait un
jour ceci : « On le vit tout à coup si regorgé de faveurs, grades et
biens, que nous ne l'appelions à la cour que le *torrent de la faveur*,
et tout le monde s'en étonnait. » Ayant épousé madame sa tante,
veuve de M. de Thermes, il s'en vint à Saluces, dont elle était héritière, étant fille de M. François de Saluces-Cardé, en chassa Bi-
rague, son gouverneur, et s'en empara pour former un apanage
indépendant à son fils. Eh bien ! devinez-vous maintenant ce de
quoi je suis chargé ?

Tous les auditeurs de ce singulier discours se hâtèrent de répondre
négativement.

— C'était une bonne occasion pour Emmanuel Philibert de reprendre Saluces sans coup férir, continua Schiffnetter : eh bien !
non. Le duc veut aider le roi de France et m'envoie à Genève prier
l'évêque dom Ange Giustiniani de prendre un arrangement en ce
sens avec M. de la Valette, envoyé français, lequel est à Gex rete-
nu par la fièvre quarte. Hein ? Que vous en semble, par la barbe
du prêtre Jean ?

L'abbé de Age eut peur de se compromettre et ne répondit pas.
Thiollaz fit une moue désapprobative; Conzié haussa carrément
les épaules; François de Sales sourit doucement et répliqua de sa
douce voix, sans en varier les inflexions, sans paraître souligner
ses paroles :

— Moi, je crois que le duc Emmanuel agit pour le mieux. D'a-
bord, il remplit son devoir de prince et de chrétien, en ne violant
pas les traités et en observant la parole jurée; ensuite il met les
forts du côté du roi de France et lui suscite pour ennemi un de ces
propres favoris, ce qui est agir en fin politique; enfin, il attend
patiemment que le jour soit venu de récupérer le reste de l'héritage de ses pères. Vous me semblez aimer les proverbes, maître

Schiffnetter, vous ne contesterez donc point la valeur de celui-ci :
Tout vient à point à qui sait attendre et savoir attendre est la
science du sage.

— Bien parlé, *caramba* ! s'écria le soldat en frappant du poing
sur la table. Mon jeune seigneur, vous irez loin, car tout blanc-
bec que vous êtes, vous en remontrez à une vieille moustache
qui erre depuis un quart de siècle dans les camps, les batailles et
les garnisons.

La petite caravane étant bien reposée, le déjeuner achevé depuis longtemps, l'abbé donna le signal du départ. Les jeunes gens
prirent congé du vieux soldat auquel François eut le temps de faire accepter quelques pièces d'or pour l'aider à continuer sa route.
Ils se séparèrent les meilleurs amis du monde.

Maintenant, si notre cher lecteur le veut bien, nous le condui-
rons au château de Clermont, où nous retrouverons plus tard nos
amis de la famille de Sales. Cette résidence, la miniature du Vatican, s'élevait sur une haute colline, baignée d'un côté par le
torrent de la Morgue, de l'autre par le torrent des Usses dont
les ondes écumantes, se précipitant sur des rochers, décrivent
dans la vallée des méandres capricieux. Cette éminence domine
de frais vallons, encaissés entre des mamelons couverts d'un
manteau de verdure et semés de villages, de hameaux, de ruines,
de mignons castels. Sur son revers méridional est bâti le village
de Clermont qui eut, pendant plusieurs siècles, une véritable influence, les comtes de Genevois y passant chaque année la
plus grande partie de l'été.

Au moment où nous pénétrons dans le château, l'Évêque de
Bagnorea se promenait dans la galerie ouverte qui entourait la
cour intérieure du bâtiment. C'était un homme d'aspect majestueux, dont le visage exprimait une douceur, une bonté sans bornes.
La simarre de tabis violet, drapée en plis somptueux, son camail
de même couleur, indiquaient son rang et sa dignité dans l'Église. Il lisait avec attention un certain nombre de lettres et de documents qu'un jeune religieux, revêtu de l'habit de saint François,
lui remettait successivement, et les renfermait, après les avoir lues,
dans un vaste portefeuille.

Gallois de Regard, homme d'une vaste érudition, avait d'abord été camérier d'honneur du pape Paul IV, pourvu des prieurés de Saint-Victor et de Saint-Jean hors les murs, de Genève; abbé d'Entremont, chanoine d'Annecy, il semblait que sa fortune ne dût point arrêter sa marche ascendante. En récompense des services qu'il rendit à l'Église, il fut nommé évêque de Bagnorea (1). Le pape voulait encore le revêtir de la pourpre romaine; mais accablé de fatigues, rendu faible et débile par des excès de travail, il dut quitter Rome et revenir en Savoie pour s'y reposer et passer dans le calme et le repos les derniers jours de sa vie. Il ne put néanmoins s'accoutumer à l'osiveté, et continua de correspondre avec les savants, les artistes et les princes d'Italie; il partagea son temps entre l'étude des sciences ecclésiastiques, sur lesquelles il nous a laissé un grand nombre d'écrits, et l'accomplissement des devoirs de son ministère.

Il aidait de ses conseils l'illustre évêque de Genève; travaillait avec une ardeur, un zèle au-dessus de son âge à lutter contre les sourdes menées de l'hérésie. La réforme occupait alors tous les esprits élevés qui s'accordaient à dire qu'elle était la ruine de la civilisation chrétienne et le précurseur de la révolution. Les lettres que le prélat lisait, en se promenant sous les portiques de son palais avaient trait aux progrès du calvinisme en Chablais. Il accompagnait sa lecture de réflexions prononcées à voix haute, avec un accent d'indignation et de douleur. La dernière missive qu'il ouvrit lui arracha des larmes :

— Tenez, mon frère, dit-il en l'offrant au capucin qui le regardait avec une sorte de compassion, lisez, lisez cette lettre que m'écrit de Samoëns le seigneur de Lestelley qui fut chassé de Genève avec les mamelus.... Oh ! cette hérésie odieuse, quel mal immense elle produit ! Quels ravages elle fait dans nos belles montagnes de la Savoie !... Le Chablais est couvert d'émissaires, véritables démons tentateurs, qui achètent les consciences avec de l'or ou qui

(1) Bagnorea, petite ville du pays d'Orvieto, dans les États Pontificaux. Les Romains l'appelaient *Balnearegium*. C'est aussi le *Novum pagi*, de Pline, et le *Rhoda*, de Didier, roi des Lombards. Cet évêché relève directement du Saint-Siége. Bagnorea fut la patrie du cardinal Jean Fidanza, que nous honorons sous le nom de saint Bonaventure, et que son siècle appela le docteur Séraphique.

vendent le salut du corps au prix de la perte de l'âme !... On en-
lève les enfants et les jeunes filles... On assassine les vieillards qui
refusent d'abjurer... On chasse les familles de leurs maisons, on
vole, on pille, on écrase le pauvre, on pressure le peuple, au
nom de la fraternité évangélique, au nom de la liberté de conscience, au nom de la réforme des abus !... Est-ce assez horrible ?
Dieu ne suscitera-t-il pas un vengeur ?.. Qui donc terrassera l'hy-
dre aux cent têtes, sans cesse renaissantes, qui dévore et saccage
tout le royaume de Jésus-Christ?

Saisi d'enthousiasme, le P. Chérubin, qui devait un jour être
l'un des apôtres de cette malheureuse contrée, prononça d'une
voix et d'un ton inspirée ce verset du psalmiste :

— *Docebo iniquos vias tuas et impii ad te convertentur.*

Au même instant, et comme si la Providence eût voulu répondre
à la question formulée par Gallois de Regard, une porte s'ouvrit
avec fracas, et la voix d'un serviteur cria ces mots :

— Le seigneur comte François de Sales et monsieur l'abbé de
Age, son gouverneur.

François de Sales parut aussitôt dans la galerie, accompagné de
l'abbé et suivi à quelques pas de distance des deux pages le poing
sur la hanche et la tête découverte.

— Est-ce une prophétie ? se demandait l'évêque de Bagnorea,
en voyant s'avancer vers lui cet enfant blond, au visage gracieux,
au maintien modeste, réservé sans être timide, humble sans être
servile, ayant en lui, autour de lui, quelque chose de grand, ce
l'on ne sait quoi de sublime qui fait dire : C'est un prédestiné !

Le prélat vint à la rencontre de l'enfant et lui ouvrit ses bras,
poussé par un irrésistible sentiment de sympathie. Puis, après
avoir embrassé l'élève, il voulut embrasser le maître, malgré les
protestations du bon abbé de Age, tout confus d'un pareil honneur.
Il eut aussi de gracieuses paroles pour les deux pages qui se con-
duisirent de façon à mériter plus tard les éloges de leur gouverneur, lequel n'en était point prodigue. François informa l'évêque
du but de son voyage, lui apprit son dessein de renoncer au monde
pour jamais, de se vouer à Dieu, de le servir, de le faire connaître, de travailler à sa gloire, à l'exaltation de son Eglise. Tout
d'abord Gallois de Regard vit là une sorte d'enthousiasme irréfléchi, une fausse vocation provoquée par une ardente piété, par des

sentiments louables, il est vrai, mais fondés sur l'ignorance que cet enfant devait avoir des obligations du sacerdoce. Il entreprit donc de l'éclairer : il lui montra d'abord la grandeur infinie du ministère auquel Dieu appelait de rares élus ; il lui dit combien était lourd le poids du sacerdoce, combien étaient multiples, pénibles, continuels les labeurs et les devoirs du prêtre. En parallèle, il mit les avantages que François aurait à rester dans le monde, lui, issu d'une famille illustre, comblée des biens de la terre. L'enfant, avec une admirable simplicité de langage, rétorqua tous les arguments du prélat. Il se montra si bon, si pur, si naïf, si élevé en même temps dans l'expression de ses sentiments ; il supplia avec tant d'ardeur, discuta avec tant de logique, laissa entrevoir tant de profondeur et de poésie dans ses vues, que Gallois de Regard, émerveillé, dut s'avouer vaincu.

Le religieux — qui n'était autre que le père Chérubin de Maurienne, devenu si célèbre dans la suite — restait stupéfait et ne trouvait aucune parole pour exprimer son admiration. M. de Age pleurait d'attendrissement et racontait comment François avait arraché à son père, à force d'instance, l'autorisation de recevoir la tonsure. Il dit en confidence au prélat que M. de Boisy ne s'était laissé vaincre qu'avec l'espérance de voir son fils renoncer plus tard à entrer dans les ordres sacrés. Mais qu'avec un caractère de la trempe de celui de François, un engagement de ce genre devenait irrévocable. Il fut décidé que l'enfant recevrait la tonsure le lendemain avec d'autres jeunes clercs d'Annecy, qui ne devaient pas tarder à arriver. Sûr d'être arrivé à son but, François se retira dans l'appartement que l'évêque lui offrit et voulut passer le reste de cette journée dans la solitude et le recueillement. Mgr de Regard envoya les pages à son antichambre, où se trouvaient les siens, à qui il fit dire de bien accueillir MM. de Thiollaz et de Conzié, et de leur faire les honneurs du château. Lorsqu'il fut seul avec le moine et le prêtre, il s'entretint quelque temps encore des précieux dons spirituels que possédait le jeune comte de Sales ; il témoigna son bonheur de le voir élevé avec tant de soin dans la pratique des vertus chrétiennes, en un moment où tant de gens pensaient uniquement aux affaires de ce monde, montrant une indifférence détestable à l'égard de la religion. Ces réflexions le ramenèrent au sujet qui le préoccupait avant l'arrivée de ses hôtes. Il transmit à l'abbé de Age les nouvelles importantes que lui apprenaient ses correspondants.

Celui-ci, en échange, le mit au courant des affaires du marquisat de Saluces et des projets avortés, heureusement pour la monarchie, du maréchal de Bellegarde.

— Hélas ! s'écria l'évêque en terminant cette longue causerie, la Savoie marche à sa ruine, si une main de fer ne prend les rênes du gouvernement. Sans l'intervention divine, elle est perdue ; la France, d'un côté, la Suisse et l'Italie de l'autre ; la réforme qui envahit tout ; les finances en désarroi, les seigneurs en révolte contre leur souverain, des discussions intestines, rien ne manque à son malheur. Mais la source de tous ces maux, c'est le protestantisme !... Il essaie de s'édifier sur les ruines de l'Église catholique; Il veut opérer une révolution dans les esprits. Il a la force, il a l'audace : ses chefs savent qu'il faut réussir ou mourir, ils ont l'énergie du désespoir. Ils ne triompheront point, car l'Église a pour elle les promesses de Jésus-Christ à Pierre : *les portes de l'enfer ne prévaudront point contre toi* !... mais ils feront un mal immense. Oh ! qui donc s'élèvera contre l'hérésie ?... qui saura préserver la Savoie du poison de l'erreur... Qui osera porter l'Évangile dans cette province de Chablais, si profondément atteinte ?

Il ne se doutait pas que l'enfant qu'il allait vouer le lendemain au service du Seigneur était désigné par le ciel pour accomplir cette œuvre belle entre toute.

Nous ne décrirons point l'imposante cérémonie qui eut lieu, le 22 septembre 1578, dans la chapelle du château de Clermont, par la raison bien simple que notre plume serait impuissante à la dépeindre, impuissante à dire les sentiments de foi, d'amour et d'espérance dont le cœur de François de Sales fut rempli, pendant cette matinée bien heureuse. De pareilles émotions se ressentent et ne s'expriment point. Après-midi, le jeune clerc prit congé de Mgr de Regard qui lui fit de touchants adieux. Ils ne devaient plus se revoir en ce monde : l'évêque mourut quatre ans après.

A son retour de Clermont, François apprit une nouvelle inattendue : son père avait résolu de l'envoyer achever ses études à Paris, sous la direction de l'abbé de Age. Il chargea la comtesse d'instruire son fils de ce dessein. Il avait choisi pour lui le collège de Navarre, fondé en 1304, par la reine Jeanne, femme de Philippe-le-Bel.

François montra beaucoup de soumission pour les désirs de son père, mais il le pria de lui permettre d'entrer au collège des jésuites, fondé depuis peu par l'évêque de Clermont, Guillaume Duprat. M. de Boisy consentit sans peine à céder sur ce point, et quelques jours plus tard, François se séparait de sa mère et prenait, avec son précepteur, la route de Paris.

CHAPITRE I.

OU LE LECTEUR, APRÈS AVOIR ASSISTÉ A UN ENTRETIEN DES PLUS INTÉ-RESSANTS ENTRE UN CABARETIER ET UN PASTEUR, APPREND UNE FOULE DE CHOSES QU'IL N'EST PAS OBLIGÉ DE SAVOIR.

— Et moi je vous le dis en vérité, mon frère Grégoire, ce n'est point ainsi que l'on agit à l'encontre d'un fils comme le vôtre. Hum ! je ne puis admettre sans preuve, *sine proba*, dit l'Ecriture, que Faustin soit un sournois, un libertin, un hypocrite. Hein ? vous le savez, compère Grégoire, *talis pater qualis filius* : le père est semblable au fils ou le fils au père, Grégoire Mathevey, et c'est grande honte à vous de le traiter de la sorte, comprenez-vous ?

— Me croyez-vous assez peu d'intelligence pour ne pas vous comprendre, Léonard Villoz ? Je ne suis pas si niais que je ne démêle certaines injures dans vos citations latines. Moi je vous dirai purement et simplement : « Charbonnier est maître chez soi. » Et si vous n'êtes pas content, allez le dire à Rome.

— Allez-y vous-même, *vir improbus atque... atque... corruptus !* Allez-y vous-même, gronda Léonard Villoz, d'une voix indignée. Me prenez-vous pour un sectaire papiste, vilain ? *Et vidi de mari bestiam ascendentem,* voilà ce que dit le prophète Jean au chapitre XIII de l'Apocalypse ; *habentem,* comprenez-vous ? *habentem capita septem et cornua decem :* Sept têtes et dix cornes, oui, monsieur, oui, ! Et quoique cela ne fasse pas une pauvre paire de cornes par tête...

— Eh ! s'écria Grégoire en riant de tout son cœur, je connais des gens qui ont dix paires de cornes sur une seule tête. Mais, ne vous perdez pas dans votre *em* et vos *a*, Léonard, et si la bête est, comme je le pense, Rome la détestée, dites-le vite afin qu'on le sache.

— Que Rome aille quelque part et vous avec ! Je vous le demande, est-ce donc ainsi que vous devez agir ? Faustin est un brave et honnête garçon, Grégoire ! Il aime à boire, à jouer, à se divertir, dites-vous ? mais ce sont là défauts de son âge ! il est jeune, c'est une maladie dont on guérit toutes les vingt-quatre heures.

— C'est un menteur et un hypocrite !

— Oh ! ce sont là vos grands mots ! Vous rudoyez trop cet enfant, il vous en adviendra malheur.

— Bon ! pour une admonestation...

— Belle admonestation, en vérité ! Il a reçu plus de coups que de caresses, le pauvre mignon ! vous l'abrutissez, frère, vous lui rendez la vie bien dure. Oh ! si sa pauvre mère n'avait pas succombé, les choses n'iraient pas sur ce pied-là. Et si Faustin ne possédait pas auprès de lui un ange véritable, *missus à Domino*, depuis longtemps il vous aurait quitté, le cher enfant ! Mais j'aperçois là, continua Léonard Villoz en changeant de ton, mon ami Romuald Schiffnetter et je vous laisse à vos réflexions.

— Fi donc ! nasilla Grégoire. Vous fréquentez des lansquenets, mon frère Léonard ? Belle compagnie pour un ministre !

— *Deposuit potentes et exaltavit humiles*, Grégoire Mathevey.

— Bon ! voilà que vous citez des hymnes papistes maintenant ! Du reste, il n'y a pas de quoi m'étonner. Ce Romuald Schiffnetter, dont vous avez fait le meilleur de vos amis à force de lui payer à boire, est lui-même un papiste... Allez donc, Léonard, allez ! et vautrez-vous dans la fange, si telle est votre bon plaisir...

Léonard Villoz n'attendit point que son beau-frère eût achevé son discours, il ouvrit la porte de la boutique et s'enfuit précipitamment.

La scène que nous rapportons ici se passait, en effet, dans une boutique, ou, pour parler plus élégamment, dans la salle principale du cabaret de la *Pomme-d'Api*, dirigé depuis une vingtaine d'années par maître Grégoire Mathevey. Celui-ci était un homme âgé de cinquante à soixante ans, d'une taille au-dessous de la moyenne, assez maigre, mais pourvu de muscles solides. Son visage offrait l'expression peu aimable d'un museau d'ours mal léché. Ce que sa barbe, ses moustaches et ses sourcils buissonneux, le tout d'un noir de corbeau, tigré de mèches blanches, laissaient voir de sa peau, avait une couleur terreuse. Son nez carré, épaté, saillait entre deux joues creuses, couturées par la petite vérole. Ses yeux caves roulaient au fond d'une orbite profonde et reluisaient comme deux charbons ardents sous leurs paupières bistrées. Le front étroit et bombé s'encadrait de cheveux coupés ras, dessinant deux angles rentrants au sommet des tempes, les oreilles larges, longues, évasées, ressemblaient aux anses d'un pot étrusque. En somme, le cabaretier était doué d'une laideur peu commune, dont il augmentait encore l'effet par l'expression rébarbative que son visage conservait maintenant en dépit de lui-même, tant elle lui était habituelle.

Le père de Grégoire Mathevey, disciple fervent de Michel Servet avait été chassé de Genève après la mort de son prophète et s'était réfugié au bourg d'Allinges. Il amenait avec lui son fils, mauvais sujet de la pire espèce, qui, après avoir commis nombre de fautes, en vint à commettre un crime. Il osa lever la main sur son père et le frapper au visage; le vieux Mathevey expira le lendemain, en appelant sur la tête de son fils toutes les malédictions du ciel.

Cela n'empêcha pas Grégoire d'épouser une charmante orpheline, riche d'une dot de mille livres, somme énorme en ce temps de simplicité. Les affaires du cabaretier prospérèrent de façon à lui enlever toute inquiétude au sujet de la malédiction que son père mourant lui avait si libéralement octroyée. Il ne songeait point qu'il serait puni par là même où il avait péché : le sang de son père devait retomber sur sa tête. Ses enfants, Faustin et Sarah ignoraient complétement l'histoire de leur famille ; la suite de ce récit fera connaître dans quels termes ils vivaient avec Grégoire Mathevey.

Le bourg des Allinges, que nous avons dû choisir pour théâtre de notre action, est situé au pied d'un escarpement de roches, au sommet duquel se dressent fièrement les ruines du château, autre-

fois habité par de hauts barons, et dont on rasa les fortifications à
la fin du siècle dernier. Cet antique manoir avait été fondé par un
roi de Bourgogne, Rodolphe II, et, pendant bien des siècles, les
comtes de Savoie et les barons de Faucigny s'en disputèrent la pos-
session. Pendant les guerres du quatorzième siècle, il fut le boule-
levard du Chablais, dont la capitale Thonon, est à une lieue de là.
Quant à l'illustre famille qui lui donna son nom, et dont l'origine
se perdait dans la nuit des temps, elle s'éteignit en la personne de
messire Joseph-Prosper-Gaëtan d'Allinges, marquis de Coudrée.

Le bourg d'Allinges eut une importance réelle dès le x⁰ siècle.
Il était le chef-lieu de huit autres communes qui possédaient un
grand syndic, un conseil commun, des priviléges particuliers, entr'autres le droit de bourgeoisie. Aujourd'hui, ce bourg ne compte
plus que mille à douze cents habitants. Il est situé, comme nous
l'avons dit, au pied de la colline dominée par les ruines du fort,
dans une vallée entourée d'éminences peu élevées parsemées de
nombreux villages, de tours et de maisons fortes non moins nombreuses.

En 1594, époque à laquelle se passait notre histoire, il se composait d'une longue rue, très-étroite, se courbant aux extrémités
en suivant les sinuosités du rocher et coupée, vers le centre, par
une ou deux ruelles débouchant sur une petite place polygonale.
Cette place renfermait l'église et le presbytère, jadis habité par un
doyen qui avait juridiction sur soixante-quatre paroisses des environs. Malheureusement il n'y avait alors ni doyen, ni curé, ni
vicaire. Le clocher de l'église était à demi ruiné, les vitraux du
chœur, brisés, laissaient pénétrer le vent et la poussière dans l'intérieur de l'édifice ; les portes fermées se tapissaient de toiles
d'araignées ; les mousses, les lichens envahissaient peu à peu les
murailles et la toiture. Nous dirons tout à l'heure le motif de cette
désolation. A côté de l'église, on voyait la maison commune, où se
rassemblait le conseil et où l'on conservait les archives du bourg.
C'était un bâtiment plutôt petit que vaste, construit dans le style
simple du xiiɪᵉ siècle et percé de fenêtres carrées, coupées de croisées de pierre. La porte seule s'ouvrait en ogive. Les armes de la
maison d'Allinges en décoraient les panneaux. En face de cette
construction, une fontaine servait à la fois d'abreuvoir pour les chevaux et de lavoir aux lessiveuses de l'endroit. Naguère, une belle

croix de pierre ornait le milieu de la place, mais on l'avait abattue et son piédestal, debout encore, entouré de fragments épars, subsistait comme un souvenir du sacrilége accompli.

A l'autre bout du carrefour, la taverne de la *Pomme d'Api* se dressait, isolée, à l'entrée de la rue aux Oyes. Le domaine de Grégroire Mathevey mérite une description particulière. La maison s'élevait au milieu d'un petit jardin, fermé du côté de la place par une palissade en *échalas* et du côté opposé par un murger rempli de fentes, de crevasses, abondamment recouvertes de ronces et de lierre. Quelques maigres plantes de choux et de salades croissaient dans cet enclos, à l'ombre d'arbustes rabougris. A droite, cinq ou six gros pommiers formaient en été une salle de verdure que les buveurs de vin d'Aize préféraient à la grande salle ornée de boiseries noircies par le temps et la fumée. A gauche, il y avait un petit bâtiment servant d'étable. Il renfermait une vache, une paire de brebis et cet animal aux longues soies dont le nom peut s'appliquer aussi bien à certains individus de la race humaine. Au-dessus de l'étable, un colombier s'élançait, svelte, du toit de chaume brodé de mousse et servait d'asile à une douzaine de colombes bien et dûment mariées à autant de pigeons. La maison attenait à ce petit appentis que Grégroire Mathevey avait lui-même édifié au moyen de pièces de sapin prises dans la forêt d'Abondance, abbaye dont on avait chassé les habitants.

Cette demeure se composait du rez-de-chaussée bâti en bonnes pierres solides, supportant un étage en saillie construit en forts madriers de chênes, peints de diverses couleurs. Un pied de vigne-vierge planté devant la façade, étendait ses branches jusqu'au faîte et encadrait de ses rameaux touffus les petites fenêtres fermées par des châssis de toile, en guise de vîtres, et munies d'épais volets en bois-plein. Le toit, couvert de mauvais bardeaux à demi-pourris, s'avançait au-dessus de l'étage et formait un auvent assez large. Des giroflées sauvages avaient poussé dans les chéneaux et retombaient en guirlandes, mêlant aux feuilles élégamment découpées de la vigne leurs fleurs jaunes comme l'or d'Ophir, pour employer une des locutions favorites de M. Léonard Villoz.

Cette verdure, ces arbres, ces fleurs, donnaient pendant le printemps et l'été un aspect joyeux à cette humble maisonnette. Et, dans les premiers jours de l'automne, alors que les pampres rougis

dessinaient des traits d'or et de pourpre sur les murs lézardés ;
alors que les grands pommiers secouaient au vent leur feuillage
aux teintes jaunâtres, le tableau ne manquait pas d'une beauté
champêtre. Mais, hélas ! lorsque le bonhomme Hiver secouait ses
neiges et ses frimats sur cet ensemble de choses gracieuses, l'aspect en devenait, sinon misérable, du moins pauvre et désordonné.

Or, au moment où nous sommes arrivés, l'on était en plein hiver. Aussi de longues aiguilles de glaces, limpides comme du cristal, se suspendaient au bord du toit et lui faisaient une frange dia-
mantée. Une épaisse couche de neige s'étendait sur les maisons,
les collines et les champs. Les arbres, desséchés, ressemblaient à
des fagots du même bois emmanchés à la cime de troncs rugueux.
Les masses de granit rougeâtre que couronnaient les tours du château se diapraient de légères taches blanches semblables à ces
flocons de laine que les brebis laissent aux épines des buissons.
De la plupart des cheminées sortaient des filets de fumée bleuâtre,
indiquant un froid rigoureux et faisaient penser aux familles réu-
nies devant l'âtre, où brille un bon feu de bois de frêne, sur lequel
cuit à gros bouillons la plantureuse soupe aux choux traditionnelle. Et maintenant si notre lecteur veut savoir pourquoi l'église
et le presbytère du bourg d'Allinges étaient ainsi abandonnés,
nous le lui dirons en peu de mots, sachant qu'il préfère aux pages
d'histoire des récits moins sévères, où l'imagination a plus de
part.

En l'an 1536, c'était un pauvre prince que le duc Charles III de
Savoie, surnommé *le Bon* et *le Malheureux*, deux adjectifs qui vont
souvent de pair. Son neveu, le félon roi de France, François Ier, fait
envahir la Savoie en cette même année. Le 23 février, Philippe de
Chabot entre à Chambéry ; Montmélian est livré, peu de jours
après par le napolitain Chiamone ; la Tarentaise et la Maurienne
ne tardent pas à grossir les conquêtes des gens de France ; en sept
jours, le Piémont devient la proie des vainqueurs.

Et si l'on veut connaître sur quels griefs était motivé ce vol, il
nous est facile de l'apprendre au lecteur. Le roi-chevalier reprochait à son oncle d'avoir prêté de l'or et des pierreries au connétable de Bourbon ; d'avoir écrit une lettre de félicitation à Charles-
Quint au sujet de la victoire de Pavie ; d'avoir accepté l'investiture
du comte d'Asti. Et comme l'ambassadeur du roi, Guillaume Povet.

président du parlement de Paris, déclarait qu'il fallait opter entre
la guerre et une réparation immédiate, en disant :

— Il le faut, le roi le veut ainsi !

Jean-François Porporato, qui devint huit ans plus tard chancelier de Savoie, lui fit cette altière réponse :

— Je ne trouve pas cette loi dans nos livres.

Charles III se réfugia à Verceil, malgré les prodiges de valeur
opérés par ses fidèles sujets. Cette première annexion de la Savoie
à la France fut consommée, la ruse et la trahison aidant.

Sur ces entrefaites surgit ce que l'on nommerait de nos jours la
question de Genève. Cette ville était une ville impériale, où la sou-
veraineté se trouvait partagée entre l'évêque, les magistrats et les
vidames, que les princes de Savoie avaient acquis. Sur les sept
hôpitaux de Genève, quatre avaient été fondés par eux. Ils y faisaient battre monnaie, y jouissaient du droit de grâce et convo-
quaient les Etats-Généraux, y faisaient exécuter leurs lois.

Or Genève conclut un traité secret avec Fribourg et deux partis
se formèrent, l'un contre, l'autre pour l'autorité du duc Charles III.
Le premier fut celui des huguenots, le second, celui des mamelu-
des dont nous conterons plus tard l'histoire dans *la Ville aux dix
Bourgeois*.

François Iᵉʳ avait fait alliance déjà avec les protestants d'Allemagne, malgré ses titres de roi très-chrétien et de fils aîné de l'Église.
Il voulut mettre le comble à sa quasi-apostasie en soutenant Genève contre le duc de Savoie, mais il comptait sans la bravoure
des montagnards. Les différents corps de troupes qu'il envoya aux
Eignossen furent repoussés l'un après l'autre par le brave de la
Serraz et le comte de Chalant, maréchal de Savoie. Si bien que
Berne osa demander une trêve. Le duc répondit purement et simplement par ces paroles qui sont restées historiques :

— Je ne puis, sans l'aveu du Pape et de l'Église, consentir au
changement de religion dans une ville établie sous ma protection
et dont la saine partie se confie en moi.

Les protestants comprirent à demi-mot et ne continuèrent point
les pourparlers. Ce fut le signal de la guerre. François en était arrivé à ses fins. Il voulait entretenir la guerre chez ses voisins,
semer partout la division, exciter les discussions et fomenter la
révolte pour vaincre plus sûrement et conquérir avec plus de faci-

lité des pays déjà ruinés et sans force contre l'invasion. Et pendant ce temps-là, le Turc menaçait l'Europe.

Bref, l'évêque et son clergé durent abandonner la Rome protestante, s'il nous est permis de comparer à la Ville éternelle cette malheureuse cité. Ils se retirèrent à Gex, et la guerre civile suivit son cours (1). Les protestants ne se contentèrent point d'être chez eux ; ils voulurent jouir du plaisir d'être chez les autres. Depuis dix ans déjà leur propagande infestait le pays de Vaud, les baillages de Gex et de Ternier, et le duché de Chablais. Tandis que le duc guerroyait contre son déloyal neveu, les Bernois s'emparèrent de ces différentes contrées et vinrent occuper Thonon. Au bout de quelques semaines, ils interdirent l'exercice du culte catholique, firent briser les cloches, abattre les croix, bannirent les prêtres et les religieux. Cela dura jusqu'en 1564. Les hommes s'en vont, les malheurs subsistent. En 1553, Charles III était mort à Verceil, léguant à son fils, Emmanuel-Philibert, que l'on surnomma plus tard le duc Tête-de-Fer, quelques villes fidèles et cette devise altière : Spoliatis arma supersunt. Et, tandis que la Savoie devenait une province française et le Piémont un champ de bataille, Symphorien de Champier écrivait sa chronique de Savoie... Matthieu de Saint-Martin, Pierre de Lambert, Camille Scarampa, Marguerite Pelleta et Claude de Seyssel, composaient une pléiade de poètes, de prosateurs, de légistes et de savants.

Lorsque son père mourut, Emmanunel-Philibert était au service de Charles-Quint. Le traité de Cateau-Cambrésis lui rendit ses États. La même année, il épousa la sœur du roi de France, Marguerite de Valois, et c'est pendant les noces célébrées à Paris que Henri II fut blessé mortellement dans un tournois par le comte de Montgomery.

Rentré dans ses États, Emmanuel-Philibert s'occupa d'y ramener la paix, la tranquillité, la prospérité. La tâche était difficile à remplir et nous serait difficile à conter. Il n'entre pas, du reste, dans notre cadre, de faire l'histoire de cette époque de troubles, de tumultes, de guerres. Il nous faudrait cent volumes pour entrer dans tous les détails. Encore une fois, nous avons voulu narrer un

___

(1) V. les *Gentilshommes de la Fuiller*, par CHARLES BUET.

petit épisode et non construire un immense monument historique.
Notre lecteur voudra bien nous pardonner et la sécheresse et la
rapidité de ces quelques pages sérieuses.

Donc, en 1564, Emmanuel-Philibert se fit rendre par les Bernois une grande partie du Chablais. Il se soumit néanmoins à des
conditions humiliantes, promettant de ne point y permettre le
culte catholique et de n'y rétablir aucun curé. Afin de résister à
l'invasion de l'hérésie, il créa l'ordre de Saint-Maurice auquel il
donna les biens ecclésiastiques du Chablais, dans le but de rétablir peu à peu les paroisses de ce duché.

Le duc Tête-de-Fer mourut. Pendant son règne, quatre rois
s'étaient succédés sur le trône de France : Henri II, tué dans un
tournoi ; François II, mort d'une maladie mystérieuse dont le siége
était dans l'oreille ; Charles IX, enlevé à vingt-quatre ans par les
excès ; Henri III, qui devait périr bientôt sous le poignard de Jacques Clément.

Charles-Emmanuel Ier, qui devait régner un demi-siècle et porter le surnom de Grand, succéda à son père en 1580 : il avait
vingt-huit ans. C'était un prince de grand courage, noblement ambitieux, affable, libéral, instruit, mais profondément dissimulé. Si
bien que l'on disait de lui que son cœur et son pays étaient tous les
deux inaccessible. L'on ajoutait que le duc portait une casaque
blanche d'un côté et rouge de l'autre, et que, chaque matin, il arborait
la couleur du parti dont il voulait être pendant la journée. De là est
venu le proverbe : *tourner casaque*, pour dire : *changer d'opinion* (1).
Or, il arriva, en 1589, que les Bernois, profitant d'un moment où
le roi Henri III boudait le duc de Savoie, envahirent de nouveau le
Chablais et s'en emparèrent. Le duc part de Turin, réunit quatorze
mille Savoyards, bat les Bernois, reprend ses terres et rétablit en
Chablais la liberté d'exercice du culte catholique ; s'il avait eu
vingt mille hommes de plus, il en chassait à tout jamais l'hérésie.
Un traité ayant été conclu à Nyon, le duc s'en retourna chez lui,
comptant sur la loyauté de leurs adversaires. Mais les ours de
Berne, s'unissant aux gens de France, commettent perfidie sur
perfidie, reprennent le Chablais, prêchent la réforme et font tant

(1) V. le *Mariage de Lesdiguières*, par CHARLES BUET.

et si bien que le nombre des catholiques ne dépasse pas cent sur une population de quinze à vingt mille âmes.

Cette guerre d'escarmouches, d'embuscades, de trahison, dura jusqu'au moment de la conversion d'Henri IV au catholicisme. Une trêve rendit au duc de Savoie le Chablais et le baillage de Ternier. Ce fut alors que commença la mission où saint François de Sales devait mériter d'être appelé glorieusement l'APOTRE DU CHABLAIS.

Comme le bourg d'Allinges n'avait point encore été converti, l'église demeurait abandonnée et le presbytère servait de magasin à fourrages.

CHAPITRE II

DANS LEQUEL ON RENOUVELLE CONNAISSANCE AVEC ROMUALD SCHIFF-
NETTER ; SUIVI D'UNE THÉORIE NOUVELLE ET ORIGINALE SUR
L'AMITIÉ.

En quittant son beau-frère Grégoire Mathevey, Léonard Villoz avait, on se le rappelle, prétexté une commission qu'il avait à faire à son compère et ami Romuald Schiffnetter, capitaine de lansque-nets au service du comte de Montmayeur, gouverneur du château d'Allinges. Il rejoignit, en effet, ledit soudard, et l'aborda en ame-nant sur son visage une expression pleine d'aménité et de bonho-mie.

— Tiens ! s'écria Schiffnetter d'un air engageant, vous voilà, ré-vérend ministre? Et comment va la chère santé de la bonne dame Baldine? Bien, je suppose. Hein?... vous dites?... Ah ! ah ! vous venez sans doute de boire bouteille avec le compère Mathevey? Moi, je vais bien, comme vous voyez, tout doucement... Je me livre à la douce occupation de *tomar el sol*, comme disent nos chers amis les Espagnols, et cela signifie en bon français que je flâne en attendant pâture.

Le révérend ministre ne parut point étonné d'entendre ce flux de paroles s'échaper de la bouche du soldat, semblable à un torrent écumeux qui jaillit impétueusement de la cime d'un rocher. Il était accoutumé à cette intempérance de langage; il savait Romuald Schiffnetter verbeux à l'extrême, comme le sont les gens d'expérience, lesquels ayant longtemps voyagé, ont vu beaucoup de choses. Léonard essaya de répondre aux questions polies de son interlocuteur; mais celui-ci ne lui laissa pas le temps de placer un mot et reprit aussitôt :

— *Der Teufel* ! comme nous disons en Souabe, — ma patrie bien-aimée, révérend docteur, et où je n'ai pas mis le pied depuis tantôt un quart de siècle, — *der Teufel* ! quoiqu'il fasse un froid rigoureux, mon gosier est aussi altéré qu'une croûte de vieux pain séchée dans un four, excusez la comparaison !... Du reste, j'éprouvais une sensation analogue en 1546, la veille de la bataille d'Ingolstadt, où je combattis sous les ordres du grand Octave Farnèse en personne ! Oui, monsieur, en personne ! Et quiconque me dira le contraire, par les tripes de Calvin ! je lui enfoncerai ma rapière dans la gorge ! De telle sorte que je vous invite *subito presto*, ainsi que disait mon général, propre neveu du pape Paul III° du nom, à vider un broc de bon vin blanc d'Aize. Et pour ce faire, nous irons chez ledit Mathevey.

Sur quoi Romuald Schiffnetter passa son bras sous celui du pasteur, et, faisant volte-face, il ouvrit le compas de ses longues jambes et se dirigea vers le cabaret de la *Pomme d'Api*. Mais Léonard Villoz n'entendit point de cette oreille. Il connaissait de longue date les invitations de son compère, lequel buvait comme six et priait ensuite poliment son invité de lui prêter un blanc-douzain pour solder l'écot.

— Non, non, dit-il en faisant contre fortune bon cœur, mieux vaut, mon brave Rom, aller tout droit chez moi. Dame Balbine, mon épouse, *uxor mea*, qui vous voit d'un très-bon œil...

— Elle ne peut faire ni moins ni plus, interrompit le soldat, attendu qu'elle est borgne.

— Vous recevra de son mieux, continua le pasteur sans daigner prendre garde à cette irrévérencieuse interruption. Voici qu'il ne tardera pas à être dix heures, et le dîner doit être sur la table. Si le cœur vous en dit !... Nous aurons une bonne soupe au gruau, un ragoût de sanglier aux marrons dont je sens le fumet d'ici, et d'excellentes galettes de maïs cuites sous la cendre, un vrai festin de moine, quoi !...

— Peuh ! ministre de mon cœur, n'oubliez pas que je suis bon catholique, et parlez avec plus de respect de ceux qui vous ont appris à lire ; car, si je me souviens bien, votre maître fut le révérend père Ambroise Dompnier, le sacristain d'Abondance !

Léonard devint rouge comme une pivoine, et pour cacher son embarras, il poursuivit avec une telle vivacité, qu'il s'embrouilla bel et bien dans son discours :

— Et... et... et... je tiens en réserve un... un flacon poudreux de vieux vin de Chautagne. *Vinum bonum lætificat cor hominum.* Si bien... et donc ! Oui, mon cher compère, vous... vous verrez cela !

Le soldat passa la langue sur les lèvres, remonta son ceinturon, et répondit, avec un flegme admirable :

— *Corpo di bacco !* — C'était le juron habituel du seigneur André Provana, avec qui je fortifiais Villefranche en 1560, et je ne me le rappelle jamais sans gloire ; — je vous dispense à tout jamais de m'écorcher les oreilles avec votre latin. Et quant au vin de Chautagne, vous me la baillez belle ! Jamais vin de Chautagne ne prit des cheveux blancs... Tout protestant que vous êtes, et tout catholique qu'il est, Jean Tornu, le sous-sommelier de monseigneur, s'entend avec vous, et vous passe, par les soupiraux, des meilleurs vins de la cave d'Allinges... Et voilà ce que vous avez l'audace d'appeler du vin de Chautagne ? Mais peu m'importe son origine, s'il est vraiment potable. Et maintenant, mon digne ami, nous sommes en mesure de faire honneur à la soupe, au sanglier, *et cœtera.* Mais que je meure calviniste, — ce dont la bonté du ciel me préserve ! — si l'accueil de votre épouse Balbine est aussi gracieux que vous semblez l'espérer. La bonne dame n'est pas pour rien la sœur de Grégoire Mathevey, le plus grand ladre du monde et autres lieux ! Les Espagnols disent : *Toda la casa a la disposicion de usted ;* mais votre tendre moitié mourra avant de savoir prononcer convenablement cette sorte de phrase. N'empêche !... il nous faut cinq bonnes minutes avant d'arriver à votre campement. Par ainsi, par file à gauche, pas accéléré, en avant... arrrche !...

Nos deux camarades rebroussèrent chemin, l'un portant l'autre. Tandis qu'ils se dirigent vers la maison du ministre, nous avons le loisir de crayonner rapidement ces deux figures originales. Callot, ce grand caricaturiste, a buriné cent fois le portrait du capitaine Schiffnetter, ou de tout autre Schifnetter de même acabit. Figurez-vous, lecteur, une espèce de géant aux membres athlétiques, aux mains énormes, calleuses et recouvertes d'une peau aussi douce pour le moins qu'un cuir de bœuf non tanné. Ce corps herculéen, supporté par des pieds longs d'un bon quart d'aune, si ce n'est plus, était surmonté d'une très-petite tête couronnée d'une forêt de cheveux roux, plats, emmêlés. Le visage à lui seul, tout ainsi qu'un sonnet, valait un poëme.

D'un front étroit, haut et pointu partait un nez long, aplati du bout, enluminé d'une admirable couche de vermillon, bourgeonné, chargé de verrues, plus semblable à une truffe, ou à tout autre tubercule du même genre, qu'à l'ornement de la figure humaine. Des yeux clignotants, à fleur de tête, et du plus joli bleu de faïence qui se pût voir, s'abritaient sous d'énormes sourcils d'un rouge vif. Une bouche aux lèvres lippues, a demi cachée par les poils d'une moustache qui eût suffi à décorer dix autres faces de pareille sorte, laissait voir, lorsqu'elle s'entr'ouvrait, des dents noires, cariées. Cet ensemble de traits était rendu plus hideux encore par les balafres dont ils étaient sillonnés et les rides qui occupaient toute la place laissée libre par les cicatrices. On lisait sur ce visage énergique, mais effrayant, une valeur indomptable unie à une juste fierté. Le regard, assez doux, malgré l'aspect peu rassurant du sire, dénotait plus d'intelligence et de finesse que l'on eût pensé en trouver dans cette épaisse enveloppe.

Nous nous dispenserons volontiers de faire l'histoire du capitaine; sa prolixité, sa mémoire et son envie de « paroistre » suppléeront avantageusement à notre mutisme à son sujet.

Pour terminer cette esquisse, il est bon de peindre, en quelques lignes, le costume de notre personnage. A l'encontre du proverbe, et notre expérience nous l'a prouvé en mainte circonstance, nous estimons que *l'habit fait le moine* et que l'on peut souvent connaître le caractère d'un individu d'après la façon dont il se vêtit.

Notre capitaine, lui, était assez bizarrement accoutré. Pour dire la vérité, il ne se targuait pas de coquetterie ; même il ne satisfaisait pas toujours aux lois de la propreté ! Ainsi, l'on eût pu désirer, peut-être, que son haut de chausses couleur sang-de-bœuf fût moins chamarré de galons d'or faux, moins rapé, usé et rapiécé à certain endroit que la décence nous fait une loi de ne pas désigner autrement. Si sa casaque de buffle, bien rembourrée, était ornée de lames d'acier brillantes comme l'argent, son justaucorps de drap, jadis blanc, était devenu d'un gris-verdâtre et les broderies d'argent dont les bords des manches étaient ornés, éraillées, fanées, accusaient une coupable négligence. Des bottes montant au-dessus du genou, découpées en petits créneaux, chaussaient les jambes nues, calleuses, de ce martial nourrisson de Bellone. Une salade, en fer repoussé, portant la croix blanche de Savoie, enchâssait sa tête exigüe. Son large ceinturon supportait une rapière d'une longueur démesurée, une paire de pistolets, arme nouvellement inventée, et une dague de dimension raisonnable. Un manteau de gros drap bleu-de-roi, doublé et bordé de panne verte, complétait l'ajustement du capitaine Romuald, que ses familiers appelaient simplement Rom.

L'on nous a souvent répété, en notre jeune temps, que l'amitié naît des contrastes. Il nous serait difficile de nous prononcer d'une façon catégorique sur ce point délicat, n'ayant jamais observé dans nos amis que les défauts ou les qualités qui les mettent en contact avec nous, et s'accordent avec les nôtres. Mais, de même qu'un objet convexe est fait pour s'emboîter dans un objet concave, nous jugeons que l'amitié doit aimer les contrastes, car elle est généralement basée sur des différences de caractères. Cependant, une estime mutuelle, une confiance illimitée étant les seuls fondements solides et sûrs d'une affection véritable, et l'homme ne pouvant éprouver aucune estime, aucune confiance pour celui qui ne partage pas entièrement ses opinions, ses sentiments, ses illusions même, il nous semble que ce point ne sera pas de sitôt élucidé. Pour notre compte, nous ne chercherons pas à résoudre un problème si longtemps débattu.

Quoiqu'il en soit, il existait entre Romuald Schiffnetter et le révérend Léonard Villoz une réelle amitié. Or, le seul point de contact qui les rendît semblables était celui-ci : le Révérend avait la manie de citer à tout propos des fragments de l'Écriture sainte, ou des bribes quelconques de latin qu'il se rappelait avoir étudié jadis avec don Ambroise Dompnier, sacristain de l'abbaye d'Abondance ; le capitaine, lui entremêlait sa conversation de jurons allemands, de locutions italiennes, de proverbes espagnols, de termes singuliers, qu'il avait eu le loisir d'apprendre dans le cours de sa vie aventureuse. Hors cette commune manie, qui encore s'exerçait sur des sujets divers, ces deux hommes différaient en toutes choses. Ainsi, le capitaine, malgré ses travers, se disait excellent catholique, fidèle sujet du duc de Savoie, dont il mangeait le pain, depuis quelque trente ans. Léonard, au contraire, protestant de très-bonne foi, pacifique par profession et par tempérament, ne reconnaissait d'autre autorité que celle de Genève. Il était calme, doux, paisible, d'une politesse souvent poussée à l'exagération, tandis que Romuald, querelleur, tapageur, verbeux, possédait ces manières brusques et violentes propres aux gens de sa profession.

Léonard Villoz, élevé par les moines d'Abondance, ne manquait pas d'une certaine instruction ; Schiffmetter, ignorant les moindres notions des sciences humaines, se contentait de l'expérience qu'il avait acquise dans les camps et les garnisons. Enfin, le ministre jouissait d'une petite fortune, au lieu que Romuald ne possédait pas un sou vaillant.

Ces divergences s'étendaient même au physique. Notre lecteur le comprendra en lisant ci-dessous tracé par notre pinceau malhabile, le portrait de M. le ministre d'Allinges.

Dix lustres s'échafaudaient sur le front de cet homme gros, gras et gris, propret, au visage rubicond, au ventre proéminent. Sa tête, coiffée du chapeau genevois à haute forme, n'atteignait pas à l'épaule du capitaine. Des cheveux blancs tombaient en mille boucles lustrées autour de sa face rabelaisienne, émaillée d'une ravissante couleur lie de vin, preuve irrécusable de la passion du révérend pour la dive bouteille. Son menton et ses joues, soigneusement rasés, formaient un triple bourrelet au-dessus de son rabat blanc, convenablement empesé. Ses petits yeux bruns, animés d'un regard toujours hilarant, s'apercevaient à peine entre les bouffissures de ses pommettes couvertes d'une couche de graisse et le pli formé par l'arcade sourcilière. Ses lèvres minces dénotaient pourtant un esprit de ruse qu'excluait l'expression de bonhomie peinte sur ses traits.

Il était confortablement vêtu de haut-de-chausses en drap fin sur lesquels retombaient les basques d'un pourpoint de velours passementé de jais. Des bas noirs se drapaient sur sa jambe dodue, et un manteau court, noir comme les autres vêtements, mais amplement fourré, le défendait contre les rigueurs de la saison.

CHAPITRE III

DE L'ACCUEIL FAIT A SON HOTE ET A SON MARI PAR DAME BALBINE VILLOZ, ET DE L'ALGARADE QUE PROVOQUA L'HUMEUR MASSACRANTE D'ICELLE.

L'accueil de la dame Balbine Villoz ne fut point tel que l'avait d'avance prophétisé son révérend époux, il se trouva d'accord, au contraire, avec les craintes exprimées par l'hôte impromptu de la maison. Avec sa longue et sèche stature, son teint jaune comme l'écorce d'une orange, sa robe étriquée de camelot noir agrémenté de galons *fleur d'amandier*, la digne dame ne ressemblait pas mal à une momie d'Egypte récemment exhumée de sa pyramide. L'on pouvait faire un cours complet d'ostéologie sur ce que ses amples vêtements laissaient voir de son corps. Ses gestes anguleux, sa voix fêlée et criarde, son aspect désagréable s'harmoniaient on ne peut mieux avec son caractère acariâtre, rêche, grognon.

Les imperfections physiques ont un rapport direct avec les imperfections morales. Il est très-rare que les unes aillent sans les autres. Aussi, madame Villoz, dont une épaule s'élevait à deux bons pouces au-dessus de sa jumelle, dont l'œil droit montrait, à la place de l'iris, un cercle d'un blanc laiteux, était-elle à la fois gourmande, paresseuse, loquace, encline au mensonge et atteinte d'une véritable monomanie de s'approprier le bien d'autrui.

Lorsque son mari, suivi de Schiffnetter, pénétra dans la salle où le repas était préparé, madame Villoz, qui l'attendait, assise au coin du feu, se livrait à un intéressant monologue que nous regrettons, vu sa prolixité et les termes peu choisis dont il se composait, de ne pouvoir rapporter ici.

A l'aspect du convive inattendu que Léonard lui amenait, une expression de colère concentrée envahit son visage. Mais elle n'osa pas faire explosion, car l'aspect martial du capitaine lui en imposait un peu. Elle se contenta d'être froide et dédaigneuse.

— Ah ! vous voilà ! cria-t-elle d'une voix aiguë, c'est bien heureux ! Sire capitaine, soyez le bienvenu céans. Vous accepterez bien de dîner avec nous, n'est-ce pas ? quoique notre repas soit vraiment indigne d'être offert à un noble gendarme comme vous. Mais Votre Seigneurie voudra bien m'excuser...

Romuald Schiffnetter s'inclina avec une courtoisie dont on l'aurait cru incapable, et retroussant d'une main sa moustache grise, tandis qu'il appuyait l'autre sur le pommeau de son épée, il répondit galamment :

— D'abord, belle dame, veuillez laisser où elle est présentement ma pauvre seigneurie, avec laquelle s'accorderait mal et mon doublet fané, et la salade bosselée qui couvre mon chef respectable, comme dirait un écolier de l'Université de Paris. Université où, entre parenthèses, mon digne père Albrecht Schiffnetter, — Dieu veuille avoir son âme en paradis ! m'eût certainement envoyé, si les circonstances l'eussent permis. Or, comme en 1541 j'avais atteint mes seize ans révolus, la trêve de Nice fut rompue déloyalement par le feu roi François Ier, lequel, tout en se disant roi très-chrétien, fit alliance avec le Turc pour combattre la Majesté très-sacrée de l'empereur Charles. Je crus devoir rompre en visière aux projets de l'auteur de mes jours et m'engageai sous la bannière de l'aigle à deux têtes. Si bien...

Prévoyant que son hôte allait commencer, d'après sa coutume une histoire interminable, avec jurons et proverbes à l'appui, dame Balbine, après avoir pris le temps de reprocher tout bas à son mari de s'être permis d'inviter le capitaine, interrompit net celui-ci :

— Ventre affamé n'a pas d'oreilles, lui dit-elle. Sire capitaine, vous semblez affectionner les proverbes. Prenez celui-ci à la lettre. — A table donc, et faites honneur au festin.

Puis, baissant la voix d'un ton et demi, elle ajouta en s'adressant à son époux :

— Maugréez s'il vous plaît, Léonard, mais je réserve pour notre souper la daube de sanglier aux marrons ! Oui, sur mon âme, je ne servirai pas à ce grossier lansquenet un mets digne du palais d'un baron, voire d'un comte !

Le ministre, rougissant et pâlissant tour-à-tour, avoua qu'il avait fait connaître d'avance à son convive le menu du festin, menu où la venaison figurait à la place d'honneur. Partagée entre sa parcimonie et son envie de briller par la recherche de sa table, Balbine hésita longuement. Sans doute la vanité l'emporta, car elle apporta, en soupirant bien fort il est vrai, le ragoût précité dans un immense plat de cuivre, étincelant comme du vermeil.

Rom avait déjà pris place à table. Assis dans un grand et commode fauteuil garni de vieux cuir de Cordoue, les pieds étendus sous la nappe, il attendait que les deux époux lui fissent les honneurs de la maison. Léonard occupa le siége placé en face du sien. Le haut bout était réservé à la maîtresse du logis et l'extrémité inférieure de la table appartenait à la servante Lisbette et au vieux Tintin-Mitié qui cumulait, auprès du ministre, les fonctions de valet de chambre, de palfrenier, de sacristain et de bedeau.

— J'espère, dit gracieusement dame Balbine, que vous trouverez de votre goût la soupe au gruau de Lisbette. Quant à la purée de châtaignes, je l'ai faite de mes propres mains.

— Et je vous assure, *amice carissime*, ajouta le ministre en branlant la tête, que Balbine Mathevey n'a pas sa pareille pour accommoder une tranche de venaison, *venationis carnem*, pas plus que pour confectionner un plat de cailles au laurier, des tripes au jaunet de fressure de porc ou de tout autre met *ejusdem farinæ*, si je puis m'exprimer ainsi.

— Avec un bon verre de ce vieux vin de Côte-Rouge, observa candidement Tintin-Mitié, je ne connais rien de meilleur que ces galettes de *meille* ou maïs, comme les Français l'appellent.

Rom, après avoir dardé un regard ironique sur le ministre

confus, avala d'une seule gorgée le contenu d'un hanap que nous
nous contenterons d'évaluer à une demi–pinte.

Après quoi, il essuya ses longues moustaches, engloutit un glorieux morceau de viande, accompagné d'une raisonnable cuillerée
de purée et répondit, la bouche pleine :

— *Voto à Dios*, comme disait le grand duc d'Albe, aujourd'hu
défunt et enterré, lorsqu'il nous menait contre les Saxons à la
bataille de Mulbery, mieux ne rien dire qu'en dire trop peu. Je
veux être pendu à un gibet de cent pieds de hauteur, et jusqu'à
ce que mort naturelle s'en suive, si le vin que je viens de boire
n'est pas du simple vin de Chautagne.

— Du vin de Chautagne ! exclama dame Balbine avec indignation. Eh bien ! vous avez le gosier commode et le palais complaisant, messire ! Du vin de Chautagne !... autant dire du cidre ou de
la piquette. Si vous n'êtes pas meilleur connaisseur, vous pouvez
faire préparer la corde et le gibet.

— *God bless me*, ou Dieu me damne, ainsi que jurent les man-
geurs de bœuf de la reine Elisabeth...

— Sire capitaine, il ne vous est pas défendu, je suppose, de
vous dispenser de jurer à tout propos par le saint nom de Dieu.
Si c'est une coutume papiste, oubliez-la au seuil de notre maison...
Et maintenant, si vous persistez à prendre pour du son ce qui est
de la fleur de farine...

Cette véhémente apostrophe avait pour auteur dame Balbine
elle-même. Moins accommodante en matière de religion que son
seigneur et maître, elle ne pouvait entendre prononcer le nom de
Dieu autrement qu'avec un profond respect. Certes, la femme du
ministre avait grandement raison, et nous déplorons amèrement
cette coutume païenne de blasphémer et de jurer à tout propos,
abandonnée au siècle dernier, et remise à la mode aujourd'hui par
les charretiers du Jockey-Club.

Le digne capitaine ne perdit point son sang-froid. Il répliqua
vivement :

— Soit fait ainsi, puisque vous le désirez, dame ! et versez
moi un rouge bord de ce breuvage. Après l'avoir dégusté dans
toutes les règles de l'art, je saurai vous dire son âge, sa provenance et le pays aimé de Bacchus où il a reçu le jour.

Dame Balbine obtempéra volontiers à cette demande, et vida le reste de la cruche dans la coupe du vieux soldat, non sans murmurer à part elle :

— On a bien raison de dire : Vieux soldat, vieille bête !

Rom porta lentement son verre à ses lèvres, dégusta une forte gorgée de son contenu, fit clapper sa langue contre ses lèvres, et dit au bout d'un instant de réflexion :

— Vin de 1579 !

Léonard, son épouse, Tintin-Mitié et la servante Lisbette donnèrent tous les quatre des signes non équivoques d'un profond étonnement et applaudirent à la science œnophile dont le capitaine venait de faire preuve.

Ce dernier, ayant porté de nouveau le bord de son verre à la hauteur de sa bouche, après avoir admiré la couleur du vin à travers le cristal, but à petits coups la moitié de ce qui en restait, médita ou feignit de méditer, et déclara ensuite d'une voix triomphante :

— Côte-Rouge, près la Rochette, mandement de Montmélian. Voici pour l'origine.

Puis, ayant lampé d'un seul trait les dernières gouttes restées au fond de la coupe, il se mit à rire aux éclats et s'écria :

— Quant à la provenance, excusez la comparaison, mais je puis jurer par toute la dynastie des Schiffnetter, bourgeois de Strasbourg de père en fils et depuis messire Adam, que ce vin sort de la propre cave de Monseigneur Melchior de Miolans, comte de Montmayeur, baron d'Hermance et de Beauregard, gouverneur pour Son Altesse des château, fort et bourg d'Allinges ! Ah ! ah ! ah ! ah ! Mon compère Léonard, votre face a beau grimacer et s'allonger comme une *rioute* de carême, j'ai bien deviné. Ah ! ah ! ah ! *Mucho sabe la raposa, pero mas el che la toma* ! comme disait mon capitaine, don Juan de Villamizar, pendant que nous défendions Briel contre les Gueux. Et cela veut dire en bon français de Savoie : Le renard est bien fin, mais plus fin encore celui qui le prend. *Caramba* ! Et combien le payâtes-vous, ce fameux vin, compère Léonard ?

Mais ni Léonard, ni dame Balbine ne paraissaient disposés à répondre à une aussi indiscrète demande. Il n'y avait pas à en douter, leur secret était découvert et ce vin, qu'ils avaient obtenu du sommelier d'Allinges, leur paraissait maintenant âcre et amer.

Qu'arriverait-il, si Monseigneur de Miolans découvrait le vol dont il était victime? Ce magnanime seigneur ne pardonnerait pas une action de ce genre à un ministre protestant, d'autant plus qu'il était zélé catholique. Le pilori... les moqueries de ces coreligionnaires... le mépris de ses ouailles... Voilà ce qui attendait Léonard Villoz. Ces pensées lugubres se reflétaient aussi bien sur le visage du révérend que sur la face blémie et ridée de sa tendre conjointe.

Rom s'en aperçut facilement. Sa nature franche et généreuse lui reprochait déjà d'avoir mis à la torture les malheureux époux. Sans écouter le brave Tintin qui lui faisait un discours diffus pour expliquer la provenance de la traîtresse liqueur, le capitaine reprit sur-le-champ la parole et, selon sa coutume, se lança dans d'interminables divagations, afin de panser la plaie qu'il avait faite :

— Il y a une dizaine d'années, dit-il, pendant la campagne de Saluces, et après la prise de Carmagnole, où nous trouvâmes quatre cents pièces de canon, les Français nous traitaient de paysans montagnards, quoiqu'ils regrettassent fort leur ville et leur artillerie. De sorte que nous jugeâmes à propos, afin de leur enlever cette opinion qu'ils avaient de nous, de leur prendre encore la ville de Coni, les châteaux de Ceutal et de Revel. *Carajo !* le comte de Martinengo et M. de Lucerne se chargèrent volontiers de la chose et donnèrent du fil à retordre aux gens d'Henri de Valois. Mais ces grands hommes de guerre, s'ils nous menaient à la victoire, oubliaient plus souvent que de raison de nous indiquer le chemin du garde-manger. Si bien que, agissant d'après l'axiome *va donde vas, como vieres, asi hace,* (pour mettre la chose à la portée de votre entendement : « vas où tu vas, et selon que tu verras, agis, ») nous prenions la liberté grande de nous adjuger les poulets, faisans et autres victuailles logées, pour le malheur, dans les *casini* des environs. Mon capitaine, messire Antoine de Chissé, nous disait qu'en temps de guerre, ces sortes de... de... d'emprunts étaient permis ou peu s'en faut. Or, — excusez la comparaison, — vous, révérend monsieur Villoz, en votre qualité de protestant, vous guerroyez contre le noble comte de Montmayeur, lequel fait profession d'être catholique romain... Dame Balbine, suivez mon raisonnement ! De telle façon que vous êtes autorisés à agir envers lui, comme nous agissions envers les habitants du pays de Saluces, *nuestra Senora del Pilar !*

A ce moment précis, Lisbette apporta sur la table une jatte pleine de confitures de noix et un broc d'excellent hypocras. Léonard Villoz saisit avec empressement cette occasion de faire diversion. Il fit un signe à sa femme. Avec un accent plein de douceur hypocrite, celle-ci dit au capitaine :

— Sans être trop présomptueuse, sire capitaine, je puis vous vanter ces confitures. Vous n'en mangeâtes jamais de meilleures, croyez-le, et, afin d'établir sûrement votre opinion, goûtez-y hardiment.

— *Non fecit taliter omni nationi*, poursuivit aussitôt le révérend pasteur. Ce ne sont pas là des mets soldatesques. *Accepta tibi sit*, Rom, mon cher ami, une assiettée de ceci et une coupe de cela.

- Ce disant, il entassa une montagne de noix sur l'assiette du soldat, les arrosa largement d'un sirop purpurin et lui versa une rasade copieuse d'hypocras.

— Ce n'est pas pour dire, observa la servante Lisbette, dont la taille avait une vague ressemblance avec une tonne rebondie, mais je puis me vanter d'avoir bien réussi l'une et l'autre !

— C'est la pure et honnête vérité, fit remarquer judicieusement Tintin Mitié, attendu que la Lisbette est la meilleure confiturière qui se puisse trouver à trois lieues à la ronde.

Rom les avait laissé babiller à leur aise, car il ne perdait pas un seul coup de dent. Il donnait à ses mâchoires un rude labeur à accomplir, vidant et remplissant son verre sans relâche, peu soucieux des observations de Lisbette, des remarques du sommelier et des compliments du ménage Villoz. Lorsqu'il fut las de manger et de boire, il desserra d'un cran son large ceinturon de cuir, défit quelques-unes des aiguillettes de son pourpoint et promena autour de lui le regard satisfait de l'animal repu. Voyant leur convive jouir en silence des douceurs d'une bonne digestion, le révérend et son épouse s'entretenaient à demi-voix de ceci, de cela et d'autre chose encore. Le premier contait dans tous ses détails la querelle du matin avec le frère de sa femme et la scène qui avait motivé cette querelle. Dame Balbine hochait la tête d'un air mécontent !

— Mon frère a raison, conclut-elle d'un ton tranchant. S'il ne fait pas acte d'autorité chez lui, son fils et sa fille le mangeront tout vif. Avec cela qu'il n'est déjà pas riche !... Je l'ai toujours dit, ce jeune vaurien de Faustin ne fera jamais rien qui vaille, et quant à Sarah !...

Léonard l'interrompit vivement.

— Ta ! ta ! ta ! s'écria-t-il, vous ne comprenez rien à ceci, ma femme. Votre frère Grégoire est un ladre qui tondrait un œuf, si la chose était possible : *turpis avarus timet uti* ! Il refuse à ses enfants le strict nécessaire ; il faut qu'ils soient véritablement bons tous les deux, pour ne pas le voler. Quant à Faustin, ce n'est point un vaurien, comme vous le dites, ma femme. Etant enfant, *primo sub œvo*, il a pu se montrer étourdi, turbulant, tapageur, *petulans atque monitoribus asper*, comme le dit le poëte Horatius, s'il nous est permis de citer les auteurs pr..fanes... Mais depuis qu'il a de la barbe au menton, le jeune homme est un modèle de réserve, de modestie et de vertu.

Léonard avait prononcé les paroles précédentes avec cette ardeur, ce feu, que la conviction prête aux orateurs. Dame Balbine esseya pourtant de défendre Grégoire Mathevey, au préjudice de son neveu, mais le capitaine, dont le visage était animé d'une rougeur de plaisir, lui coupa la parole et s'exprima en ces termes :

— Le prince de Sulmone, sous lequel j'ai eu l'honneur de servir pendant la campagne d'Allemagne, avait coutume de dire que, si les enfants doivent à leurs pères respect et soumission, les pères doivent...

— Un père ne doit rien à ses enfants quand ils ont l'âge d'homme! interrompit brusquement dame Balbine, en ponctuant sa phrase d'un geste énergique.

Léonard allait répliquer, mais Schiffnetter, lui faisant signe de se taire, poursuivit avec un aplomb impertubable.

— Cela vous plaît à dire, très-digne dame, mais ce que le prince de Sulmone, don Charles de Lannoy, un des plus grands hommes de guerre du siècle affirmait, ne peut être nié par une vieille... je veux dire par une... en un mot, par une femme de quelque rang qu'elle soit. Et, comme le dit la sentence arragonaise que répétait si souvent l'illustre duc d'Albe *nohiere Dios con dos manos*, à quoi le duc de Sessa répondait : *mas vale buen amigo que pariente ni primo*. C'est assez que Faustin Mathevey n'ait plus de mère, il devrait trouver dans son père plus d'affection et de confiance.

— Bien parlé ! camarade, appuya le ministre en tendant la main au vieillard.

— Et si l'enfant se permet des fredaines, reprit ce dernier, il est facile à son père de le corriger, sans lui fermer à tout jamais son cœur, *voto à Dios.*

— Certainement. Le seul défaut que je connaisse à Faustin, c'est la soif d'apprendre. Il veut trop savoir ! mais notre poète Saxanus (1) l'a dit :

> Toute science est salutaire
> Qui a vouloir d'en bien user !

— Parfandious ! s'écria vivement Romuald, *parfandious !* et c'est le juron habituel de Mgr le duc d'Epernon, un Gascon de beaucoup d'esprit, *Quien sembra, à Dios espera :* celui qui sème espère en Dieu ! si le petit veut devenir un puits de science à l'instar de maistre Michel de Notre dame, astrologue du feu roi Charles IX, que Dieu ait son âme ! Ce n'est ni vous, ni moi, ni son père qui l'empêcherons.

Mais dame Balbine n'avait entendu qu'un seul met dans cette longue phrase : le nom exécré de Charles IX. Sa patience était à bout. Elle saisit la balle au bond, enchantée de dire quelque chose de désagréable à son hôte :

— Ne vous avisez plus, glapit-elle d'une voix furieuse, l'œil enflammé de colère, en se tournant vers le capitaine, gardez-vous bien, Romuald Schiffneïter de répéter jamais en ma présence le nom abhorré de ce brigand couronné, de ce massacreur de gens, de ce Mammon, nommé Charles de Valois !... Satan emporte son âme et fasse périr toute sa race ! maudit soit-il lui-même dans toute l'éternité, et avec lui tous les suppôts de l'Eglise de Rome dont vous parlez trop pour me plaire.

Sans mot dire, le vieux soldat se leva, boucla son manteau et, tirant un angelot d'argent de son escarcelle, il le jeta sur la table en disant d'un ton calme et froid.

(1) Antoine de Saix, poète savoyard, dans son rarissime ouvrage *Petits fatras d'un apprentif surnommé l'Espéronnier de discipline,* Paris, 1537, chez Sim. de Collines.

— Femme, voici mon écot, je ne veux rien vous devoir en ce monde.

Et, se retournant vers le ministre, sans faire attention à la mine furibonde de la fanatique protestante, il lui dit :

— Et vous, Léonard, sortez avec moi, si vous voulez que je demeure votre ami. De ma vie je ne remettrai les pieds céans, de même que la brebis n'aime pas à se trouver dans le voisinage du loup, excusez la comparaison.

CHAPITRE IV

JACOB ET FAUSTIN.

Tandis que l'on s'occupait ainsi de lui dans la maison de son oncle, Faustin Mathevey faisait confidence de ses chagrins de famille à son ami le plus intime, Jacob le Rouge. Les deux jeunes gens revenaient ensemble du village de Langin, où ils étaient allé faire un dîner champêtre, composé de laitage, d'œufs et de beurre, le tout arrosé de moré, sorte de liqueur acidulée en usage chez les paysans trop pauvres pour user de la tisane d'octobre, comme ils appellent plaisamment le vin.

Il était près de deux heures, lorsque Jacob et Faustin se mirent en marche pour rentrer à Allinges. Le temps était sombre. Un voile épais de nuages gris s'interposait entre le ciel et la terre, empêchant les rayons du soleil de réchauffer cette contrée couverte de neige. Une bise glaciale recouvrait les arbres desséchés, augmentant l'intensité du froid, très-rigoureux déjà.

Mais nos deux compagnons, insouciants et hardis, comme on l'est à leur âge, ne daignaient point sentir les rigueurs de l'hiver.

Ils marchaient d'un pas délibéré, sans glisser sur les cailloux du chemin couverts d'une couche de verglas, sans trébucher dans les ornières. Cependant Faustin avec sa mince cape de drap usé, doublée d'une serge en lambeaux, devait sentir les atteintes du froid.

Sa toque de velours miroité, débris d'un costume élégant, achetée sans doute chez un fripier, protégeait moins sa tête que les boucles abondantes de ses cheveux blond-cendré.

Il était svelte et d'une taille élancée, mais grêle de formes, maigre, chétif. Son visage, d'une beauté presque surnaturelle, présentait le type grec dans toute sa pureté. Mais les souffrances l'avaient flétri et la douleur concentrée que Faustin portait dans son âme avait mis des plis dans les coins de ses lèvres décolorées, des rides précoces à son front large, carré, blanc comme l'ivoire, vrai front de poète et de penseur. Ses yeux, d'un bleu-violet dont l'éclat était encore relevé par le cercle noir qui marbrait leurs paupières, avaient perdu ce regard joyeux, candide, ouvert de l'enfant heureux et sans souci. On y lisait une défiance profonde, une invincible tristesse. Lorsque sa bouche souriait, c'était d'un sourire plein d'amertume ou de morne raillerie.

Ses épaules voûtées et ramenées en avant, son pas incertain, son geste craintif dénonçaient les mauvais traitements qu'il avait subis et subissait encore peut-être. Sa voix timide, son accent irrésolu, dénotaient une âme brisée, écrasée sous un joug de fer. Et pourtant il sortait à peine de l'adolescence. Vingt-cinq ans ! L'âge où l'on est fort, puissant, plein de sève, exubérant de vie, de jeunesse et de vigueur ; l'âge des folles ambitions, des pensées naïves, des illusions, de la joie ; l'âge où l'homme ouvre son intelligence à des aspirations élevées, à des rêves d'avenir. Et lorsqu'on voyait ce blême adolescent, imberbe, maladif, courbé sous le fardeau des pensées amères, l'on se demandait quel martyr on avait devant les yeux.

Jacob le Rouge, au contraire, portait en lui toutes les marques d'un caractère fougueux, violent, sans frein. Il ressemblait à ces robustes peupliers qui, plantés au bord d'un chemin, élèvent dans les cieux leur tête altière, semblant défier la foudre et dire à tous passants :

— Je romps et ne plie jamais !

Plus âgé de cinq ou six ans que son compagnon, il était grand et vigoureux. Son visage encadré d'une barbe noire qu'il portait tout

entière, était illuminé par le regard sombre, étincelant que dar-
daient ses yeux noirs. Ce jour-là, il paraissait en proie à de mauvais sentiments. La colère se lisait sur ses traits farouches ; un
sourire sardonique errait sur ses lèvres crispées ; il baissait les
yeux et fixait la terre, comme s'il n'eût pas osé interroger le ciel.
Faustin parlait. Sa voix limpide, sonore, avait encore les notes
aiguës, heurtées de la quinzième année. Son accent était doux.
Il semblait, dans la compagnie de son ami, avoir perdu sa timidité
naturelle. Il disait :

— Espères-tu donc, Jacob, que ma vie puisse être longue,
malgré la souffrance qui me brise le cœur sans trêve et sans fin ?
Abreuvé d'ignominies, sans cesse humilié, blessé dans mes sentiments les plus intimes, je ne vois autour de moi que de la haine
et du mépris. Oui, mon père me hait. Mes autres parents me dé-
testent, à l'exception peut-être de mon oncle. Il me comprend, lui,
et il m'aime. A qui inspiré-je de l'affection, si ce n'est à toi, Jacob,
et à ma pauvre sœur? Et Sarah, n'est-elle point en proie aux
mêmes angoisses que son misérable frère? L'as-tu vu rire bien
souvent, cette pauvre fille martyre, cet ange torturé par le démon?

— Deux opprimés, deux malheureux ! s'écria Jacob avec amertume !

— Oh! oui, mon père m'abhorre ! continua Faustin Mathevey,
suivant malgré lui le fil de ses pensées. Je n'ai pourtant rien à me
reprocher à son égard. Je me suis toujours montré fils respectueux
et soumis. Si je n'ai pas d'amour pour lui, c'est qu'il n'a pas su
m'en inspirer. Depuis longtemps je l'aurais abandonné ; mais je ne
veux pas que sa vieillesse soit isolée, et qu'il meure sans un ami,
sans un parent pour lui fermer les yeux !... Il me laisse manquer
de tout. Vois, Jacob, ces vêtements déchirés, ce linge sale et fripé.
Je pourrais me vêtir aussi bien qu'un bourgeois, porter justaucorps
de drap fin et manteau de velours... Grégoire Mathevey a de bons
écus d'or en un coin de sa vieille maison !... Et pourtant, regarde!
Jacob se sentit incapable de répondre.

— Le duc Charles-Emmanuel, continua Faustin, vient de nous
accorder le privilége du tir à l'oiseau. Ne pourrai-je, comme tout
autre, me livrer au passe-temps de mon âge, me mêler aux fêtes
de la jeunesse, danser gaîment sous les noisetiers? Eh bien ! non.
Je dois vivre seul, retiré de toutes les compagnies, exclus de toutes

les réunions. Les jeunes gens de la ville se moquent de moi parce que je suis d'humeur chagrine, timide comme un enfantelet, chétif comme un jouvencel de manoir. Ils rient de moi, à cause de mes habits en haillons, et de mon escarcelle toujours vide... Mais s'ils me repoussent ainsi, ils ignorent tout ce qui s'amasse de haine au fond de mon cœur, et contre eux et contre...

Jacob l'interrompit soudain :

— Ami, dit-il gravement, la haine est un péché mortel. Le Christ avait souffert plus que toi, il pardonna à ses bourreaux et pria pour eux. Ne m'ont-ils pas surnommé le rouge et le sanglant, moi, parce que mon grand-père, disent-ils, fut bourreau et mon père, boucher? Les mères me montrent au doigt, devant leurs enfants, se servent de moi comme d'un épouvantail pour les effrayer. Le ministre ne m'a-t-il pas fermé la porte du temple? Le banneret ne m'oblige t-il pas à demeurer à cinq cents pas du bourg, sous pré-texte que ma présence porte malheur? Toi seul a eu le courage de me fréquenter, Faustin... Je ne hais ni ne méprise personne, mais je n'aime et n'estime que toi.

Le jeune homme baissa la tête et reprit, après un moment de silence :

— J'aurais pu devenir un homme savant : j'aime passionnément l'étude et je me sens assez intelligent pour m'élever au-dessus de la tourbe imbécile qui m'entoure. Mais le jour, mon père m'oblige à servir ses pratiques, et si je veille, le soir, il me reproche dure-ment l'huile que je brûle. Il m'appelle fainéant et prétend..

— Pourquoi ne pars-tu pas ?

— Je te l'ai déjà dit. Je ne veux pas laisser ma sœur exposée seule et sans secours aux violences de mon père...

L'œil de Jacob scintilla et ses joues devinrent livides :

— Irait-il donc jusqu'à la frapper ? interrompit-il d'une voix frémissante.

Faustin sourit tristement, il s'arrêta, défit les boutons de son pourpoint, écarta sa chemise et montra à Jacob sa poitrine cons-ellée de marbrures violettes jaspées de noir. Jacob se couvrit le visage de ses deux mains, laissa échapper un sourd gémissement et murmura d'une voix étouffée :

— Horreur !

— Tous les jours il en est ainsi, reprit Faustin. Quand son bras est lassé de me frapper, et sa voix de me couvrir d'injures, il s'arrête. Puis s'il voit ma sœur pleurer ou manifester par un simple geste sa compassion et sa pitié, alors il reprend des forces et la meurtrit à son tour. Oh ! continua-t-il d'une voix vibrante et avec un accent exalté, en levant les yeux vers le ciel, comment veux-tu que j'appelle cet homme mon père, et que je l'aime et que je le vénère !... Dieu n'enverra-t-il pas un de ses anges pour me défendre, ou plutôt, ajouta-t-il, en baissant la voix, ou plutôt ne nous fera-t-il pas ENFIN orphelins ?...

Jacob lui serra le bras avec violence et s'écria d'un ton sévère, sans pouvoir maîtriser son indignation :

— Enfant ! enfant ! quel exécrable souhait viens-tu de formuler ! As-tu oublié que Dieu ordonne d'honorer son père et sa mère, afin de vivre longuement. Tu n'as pas le droit de juger ton père... S'il agit mal, tu dois prier pour lui et chercher à écarter de sa tête le bras du Seigneur levé sur l'impie... Oh ! tu viens de prononcer de cruelles paroles !

Faustin essuya les larmes qui ruisselaient sur son visage, et d'une voix entrecoupée, il répondit :

— Je lui pardonnerais volontiers tout le mal qu'il m'a fait, et même, si j'expirais sous ses coups, mon dernier soupir serait encore une prière en sa faveur... Mais, Jacob, je l'ai vu frapper ma mère... La sainte femme quitta la terre... Dieu jugea qu'elle avait assez pleuré, assez souffert... Je vis cet homme contempler d'un œil sec le cadavre inanimé de la mère de ses enfants... Le croiras-tu ? c'est terrible ! Lorsque nous revînmes du cimetière, écrasés par la douleur immense qui nous broyait le cœur, nous le vîmes, ivre, sur le seuil de la maison, et nous l'entendîmes maudire celle dont le corps était à peine refroidi... Sont-ce là des choses qu'on pardonne, dis, Jacob ?

L'accent du jeune homme était si plein d'énergie, et ses paroles si terribles dans leur simplicité que Jacob, frissonnant d'horreur, eut à peine la force de répondre :

— Un chrétien pardonne tout, Faustin !

Pendant un long moment, les deux jeunes gens marchèrent l'un à côté de l'autre en silence, abîmés dans les réflexions que ce pénible entretien provoquait dans leur esprit.

Faustin disait vrai. Il dépeignait exactement sa triste situation.

S'il n'en avait pas atténué l'horreur, il ne l'avait point exagérée. Dès leur plus tendre enfance, les deux enfants de Grégoire Mathevey se voyaient en butte à d'atroces traitements ; si leur père, dans ses accès de gaîté se contentait de railler la beauté de sa fille et la faiblesse physique de son fils ; s'il se bornait à décocher contre eux d'amers sarcasmes et de grossières paroles, Faustin et Sarah s'estimaient bienheureux. Mais ces jours de clémence étaient rares. Grégoire se montrait inexorable ; pour un mot, un geste, une parole, il châtiait cruellement ses enfants. Le seul mot de pardon lui semblait ridicule. Et lorsqu'il était ivre, cet homme se changeait en bête féroce. Il martyrisait à la fois l'âme et le corps. Sous cette rigueur, la jeune fille et son frère succombèrent, ils devinrent sombres, concentrés en eux-mêmes, sans expression, défiants. La mélancolie voilait d'un noir nuage leur esprit et leur intelligence. Sans l'amour mutuel qu'ils se portaient, leur cœur se fût desséché et peut-être la folie eut-elle envahi leur cerveau. Dans cette maison, enfouie sous le feuillage, il n'y avait plus ni rires, ni chansons, ni paix, ni joie.

En accusant son père d'avoir fait mourir sa mère de chagrin, Faustin disait encore la vérité. En effet, selon l'expression vulgaire mais énergique, la pauvre créature fit son purgatoire en ce monde. Grégoire Mathevey épousa fort jeune une femme qu'il n'aimait pas, mais dont il convoitait la dot.

Pauline était belle, douce et bonne, pieuse et charitable. Les voisins furent unanimes à dire qu'ils voyaient, dans ce mariage, l'union du tigre avec la brebis. Grégoire trouvait sa femme trop généreuse parce qu'elle distribuait aux pauvres les restes des repas du ménage. Il la traitait de paresseuse, tandis que, levée dès l'aurore, elle travaillait comme une mercenaire jusqu'à la nuit close. Le mari, lui, s'enivrait, jouait aux dés avec ses camarades, chantait des refrains bachiques ou des couplets obscènes. Grégoire pipait les dés, biseautait les cartes, frelatait les liqueurs et le vin qu'il servait à ses clients. Pauline, femme d'une probité sans tache, risquait une timide observation. Il y répondait avec sa brutalité ordinaire et la battait, espérant s'en débarrasser plus vite.

Lorsque Pauline mourut, la petite Sarah n'avait pas dix ans Sans pitié pour son âge si tendre et la gracilité de ses membres

Grégoire l'obligea à remplacer sa mère dans tous les travaux de la maison. Faustin, arraché à ses études, à ses livres, devint le domestique de son père, qui l'envoyait couper du bois dans la forêt, faucher ses prés, battre le blé en grange. Lorsqu'il n'y avait pas de travail à la maison, il louait aux fermiers du voisinage les services de son fils. A ce rude métier, les deux enfants dépérirent; leur constitution, déjà faible, s'affaiblit encore. Qu'importait à Grégoire Mathevey? Pourvu que ses enfants lui rapportassent de l'argent, il ne demandait rien de plus. Cependant, en présence des étrangers, il prenait un masque de bonhomie et cachait, sous d'austères dehors, ses vices grossiers, son avarice, sa mauvaise foi, sa brutalité.

Au milieu de ses souffrances, Faustin fut assez heureux pour trouver un véritable ami dans Jacob le Rouge. Nous connaissons déjà la cause de ce surnom donné au petit-fils du bourreau. Par un sentiment d'orgueil inexplicable, et afin de braver ouvertement le mépris dont on l'accablait, cet homme singulier portait en toute saison des vêtements de couleur écarlate, en soie l'été, en velours l'hiver. On blâmait à la fois et ce luxe et ce mépris du *qu'en dira-t-on*. Le caractère de Jacob était vraiment étrange. Il y avait en lui de l'homme de génie et du fou. L'on pourrait dire qu'il semblait incomplet. Expliquons-nous. Brave jusqu'à la témérité, généreux, grave, réfléchi, il était en même temps violent, emporté, méfiant, accessible aux mauvais sentiments. Il faisait profession de mépriser l'humanité et jouait avec les misères humaines comme un enfant s'amuse d'un hochet. Il voyait le mal avec plaisir, tout en le condamnant, se cuirassait d'égoïsme et se prétendait insensible tant au blâme qu'à l'éloge.

Ce mélange de défauts et de qualités, cette inégalité de caractère provenaient de causes diverses. D'abord, quoiqu'il fût innocent du sang répandu, son nom était souillé d'une tache indélébile, les préjugés du monde le voulaient ainsi; il endurait cette honte. Ensuite l'isolement auquel sa malheureuse origine le condamnait, cet isolement, la conscience de cette souillure, les dégoûts dont on l'abreuvait sans relâche, contribuèrent à le rendre tel qu'il était. Il se sentit attiré vers le jeune Mathevey par la similitude de leurs destinées, qui, partant d'un principe différent, aboutissaient au même point. Tous deux ils étaient malheureux dans leur famille. L'un, par son père, l'autre, à cause du sien. On le sait, rien n'est plus difficile à déraciner qu'un préjugé, et parmi nos lecteurs il ne s'en trouvera pas un, nous en sommes persuadé, qui serrerait sans répugnance la main d'un fils de bourreau.

CHAPITRE V

DE QUELLE FAÇON LE CAPITAINE SCHIFFNETTER SE FIT A PEU DE FRAIS UNE PAIRE D'AMIS.

Comme nos deux compagnons arrivaient à l'entrée du bourg d'Allinges, une troupe d'écoliers qui sortaient de l'école dirigée par maître Josué Ménard les assaillit et les entoura. Les gamins les bombardaient à l'envi de boules de neige en vociférant sur tous les tons :

— Jacob la Hart! Jacob l'Echelle! Jacob le Rouge! honte au bourrel!

— Faustin petit fouetté ! Les verges au papa tapent dru !...

Les deux jeunes gens échangèrent un regard sombre et se frayèrent lentement un passage à travers cette nuée de polissons. Au même instant, ils virent de l'autre côté de la rue le capitaine Rom qui gesticulait et cherchait à arriver jusqu'à eux.

Les gestes du digne capitaine Rom n'avaient pas toute l'efficacité désirable : évidemment les jeunes gens, trop occupés de leur querelle avec les mutins écoliers, ne l'apercevaient pas. Il se pouvait aussi qu'ils feignissent de ne pas le voir, le capitaine étant un papiste enragé, suivant les dires des protestants de l'endroit. Rom Schiffnetter jugea qu'il fallait user des grands moyens. Il posa la main sur le pommeau de sa gigantesque durandal et se mit à crier de sa plus grosse voix, aux accents de

laquelle les enfants se dispersèrent comme une volée de passe-
reaux :

— *Carajo* ! *Caramba* ! *Corbaco* ! Parfandious ! infernale
marmaille ! faudra-t-il, pour vous faire balayer le plancher, que
j'use le fourreau de ma rapière sur vos dos de coquins ? *Der teufel
nole mich* ! comme disent les bons Alsaciens d'Alsace, dépêchez-
vous à courir, ou sinon...

Un geste énergique accentua cette phrase menaçante et jeta
l'épouvante à la ronde. Les plus hardis essayèrent de recommencer le tapage, mais un regard du capitaine suffit pour
achever l'œuvre si bien commencée par ses jurons allemands,
espagnols et français. Les yeux clignotants et le visage enluminé
de Romuald Schiffnetter accusaient l'usage immodéré du vin.

Pour dire la vérité, les copieuses libations dont il arrosa le
repas de ses hôtes ne suffirent pas à désaltérer le digne soudard.
En sortant de chez le révérend ministre, il voulut rendre une
visite d'amitié à Grégoire Mathevey. Il demanda une pinte de
clairet et pria poliment le cabaretier de lui faire raison. Ce
dernier ne manqua pas l'occasion de doubler son profit. La
première mesure achevée, l'on en but une seconde.

En même temps qu'une troisième pinte, l'on entama une
grosse querelle. Romuald, avec jurons et proverbes cosmopolites
à l'appui, reprocha à Grégoire sa conduite vis-à-vis de son fils.
Cette morale, assaisonnée d'anecdotes et de gros mots, déplut au
père de Faustin. Il eut la patience de se taire jusqu'à ce que le
lansquenet eut payé son écot. Cette formalité accomplie, il invita
le soudard à passer le seuil de sa porte, lui enjoignant d'oublier
désormais le chemin de la *Pomme d'Api*. Il ajouta un excellent
conseil à cette injonction, à savoir de ne se point mêler des
affaires d'autrui.

Romuald Schiffnetter n'était pas assez d'aplomb sur lui-même
pour demander au cabaretier satisfaction de cette impérieuse
leçon. Il se mordit la moustache, boucla fièrement l'ardillon de
sa ceinture et sortit la tête haute, ne répondant à Mathevey que
par un dédaigneux silence. Cette scène avait néanmoins produit
une impression désagréable sur ses nerfs. Il s'éloigna d'un pas
rapide, en murmurant à demi-voix une assez jolie file de jurons :
ces deux exercices combinés chassèrent sa colère ; il ne fallut

rien moins que l'incartade des élèves de maître Josué pour la réveiller.

Son intervention ne fut pas inutile à Jacob et à Faustin. Ils s'empressèrent de serrer la main du vieux soldat et le remercièrent cordialement. Rom coupa court à leurs compliments, et s'écria d'une voix qu'il essayait vainement de rendre douce :

— Eh! bonjour, cher mignon Faustin!... *Servo suo,* maître Jacob le Rouge, ou quel que soit votre nom... Eh! eh! nous avions affaire à de jolis gamins, je pense!... Vous avez du chagrin, paraît-il, fils Mathevey! je sors de chez votre père auquel j'ai rudement lavé la tête... Je me rappelle aussi le temps où papa Schiffnetter, assez brutal en sa double qualité d'Alsacien et d'anspessade aux gages du rhingrave de Hochberg, utilisant à mon endroit! — je devrais plutôt dire à mon envers, *der Teufel!* — certain manche de hoqueton... mais *motus,* continuat-il, en souriant d'un air malin, je puis l'avouer, j'étais un petit vaurien de la pire espèce, et le manche du hoqueton susdit n'avait pas toujours tort... Tandis que vous, Faustin, vous êtes le plus sage, le plus probe, le plus vertueux garçon du monde et des lieux circonvoisins. Excusez la comparaison.

Dans ces paroles, dont la moitié au moins aurait été supprimée sans inconvénient, Faustin vit que Romuald ressentait et lui exprimait une sympathie sincère.

Trop peu confiant de son naturel et trop sceptique en fait d'attachement, il voulut s'éloigner après avoir de nouveau serré la main du capitaine. Jacob le Rouge, mû par des sentiments semblables, mais que dominait une singulière curiosité, lui fit signe de rester. Le jeune homme tenait à prolonger l'entretien. Cette main si franchement tendue, ce bon sourire de bienvenue, ce regard loyal, ouvert du vieux batailleur l'étonnèrent et produisirent en lui une fugitive émotion.

Il s'adressa d'une voix mordante et pleine d'ironie à Romuald Schiffnetter.

— Vous êtes mille fois trop bon d'en agir ainsi, capitaine, avec un homme que vous ne connaissez pas, et dont la réputation n'est point précisément recommandable.

Rom se redressa fièrement et s'écria :

— Je vous connais, vous et votre réputation... Parfandious?

comme dit monseigneur Nogaret de la Valette d'Epernon, duc, pair et maréchal de France, lequel n'a jamais su tenir proprement un estoc.., oui, je vous connais et vous estime, Jacob le Rouge... Vous avez beau être calviniste, et... *et cætera*, comme dirait le révérend Léonard, marchand de latin, je vous estime et Dieu vous bénisse! En conséquence, maître Jacob, de par la noble lignée des Schiffnetter du schloss de Rothensburgergenhâb, je suis heureux de serrer votre main, une main loyale, j'en suis sûr... Et fi des mauvaises langues... Enfin, suffit! La parole est d'argent, le silence est d'or. Ainsi parlait un vieux Turc que je fis prisonnier à la bataille de Lépante, en 1571. Ce fut un fameux combat, mes bons amis! Il dura depuis six heures du matin jusqu'au soir. Selim-Sultan, l'empereur des Turcs, perdit ce jour-là quarante mille hommes, cent quatre-vingts galères et plus d'or qu'il n'en faudrait pour bâtir dix munster semblables à celui de Strasbourg. Jean d'Autriche avait fait un vœu à madame la benoîte Sainte-Vierge... Mais, continua le capitaine, en changeant de ton, j'oublie que vous ne croyez pas en la Mère de Dieu...

Ce loquace personnage eut sans doute poursuivi bien plus longtemps son monologue à la fois historique et légendaire, si le maître d'école ne fût venu opposer son épaisse personne comme une digue contre ce flot toujours croissant de paroles.

Jacob le Rouge accueillit rudement le magister :

— Allez-vous-en, dit-il d'une voix brève, allez-vous-en, Josué Ménard. Quand vous saurez élever plus chrétiennement les enfants du bourg d'Allinges, vous serez plus digne de vous mêler aux entretiens des honnêtes gens.

Josué Ménard, confus de s'entendre reprocher avec tant d'énergie l'étourderie de ses élèves, put à peine balbutier quelques mots de justification. Faustin, plus encore par délicatesse que par pitié, voulut atténuer la violence des reproches de son ami :

— Laisse, dit-il doucement, laisse, Jacob. Maître Josué ne peut veiller à tout. Ces enfants se bornaient à répéter ce que leurs parents ont dit en leur présence. Mieux vaut accepter l'affront et dédaigner ces injures, comme venant de trop bas. Te fâcherais-tu si un chien hurlait sous ta fenêtre? Pourquoi rendrions-nous maître Josué responsable des fautes de ses écoliers?

Devant cette douceur et cette bonté, le gros maître d'école reprit courage. C'était un de ces hommes vils qui sont insolents et hargneux vis-à-vis des faibles, rampants et humbles devant les forts. Aussi répondit-il, d'une voix de fausset suraiguë avec un accent protecteur, en redressant sa taille courte et ramassée :

— Très-bien ! très-bien ! jeune homme, vous avez raison. Toute vérité n'est pas bonne à dire, mais les enfants ignorent cet axiome, et, dans leur aimable simplicité, ils croient pouvoir dire à chacun ce qui lui revient.

Rom Schiffnetter fronça le sourcil et tira du fourreau sa lourde rapière, avec laquelle il se mit, sans autre forme de procès, à rouer de coups l'insolent magister. Jacob le Rouge éclata de rire, mais s'interposa entre le frappant et le frappé. Il n'agit pas si promptement que Josué n'eût eu le temps de recevoir deux ou trois horions :

— Maître, dit-il alors au pauvre homme tout honteux de son impuissance et qui ne songeait même pas à fuir, vous avez vu, nouveau Josué, le soleil s'arrêter en votre présence. Seulement, l'astre du jour est aujourd'hui représenté par le terrible moulinet de l'épée du capitaine. Rendez grâce à Dieu d'en être quitte à si bon marché et reprenez vitement le chemin de votre maison sur la porte de laquelle je vous permets d'écrire : *in conspectu meo stetit sol* !

Josué Ménard s'empressa d'obéir à cet ordre et tourna les talons en frottant ses épaules contusionnées.

— Ça, dit alors Schiffnetter en promenant un regard superbe sur cinq ou six personnes qui avaient assisté à cette scène tragi-comique, il serait bon maintenant d'aller poursuivre auprès d'un feu clair, avec un verre de vin à la main, un entretien si bien commencé. Qu'en dites-vous, camarades ?

— Vous méritez bien une telle récompense, répondit gaiement Jacob, pour nous avoir délivré successivement et des écoliers et du maître.

— Je regrette, dit Faustin, de ne pouvoir vous introduire chez mon père.

Le capitaine l'interrompit :

— La maison de Grégoire Mathevey serait un palais, et son vin se changerait en vin de Chypre ou d'Espagne, que Romuald

Schiffnetter n'entrerait pas dans l'un et ne goûterait pas de
l'autre. Votre père, jeune homme, ne mérite ni l'estime ni la
pratique d'un honnête soldat, accoutumé à dire la vérité envers
et contre tous.

— Alors, dit Jacob, en hésitant un peu, si nous allions chez
moi?

— *Et ciel acaba de hablar por tu boca*, s'écria le capitaine qui
s'étonnait d'être resté si longtemps à ne parler que français. Oui,
le ciel vient de parler par votre bouche, maître Veste-d'Ecarlate,
allons donc chez vous, *so got will*! Je ne serai pas fâché de voir
par mes yeux si vous pratiquez réellement la sorcellerie, comme
le disent les méchantes langues du bourg, et Dieu sait qu'il n'en
manque pas, *corrazon de Sanchez* !

Jacob habitait une maisonnette enfouie dans un bois de châ-
taigniers, à un mille environ d'Allinges. Cette humble demeure
n'avait aucune apparence extérieure. Elle était néanmoins très
confortablement disposée et meublée. La pièce principale qui
servait au jeune homme de salon, de réfectoire et de cabinet de
travail, n'eût pas déparé le manoir d'un gentilhomme. Un cuir
de Cordoue, à gauffrure d'or sur un fond cramoisi, couvrait les
murailles et s'harmonisait parfaitement avec le damas noir à
dessins rouges qui garnissait les sièges de vieux chêne sculpté
A la place d'honneur, entre une admirable crédence à figurines
délicatement fouillées, et un meuble italien d'ébène marqueté
d'ivoire, était suspendu un glaive à lame large et longue, à
poignée taillée en forme de croix. Sur une table recouverte d'un
riche tapis chargé d'armoiries brodées en ronde bosse, une coupe
d'argent repoussé contenait un objet non moins singulier dans
l'habitation d'un protestant.

C'était un pauvre chapelet formé de gros grains de bois noir
et terminé par une médaille de cuivre à demi-rongée par l'oxyde.

Jacob eut bientôt fait d'allumer dans l'âtre un feu ardent qui
répandit sur les objets environnants une agréable teinte rosée.

La lumière de quatre torches de cire placées dans un candélabre
de bronze acheva d'illuminer la salle d'une vive clarté. Pour se
conformer à la seconde partie du programme, Jacob roula
auprès de la cheminée une servante chargée de verres et de
flacons : ceux-ci poudreux et revêtus de toiles d'araignées, ceux-

là polis et brillants comme les coupes de diamant dont se servent les fées. Des gâteaux et des fruits empilés sur des plats d'étain, des confitures dressées avec art dans des vases de faïences présentèrent une agréable collation aux hôtes du jeune homme. Celui-ci, avec une prestesse qui eût fait honneur à une jeune fille, jeta une nappe blanche sur une table voisine, y disposa trois couverts et servit, comme pièce de résistance digne de tenter la gourmandise du lansquenet, un jambon parfumé, une volaille rôtie et de menus hors-d'œuvre propres à exciter l'appétit.

La collation fut promptement expédiée. L'estomac du capitaine était assez complaisant pour supporter une double charge de nourriture. Il fit donc autant d'honneur aux diverses victuailles étalées devant lui, qu'il en avait fait six heures auparavant à la cuisine de la dame Balbine. Il but largement, sans excéder la mesure, afin de conserver le peu de raison que lui avaient laissé ses précédentes libations. Jacob et Faustin mangèrent peu et burent moins encore. Bref, le repas achevé, le maître de la maison poussa dans un coin la table et la servante, mais il laissa à la portée de Romuald un immense vidrecome en verre de Bohême rempli jusqu'au bord de vin épicé.

Le digne capitaine, enfoncé dans un excellent fauteuil dûment rembourré de coussins et d'oreillers, jeta autour de lui un regard de satisfaction. Son regard s'arrêta longuement sur le glaive à poignée de cuivre et parut en suivre les contours avec une certaine complaisance.

— Voilà, dit-il ensuite d'une voix grave, une épée magnifique. La lame en est brillante, polie comme un miroir ; cette rainure creusée au milieu donne le frisson, quand on songe surtout au sang dont elle fut arrosée.

— Pour un soldat, répliqua froidement Jacob, vous parlez singulièrement, sire capitaine. Votre épée est-elle donc vierge de ce liquide rouge qui coule dans nos veines.

— Autre chose est de tuer sur un champ de bataille, autre chose est de tuer sur un échafaud, reprit le capitaine d'un ton sentencieux. Au combat, l'odeur de la poudre, celle du sang, le mugissement du canon, le cliquetis des armes blanches, enivrent le soldat. Il frappe sans voir, sans entendre, sans comprendre même...

— Il acquiert de la gloire ; tandis que le bourreau se couvre de honte, s'écria Jacob, les yeux étincelants, mais sans se départir de son calme. Oui, messire, vous avez bien deviné ! Vous la voyez, cette épée ! Elle a tranché douze têtes de gentilshommes, délivré douze âmes de leur prison corporelle, puni douze crimes, exécuté douze sentences de la justice humaine !...

— C'est une lugubre relique, murmura Faustin sans oser lever les yeux...

— C'est une marque de déshonneur, dit fermement Jacob, dont les joues pâlirent en proférant ce mot. Je montrerais ce glaive, sans honte et sans rougeur au front, s'il avait seulement été l'arme de la justice humaine. Il a outrepassé les droits de cette justice, en servant une vengeance privée. Je veux le laisser là, exposé aux yeux de tous : n'est-ce pas une expiation ?

Après ces mots prononcés d'une voix lente et grave, le jeune homme tomba dans une profonde rêverie. Il en fut tiré par ces paroles du capitaine :

— *Por la muerte* ! mon hôte, votre histoire doit être intéressante à entendre. Et puisqu'à dater de ce jour, je deviens votre ami loyal et sincère, vous plairait-il de me la conter ?

Jacob leva sur lui son regard pénétrant et voyant qu'il n'avait point affaire à un curieux imbécile, il répondit :

— Oui. Ecoutez

CHAPITRE VI

COMME QUOI LE SEIGNEUR BÉRENGER DE CHÉNEMARIE FUT ACCUSÉ
D'AVOIR MÉCHAMMENT EMPOISONNÉ MGR LE DUC PHILIBERT LE BEAU.

Le récit de Jacob fut assez long. Afin d'éviter l'emploi fort désagréable du « moi, » si haïssable au dire de Pascal, nous prendrons la liberté de nous substituer au narrateur, et, pour donner à notre bienveillant lecteur une parfaite intelligence des faits, nous reprendrons d'un peu haut.

« Cette année 1504, dit le doyen de Beaujeu au chapitre XCV de sa naïve *Chronique de Savoie*, fut, par la permission de Dieu, disposée à grandes afflictions et désastres, et fit une très-male raison, tant pour sa disposition des corps humains, que pour la production et durée des fruits de la terre. » Cette année fut, en effet, attristée par la disette, la famine, les épidémies. Le peuple vit là un châtiment de Dieu. Pour apaiser le courroux divin, l'on se résolut à faire des pénitences publiques, des processions, des macérations de toutes sortes. Ces processions allaient d'églises en églises, restant cinq ou six jours à errer dans les champs. « Et n'y avoit cœur si dur ny inhumain, que ces poures pénitents ne fissent jecter des larmes son saoul. » Or, en cette même année de malheur, il arriva un événement qui retentit dans toute la chrétienté.

Le 10 du mois de septembre, Philibert le Beau, duc de Savoie, chassait dans les bois de Lagnieu. Vers la fin de la journée, une effroyable nouvelle, apportée par un seigneur de sa suite, jeta l'épouvante au château de Pont-d'Ain où la cour se trouvait réunie. Le jeune prince avait ressenti les atteintes d'un mal subit et l'on disait qu'il ne tarderait pas à expirer. Presqu'aussitôt l'on aperçut, cheminant sur la route du manoir, un lugubre cortége. C'étaient es seigneurs de Savoie qui ramenaient sur une civière le corps nanimé de leur souverain. Cette forme humaine étendue sur ces ameaux verts ; cette foule de gentilshommes, vêtus de soie et de

velours; mais à la contenance morne, au visage attristé; l'agitation, le tumulte que produisit ce funeste malheur, formaient un
spectacle lamentable. Philibert vivait encore. Sa marâtre, madame
Claudine de Brosse (1), Marguerite d'Autriche, sa jeune épouse,
Charles de Savoie, son frère, lui prodiguèrent les soins les plus
ardents, les plus empressés, mais ce fut en vain. Il exhala son
dernier souffle dans la même chambre où ses yeux s'étaient ou-
verts à la lumière, un quart de siècle auparavant.

Ce nom de Philibert portait malheur aux princes de la maison
de Savoie. Le premier Philibert, qu'on avait surnommé le Chas-
seur, était mort à l'âge de seize ans, dans la maison de la Sybille,
à Lyon, empoisonné, disent les uns, victime de sa passion pour
la chasse, disent les autres (2).

Bref, le duc mort, on lui fit de magnifiques funérailles. Il fut
enseveli à côté de sa mère Marguerite de Bourbon, dans l'église de
Brou, le plus splendide joyau gothique sorti de la main des hommes. On lui érigea un superbe mausolée de marbre blanc, et sa
veuve, fidèle à cet unique amour, prit avec un deuil éternel cette
devise mystérieuse : FORTUNE, INFORTUNE, FORT UNE.

Cela fait, l'on songea à s'enquérir des causes de la mort subite
du souverain. Une enquête, conduite avec le plus grand soin, mit
au jour les faits suivants :

Epuisé par une course effrénée à la poursuite d'un cerf dix-cors
de la plus grande espèce, le duc voulut faire halte un moment. Le
gros de la chasse était à une assez grande distance. Philibet n'avait

---

(1) Philippe Sans Terre, septième duc de Savoie, fut marié deux fois. De sa pre-
mière femme, Marguerite de Bourbon, fille de Charles de Bourbon, duc d'Auvergne,
grand chambrier de France et d'Agnès de Bourgogne, il eut Philibert le Beau et
Louise, duchesse d'Angoulême, mère de François Ier. De Claudine de Brosse, fille
de Jean, seigneur de Saint-Sévère et de Boussac, et de Nicole de Blois, dite de
Bretagne, comtesse de Penthièvre, vicomtesse de Limoges, il eut : Charles III;
Louis, évêque de Nice ; Philippe, duc de Nemours; Philiberte, mariée à Julien de
Médicis. Une autre fille de Philippe Sans Terre fut mère du pape Léon X. La maison
de Brosse était issue de Giraud, vivant en 1101 et s'éteignit en la personne de
Jean IV de Brosse dit de Bretagne, duc d'Étampes et mari de la célèbre Anne
d'Heilly de Pisseleu, dont il n'eut pas d'enfant. Il mourut en 1565.

(2) V. l'*Homme au Capuchon Rouge*, par Charles Buet.

auprès de lui que deux gentilshommes : Bérenger de Chénémarie, marquis de Massingy, grand veneur de service, et Florimond, de Goëllo, baron de Penhoat. Ce dernier, issu d'une branche naturelle de la maison de Brosse, était parent à un degré fort éloigné de la duchesse Claudine auprès de laquelle il remplissait les fonctions d'écuyer. On le disait investi de la confiance entière de sa maîtresse, et, comme tous les favoris, on lui faisait l'honneur de le détester cordialement.

Philibert ne descendit pas de cheval. Il se sentait dévoré d'une soif ardente et pria l'un de ses compagnons de lui puiser un verre d'eau à la fontaine de Saint-Bubba auprès de laquelle il s'était arrêté.

— Monseigneur, objecta le marquis de Massingy, permettez-moi de ne point obéir à votre volonté. Cette eau est glaciale, et vous êtes mouillé de sueur.

Le duc insista.

Le marquis fut obligé de s'incliner devant un ordre si péremptoire. Il mit pied à terre et alla puiser de l'eau dans une tasse d'or qu'il portait suspendue à l'arçon de sa selle.

— Monsieur, lui dit Florimond, quand il revint, puisque vous avez eu l'honneur d'aller chercher cette eau, laissez-moi celui de présenter la coupe à Sa Grâce.

Le marquis n'était pas revenu de son étonnement que déjà le seigneur breton s'était emparé du vase précieux. Mais comme il le présentait au prince, sa monture fit un mouvement. Florimond voulut la dompter en se servant de l'éperon ; le cheval se cabra, tourna sur lui-même, en poussant de longs hennissements. Enfin le baron parvint à le maîtriser et put tendre le fatal breuvage à Philibert. Celui-ci but à longs traits. A peine achevait-il de vider la tasse, qu'il tombait inanimé entre les bras de ses deux compagnons.

L'on juge dans quel désespoir ce malheur jeta le marquis et son compagnon. Celui-ci parut pourtant moins impressionné. La douleur glisse comme l'eau sur le marbre, sur le cœur de ces hommes du Nord. Il y eut, sous l'ombre de ces chênes séculaires, à côté de cette fontaine qui tombait en cascatelle et chantait sa mélancolique méloppée, une scène émouvante qu'un poète seul pourrait décrire, dont Salvator Rosa pourrait seul tracer une image réelle. Dans

l'effusion de sa douleur, Bérenger de Chénemarie supplia Florimond de garder le secret sur l'imprudence commise par le duc.

Le conseil de famille composé de tous les membres de la maison
de Savoie, âgés de plus de seize ans, fut assemblé. Les faits que
nous venons de rapporter furent exposés dans leur terrible simplicité. Puis chacun produisit son faisceau de preuves.

Or, deux mois avant ces événements, au milieu d'une fête, il
s'était passé une scène étrange, qui fut le sujet des conversations
de tout le pays pendant bien des jours. Philibert le Beau avait levé
la main sur Bérenger de Chénemarie et l'avait insulté en présence de toute la cour. Nul ne put jamais pénétrer la cause de
cette incroyable violence exercée par le souverain contre l'un de
ses plus illustres chevaliers, et ce secret est resté enseveli dans le
plus profond mystère. L'opinion générale fut que Bérenger avait
empoisonné Philibert pour venger cet affront fait, en sa personne,
à toute la noblesse. Ces présomptions n'avaient rien que de très-
fondé au point de vue de la nature humaine. Aux yeux de tous,
le marquis de Massingy était coupable.

Chacun en avait la conviction morale ; mais pour condamner un
accusé, il faut des preuves matérielles. Il ne fut pas difficile d'en trouver, grâce à un singulier concours de circonstances. Florimond de
Goëllo, baron de Penhoat, fit une déposition ambiguë, de laquelle
il ressortait que M. de Chénemarie avait eu le temps, en puisant
de l'eau à la source, de mettre du poison dans la tasse d'or. Il appuya particulièrement sur la prière que lui avait faite l'accusé de
garder le silence. Il fit en outre remarquer un fait important : par
quel hasard le marquis de Massingy portait-il une coupe d'or suspendue à l'arçon de sa selle ?

Un apothicaire de Bourg fut le second témoin cité. Il affirma
sous serment les faits suivants :

Le 3 septembre, vers sept heures du soir, un seigneur, vêtu
d'une robe de velours vert, ornée d'un entourage de feuilles de
chêne brodées en or et entremêlées de lettres d'argent formant
une devise qu'il n'avait pu déchiffrer, était descendu de cheval
devant sa boutique. L'apothicaire s'empressa d'introduire son
noble visiteur dans son officine et là, le dialogue suivant s'établit
entre eux :

— Avez-vous encore, demanda le gentilhomme, ce flacon rempli d'un élixir dont vous parlâtes au baron de La Vernière et qui est à la fois un philtre, un remède, un poison ?

— L'élixir de l'Italien Léonel Victorius, de Bologne ? oh ! c'est une composition merveilleuse dont il m'a légué le secret lorsqu'il mourut dans ma maison. C'est un philtre invincible, un remède souverain, mais, aussi, il suffit de cinq gouttes pour donner la mort et si l'on en laissait tomber dans un vase de métal, les flots du Rhône, le grand fleuve, ne suffiraient pas à empêcher les effets du poison. Quiconque y boirait, mourrait.

Bref, le seigneur inconnu paya mille ducats le flacon de l'alchimiste et partit.

Bernardin de Savoie, comte de Pancalier, dit quelques mots à voix basse au président du conseil, Pierre de Bonvillard, qui se leva et demanda à l'accusé : ·

— Monsieur de Chênemarie, qu'avez-vous à répondre ?

— J'ai à répondre, s'écria le marquis de Massingy d'un ton indigné, que cet homme en a menti ! Oui, le costume de son visiteur mystérieux est bien le même que celui dont le chef de ma maison se revêt d'habitude. Ces couleurs et ces ornements représentent les armes que le comte Amé III, de glorieuse mémoire, concéda sur le champ de bataille de Nicosie, en l'île de Chipre, à mon ancêtre Adélao pour ses hauts faits et prouesses de guerre ! Mais, continua le jeune gentilhomme en donnant à sa voix un accent d'ironie, supposez un instant que je sois un régicide ; supposez que je préméditais un tel crime... Aurais-je été assez simple pour aller, vêtu de mes couleurs, et portant, pour ainsi dire, mon nom écrit sur mes vêtements, chez ce marchand de mort qui vient m'accuser céans ? J'eusse au moins pris la peine de me déguiser ! Je me serais au moins gardé de prononcer le nom d'un seigneur à la fille duquel je suis fiancé, fait qui est de notoriété publique. Non, messeigneurs, un coupable n'agit point ainsi : la pensée du crime rend prudent, et je soutiens, j'affirme sur mon honneur en ce monde, sur mon salut dans l'éternité, qu'un homme s'est trouvé qui, méditant une félonie odieuse, a voulu se sauver, en me perdant. Pour moi, je suis innocent, de fait et d'intention ! Et maintenant, condamnez-moi si vous l'osez, la honte en retombera sur vous-mêmes.

Ces paroles hardies ne firent qu'irriter l'auguste tribunal. On

posa, pour la forme, à l'accusé, une ou deux questions insignifiantes. Il y répondit avec dédain. Alors madame Claudine de
Brosse voulut connaître le motif de l'altercation qui avait tant
scandalisé la cour, deux mois auparavant. La violence du feu duc,
ses menaces contre Bérenger étaient le mobile supposé du régicide,
et la duchesse voulait absolument pénétrer ce mystère.

— J'en demande pardon à Votre Grâce, répondit le marquis
avec respect, mais le duc, mon maître, m'a fait jurer un silence
éternel et je n'enfreindrai point cette promesse, dût-il m'en coûter
la vie.

Toutes les instances furent inutiles. Devant une telle obstination,
il n'y avait qu'à céder.

Le témoignage de l'apothicaire de Bourg, joint aux insinua-
tions du baron de Penhoat rendaient évidente la culpabilité du
marquis.

Le coupable devait être déféré aux tribunaux ordinaires, pour
être condamné. Mais la honte d'un procès eût rejailli sur toute la
noblesse et terni l'aurore d'un nouveau règne. La duchesse Claudine le comprit. Elle usa de son pouvoir maternel sur Charles III
pour empêcher ce scandale.

Bérenger de Chênemarie fut condamné à être enfermé au château
de Chillon, sur le lac de Genève. Ce château est celui qui inspira
à Byron les magnifiques strophes qui commencent ainsi :

Lake Leman lies by Chillons's walls.

Elle se réservait de l'y laisser quelque temps et de le supprimer
en temps convenable. En attendant, on le jeta dans le cachot le
plus profond du château de Pont d'Ain.

Le duc Charles III n'avait que dix-huit ans et possédait toutes
les qualités de son âge. Bon, généreux, ami de la justice et de l'ordre, austère dans ses mœurs, il craignait par dessus tout de
frapper un innocent. Dans cette affaire d'empoisonnement, il vit
un mystère à éclaircir. Un jour, ou plutôt une nuit, il se fit conduire au cachot du marquis de Massingy.

En le reconnaissant, le prisonnier se jeta à ses pieds et protesta de son innocence. Dans un éloquent plaidoyer, il se justifia jusqu'à l'évidence du crime dont on l'accusait et termina par ces paroles :

— Monseigneur, un axiôme judiciaire dit : *Cherche à qui le crime profite...* Or, ce régicide, si tant qu'il ait été commis, eût vengé en apparence l'injure que m'avait fait votre sérénissime frère défunt. Mais, depuis quatre siècles, ceux de ma maison combattent aux côtés des princes de la vôtre : la fidélité, le dévouement sont héréditaires chez nous. Son Altesse défunte m'eût frappé de son bâton, je n'aurais point levé la main contre l'élu de Dieu...

Charles III devint songeur :

— Cherche à qui le crime profite ! murmura-t-il avec des larmes dans la voix. Le crime n'a profité qu'à moi seul.

— Oui, reprit hardiment le marquis, à Votre Altesse, monseigneur. Il y avait auprès de Philibert le Beau un homme qui lui présenta la tasse que j'avais remplie : Florimond, écuyer de votre mère et son parent, dit-on. Vous êtes jeune, monseigneur, prenez garde que madame la duchesse ne règne sous votre nom, et que M. de Goello ne règne sous celui de madame Claudine. Philippe-Monsieur, votre père, chassa de Savoie les Cypriotes d'Anne de Lusignan ; résignez-vous à chasser les Bretons de Claudine de Brosse... il y a quatre femmes qui se partagent vos Etats. Votre mère a le Bugéy ; votre belle-sœur a la Bresse, le pays de Vaud et le Faucigny ; votre cousine, la duchesse Blanche, a la moitié du Piémont ; Louise de Villars, votre autre cousine, possède le duché de Chablais. Il manque donc six fleurons à votre couronne ducale et ce sont les plus beaux, mon noble prince !... Voulez-vous donner le reste en pâture à l'hermine de Bretagne ?

Charles ne répondit pas. Il restait enseveli dans un morne silence, entendant, sans oser l'écouter, cette vérité qui semble si dure à l'oreille des princes et que ce prisonnier, écrasé sous le poids de ses chaînes, condamné à ne plus jamais revoir la douce lumière du soleil, lui disait sans crainte, sans colère, sans arrière-pensée.

— Madame Claudine de Brosse, continua Bérenger de sa voix grave, dont les modulations se brisaient sous la voûte sans échos de ce cachot, madame Claudine de Brosse a pris pour devise ces mots : « Encore est vive la souris ! » Il y a là un cri de triomphe, monseigneur, et pourtant de qui pourrait-elle triompher, n'ayant point d'ennemis à vaincre, point d'obstacle à surmonter. Il y a là une menace aussi, et qui peut-elle menacer ?...

Monseigneur, monseigneur, les minorités assassinent les royaumes, les régents assassinent les rois ! le sceptre est trop lourd pour la main des femmes ; il se transforme en épieu dans la main des favoris ; Monseigneur, souvenez-vous de l'interprétation donnée aux quatre lettres de la devise de votre maison : *Femina Erit Ruina Tua.*

Ces paroles contenaient une signification terrible pour qui savait l'histoire des règnes précédents. Le jeune duc les comprit aisément. Il étouffa un soupir et murmura une seconde fois ces mots qui trahissaient la profondeur de ses pensées :

— Cherche à qui le crime profite !

Puis, sans ajouter une parole, il tendit la main au prisonnier, s'enveloppa de son manteau et sortit.

CHAPITRE VII

DE QUELLE FAÇON LE SEIGNEUR DE CHÉNEMARIE SE VENGEA DE SON ACCUSATEUR.

Le lendemain, le châtelain du manoir de Pont-d'Ain vint en personne détacher les chaînes du prisonnier. Le duc, en présence de toute la cour, affirma l'innocence de Bérenger et le réhabilita solennellement. L'honneur du nom de Chénemarie était sauf et le vieil écusson à la branche de chêne resplendissait d'un nouvel éclat.

Six années se passèrent. Le 10 mai 1510, l'évêque de Genève, Charles de Seyssel, bénissait dans la chapelle du château de Thonon le mariage de haut et puissant seigneur Bérenger, comte de Chénemarie, chevalier, marquis de Massingy avec haute et puissante dame, demoiselle Généréuse Gaers de la Vernière, fille d'Alban, baron de la Vernière et de noble Nycolette Hugaz (1). La veille, le duc Charles III, son frère Philippe de Savoie, qui fut depuis duc de Nemours, ses cousins, Bernardin, comte de Pancalier, Antoine, comte de Raconis, le marquis de Montferrat, Guillaume Paléologue, le marquis de Saluces, le cardinal Arborio, les plus grands seigneurs du pays, en un mot, avaient signé au contrat.

La fiancée avait dix-huit ans. Elle était belle et vertueuse, digne de son rang, digne de son nom. Sa dot valait celle d'une fille de prince. Elle apportait à son mari deux seigneuries, deux châteaux et trois mille florins d'or. Le duc de Bourgogne n'en avait pas donné davantage à sa fille Marie lorsqu'elle épousa le comte Amédée VIII.

La fortune de Bérenger subissait donc, en apparence, une marche ascendante; rien ne paraissait devoir arrêter son essor. Il avait combattu vaillamment à la bataille d'Agnadel, avait fait prisonnier de sa propre main le fameux général de la République de Venise, Alviani, et devait repartir après son mariage à la tête d'une compagnie de trois cents lances que le duc lui donnait à commander. Mais de nouvelles complications surgirent. Ses rêves d'ambition furent dispersés, l'espérance de sa grandeur future fut anéantie, et le malheur le heurta de son aile au moment où il y songeait le moins, plongé tout entier dans les joies du présent, sans regrets du passé, sans souci de l'avenir. L'homme propose, Dieu dispose. Il dut souffrir et s'incliner devant la volonté du Très-Haut. Le duc Charles n'avait pas daigné chasser le baron de Penhoat et, suivant la prédiction du marquis de Massingy, celui-ci abusait de son influence sur l'esprit de la duchesse-mère. Un jour, l'on découvrit que, de concert avec le seigneur breton, un secrétaire de son Altesse, nommé Jean du Four, commettait force rapines et force concussions. Une somme de cent mille livres destinée à payer un à-compte aux Valaisans, avait disparu sans qu'il fût possible

(1) Ceux de nos lecteurs qui ont bien voulu feuilleter notre récit, l'*Homme au Capuchon Rouge*, se rappelleront ces personnages.

en rendre compte. Florimond de Goello fut enfermé au château de Thonon, mais Jean du Four put se réfugier à Berne. Là, en échange du droit de bourgeoisie qui lui assurait l'impunité, il remit aux magistrats deux reconnaissances de la somme de neuf cent mille écus, passées l'une en faveur de Berne, l'autre en faveur de Fribourg et hypothéquées, la première sur le pays de Vaud, la seconde sur les meilleures places de la Savoie. La cause de ces cédules étaient des services rendus à Charles Ier, à Charles II et à la régente Blanche de Montferrat. Or ces titres avaient été fabriqués par Jean du Four, si bien que le duc refusa de payer. Les deux cantons persistèrent à les faire valoir. Charles, animé par des intentions pacifiques, eut la faiblesse de transiger pour la moitié de cette énorme somme. Une cour de justice formée du chancelier de Savoie, Gabriel Villain, du président du conseil, Pierre de Bonvillard, du trésorier-général, Jean Novelli et d'un certain nombre de magistrats renommés pour leur intégrité et l'étendue de leurs connaissances fut chargé de poursuivre l'affaire. L'instruction mit à jour la vie criminelle du baron de Penhoat.

Il fut convaincu de vols, de concussion, de rapine, de crime de lèse-majesté, et, chose étrange, l'on sut alors qu'il avait commis plusieurs meurtres. Outre sa complicité avec Jean du Four, on découvrit sa participation aux manœuvres du parti français qui intriguait toujours à la cour de Savoie, sans doute afin de n'en point laisser perdre l'habitude. En remontant plus haut dans sa vie, l'on reconnut qu'il avait fomenté la révolte des forestiers de Faucigny en 1491 et qu'il avait soudoyé, aux dépens de la cassette particulière de la duchesse, le chef de la rébellion Jehan Gay (1).

(1) Voici comment François de Bonnivard, le fameux prisonnier de Chillon, raconte l'histoire de Jehan Gay, dans ses *Chroniques de Genève*, livre second, chapitre V, page 273 : « Et l'auteur (de la rébellion) fut ung nommé Jehan Gay de Megiesue » qui fist une grande assemblée de païsantz aulsquels yl persuada de sesleuer et » tuer et fourrager tous les gentils hommes qui tyrannisoient tous... Et avaient » bon droit de commencement, yls ne le suivirent ny saigement ny iustement. » Premièrement yls se découvrirent trop tost, car ils firent faire à Genève bien » six vingt de eulx des robes rouges touttes d'une parure, a cause de quoi ylz fu- » rent appellez la bende des robbes rouges ; puis commencèrent à piller et four- » rager aultants les innocents comme les coupables. » Le comte de Bresse, Philippe — Monsieur qui devint duc de Savoie et fut père de Charles III, défit cette

L'on trouva chez lui la copie d'une lettre adressée au doge de Venise, Léonardo Lorédano, et dans cette lettre il rapportait ces paroles attribuées au maréchal de Savoie René de Chalant :

— Le temps est venu de faire expier à la tyrannique république l'injuste supplice du comte de Carmagnola. Le pape Jules, ajoutait Florimond, veut rogner les ongles du lion de Saint-Marc. Le duc Charles, que l'histoire pourra surnommer le *Piteux*, le vieux roi Louis douzième ont accédé au traité d'alliance. Montrez-leur, sérénissime seigneur, que les ongles du lion de Saint-Marc ne sont point usés... Les eaux de la Giudecca sont profondes, m'a-t-on dit. Le sont-elles assez pour servir de linceul à toute une armée?

Cette lettre fut cause que Venise, avertie, commença les hostilités en enlevant Treviglio aux França. Sans la victoire d'Agnadel, un obscur breton anéantissait la ligue de Cambrai. Ces menées politiques n'empêchaient pas Florimond de songer à ses intérêts personnels. Il accumulait de grosses sommes, prix de ses trahisons, mais il augmentait encore sa fortune par d'autres moyens. Le baron de la Vernière et le fils aîné du marquis de Massingy, moururent dans le même mois d'une maladie subite. Peu de temps après, Florimond produisait une reconnaissance de vingt mille écus d'or, principal et intérêts, à lui souscrit par le feu baron. Il va sans dire que Bérenger paya sans soulever la moindre difficulté. Or, soumis à la question, le Breton avoua qu'il avait empoisonné Alban de la Vernière et son petit-fils dans le double but de se venger de l'aversion que Chénemarie avait inspirée au duc Charles III contre lui, et de s'enrichir en se faisant payer une dette imaginaire.

Bref, la haute cour de justice rendit un arrêt qui condamnait Florimond, baron de Penhoat, voleur, concussionnaire, faussaire, traître et meurtrier, à être tiré à quatre chevaux, son corps brûlé,

bande de pillards : « Yl fist pendre des principaux d'entre eulx lung après l'autre, » mêmement Jehan Gay, leur capitaine. » Que semble à notre lecteur du style du chroniqueur savoyard ? Lorsqu'à l'annexion de 1860, nombre de Français se demandaient quelle langue on parlait en Savoie, ils ne se doutaient pas que ce pays produisait, déjà au xvie siècle, des écrivains capables de rivaliser pour la pureté et l'élégance du langage avec la pléiade française ; nous avons d'ailleurs écrit l'histoire de Jehan Gay sous le le titre *La faction des Rouges-Robes.*

ses cendres jetées au vent, après avoir été dégradé de noblesse et
de chevalerie. Le duc était parfaitement décidé à ne modifier en rien
cet arrêt si rigoureux qu'il fût; mais il ne put tenir devant les
larmes de sa mère. Claudine de Brosse vint le supplier de lui
accorder la grâce du coupable. Après une discussion longue et
pénible, Charles consentit à commuer la peine :

— Cet homme aura la tête tranchée, madame, dit-il à sa mère,
on lui épargnera la torture et l'écartellement. Je ne puis ni ne veux
faire plus.

— Mais, objecta la duchesse éplorée, cet homme est mon parent,
le vôtre, par conséquent...

— Quand j'ai du mauvais sang, madame, je me le fais tirer.

A cela il n'y avait rien à répondre. La duchesse le comprit et se
retira. Le même soir, la grâce accordée au baron de Penhoat faisait
le sujet de toutes les conversations.

Le duc Charles se promenait seul, après son souper, dans les
jardins du duché de Thonon, que la trahison de Leclerc devait
livrer aux Bernois quarante ans plus tard. Il dominait de là un des
plus splendides paysages que puisse contempler les yeux de
l'homme. Ses regards embrassaient, du château de Concise à la
Pointe-de-la-Scie, une large baie en forme d'arc, vaste nappe d'eau
frémissante, d'un bleu de saphir moiré d'argent par les rayons de
l'astre des nuits. La terre, couverte de gazon, d'arbres et de fleurs,
descend vers les flots, s'arrondissant en croupes élégantes, se
taillant en falaises mignonnes, se déchiquetant sur la rive, comme
les franges d'un manteau de velours. Puis c'est une ceinture de
manoirs, de chapelles, d'oratoires, une forêt de tours, de clochers
et de flèches, qui se dressent, élancés ou trapus, sombres masses
ou joujoux ciselés à jour au-dessus de cet océan de verdure.

Charles III admirait... Il louait Dieu d'avoir donné à l'homme
tant de choses à aimer, lorsqu'il vit se dresser auprès de lui, sortant d'une charmille obscure, une sorte de fantôme vêtu de noir,
pâle, sombre, lugubre. Il reconnut, d'un regard, Bérenger de
Chénemarie, celui qu'il aimait presque autant que son frère
Nemours. Il ne voulut point remarquer son accoutrement funèbre,
ni son visage livide, ni sa contenance morne, ni son œil éteint.
Il lui tendit gracieusement la main et lui dit avec un bon sourire :

— Bonsoir, mon ami Bérenger. Vois combien ces choses sont

belles !... Dieu m'a fait roi d'un bien admirable royaume ! un ciel semé d'étoiles... une mer sans écueil qui scintille à leur clarté... des fleurs, des rameaux verts... des senteurs embaumées... un air pur... N'est-il pas vrai, Bérenger, c'est beau !

— Monseigneur, ce sont là des merveilles qu'on ne peut admirer si l'on ne possède pas la paix du cœur, la sérénité de l'esprit, la joie de la conscience.

— Vraiment, Bérenger, s'écria le duc d'un ton d'ironie où perçait une inquiétude réelle, tu parles ce soir bien singulièrement ! Je ne te reconnais plus... Est-il mort quelqu'un de tes amis où de tes parents ?

— Non, monseigneur.

— Alors pourquoi ces vêtements noirs ?

— Je porte d'avance le deuil de mon honneur...

— Bérenger !...

— Oh ! Monseigneur, n'élevez pas la voix, nul ne peut nous entendre. Ce qui va se passer entre Votre Altesse et moi ne doit avoir que Dieu pour témoin... Ne vous effrayez pas. Vous avez fait grâce au misérable par qui mon nom fut naguère flétri. C'était votre droit, monseigneur, et c'était celui de madame Claudine. Mais cette vengeance dont votre bourreau sera l'exécuteur ne me suffit pas, à moi : Florimond de Penhoat a livré mon nom à la risée de ses amis... Le soupçon plane encore sur moi, malgré la généreuse amitié dont Votre Grâce m'honore et peut-être à cause de cette amitié... L'opprobre pèsera sur ma race... et l'histoire dira que pour éviter un scandale, Charles III de Savoie n'a pas osé punir le meurtrier de son frère.

Le duc frissonna :

— Bérenger, murmura-t-il d'une voix oppressée, vous évoquez en moi de bien tristes souvenirs !

Le marquis de Massingy demeura inflexible et continua d'une voix grave qui prenait par instants des inflexions rauques, haletantes :

— Cet homme a tué mon second père... Il a tué mon enfant... mon enfant, comprenez-vous, monseigneur, mon premier-né, rugit-il en tremblant de tous ses membres, tandis que des larmes de rage, amères, brûlantes, jaillissaient de ses yeux. Il ne me suffit pas à moi que sa tête soit tranchée et qu'il n'en soit plus question !...

Je veux le voir crier sous le brodequin et les tenailles, se tordre, glapir, hurler, grincer des dents, se pâmer dans les tortures.

Je veux que le bourreau mette en pièce le blason de ce bâtard ; qu'il soit traîné sur la claie, dégradé, souillé, déshonoré à jamais... que son corps soit lacéré, déchiré, ses cendres jetées au vent, comme indignes de réposer à l'ombre d'une croix, dans une terre bénie. Et je vous dis à vous, monseigneur : ou l'arrêt de la haute cour de justice sera maintenu dans toute sa rigueur, ou Bérenger de Chénemarie sera choisi pour exécuter le misérable auquel vous faites grâce, parce qu'il est le favori de votre mère...

Le duc frémissait de douleur et d'indignation. Dix fois il fut sur le point d'interrompre le marquis : il parvint à se contenir jusqu'au bout, mais, à ces derniers mots, il bondit et s'écria avec un accent terrible :

— Fou ! vous osez insulter ma mère !

Son exaltation tomba devant le regard froid, le maintien assuré du marquis, et il reprit après un instant de réflexion.

— Ainsi vous me donnez à choisir entre ces deux infamies : ou manquer à ma parole de prince ou faire de vous un bourreau.

— Oui, monseigneur.

— Vous sollicitez cette honte, de propos délibéré, sans arrière-pensée, avec la ferme résolution de poursuivre jusqu'au bout cette comédie sanglante ?

— Oui, monseigneur.

— Donc, vous tremperez vos mains dans le sang, froidement, sans souci de votre famille, de vos amis ! Vous commettrez ce crime de lèse-chevalerie, vous... Oh ! c'est horrible ! c'est inoui ! c'est au-dessus de tout ce que l'homme peut imaginer d'atroce, dans le délire de la fièvre, dans la folie ! C'est se ravaler au-dessous de la bête fauve, du reptile, du tigre ! Je ne sais à quoi tient...

— Pas de menaces ! Monseigneur : il y a entre nous un secret. Rappelez-vous le cachot du château de Pont-d'Ain !... *Cherche à qui le crime profite !*... Je parle en maître ici. Je veux, j'ordonne et je commande...

— Et moi, j'obéis, répondit le duc d'une voix brisée, en éclatant en sanglots. . . . .

. . . .

Deux heures plus tard, le marquis de Massingy recevait une lettre où le duc l'autorisait à exécuter de ses propres mains Florimond, baron de Penhoat. Mais c'était à son tour de dicter ses conditions, et voici quelles elles étaient : Bérenger devait remplir son terrible office avec un masque sur le visage ; s'engager à demeurer exécuteur des hautes œuvres jusqu'à ce qu'il eût tranché douze têtes de gentilshommes, renoncer à ses titres, à ses dignités, à son nom, se séparer à jamais de sa famille. En posant de telles conditions, le duc espérait fléchir la résolution de son ancien ami. Mais il ne songeait pas qu'un homme, aveuglé par les passions, soumis à la terrible influence du démon, ne peut être arrêté par aucun bras humain.

Bérenger accepta.

Le lendemain, un bourreau masqué faisait voler d'un seul coup de son glaive la tête du criminel. Puis, le drame de l'échafaud achevé, cet inconnu partait pour Chambéry. Le même jour, le duc annonça qu'il venait d'envoyer en mission secrète le marquis de Massingy dont l'absence devait se prolonger indéfiniment. Peu de temps après, l'on répandit le bruit de sa mort, la cour en parla huit jours durant et l'oubli rejeta dans l'obscurité ce nom et ce blason illustres. La marquise avait appris le crime de son mari alors que le cadavre du supplicié n'était point refroidi encore. Il n'y avait désormais pour elle d'autre refuge que le couvent, d'autre joie que la prière. Elle écrivit au duc une lettre touchante et lui confia son fils Albert qui n'avait pas deux ans. Ce dernier devoir accompli, elle se retira chez les Carmélites de Rumilly.

Bérenger fut logé dans la maison peinte en jaune (1), où l'exécuteur des hautes œuvres vivait dans la solitude, séparé du reste des hommes. Alors ce malheureux comprit toute l'horreur de sa posi-

---

(1) Le jaune était une couleur ignominieuse. En 1215, le quatrième Concile général de Latran prescrivit que les Juifs porteraient, comme signe distinctif de leur race, une rouelle d'étoffe jaune cousue sur leur vêtement. Sainte Palaye nous dit que la maison du connétable de Bourbon fut peinte en jaune après sa trahison. Le *Journal inédit du règne de Louis XIV*, manuscrit de la Bibliothèque impériale, nous apprend encore que l'on fit peindre en jaune la porte de l'hôtel de Condé, lorsque le prince passa du côté de l'Espagne, en 1653. Cette coutume régnait donc encore vers la fin du XVIIᵉ siècle. En Suisse et en Allemagne, la maison du bourreau était peinte en rouge.

tion. Lui, haut et puissant seigneur de la veille, chef de nom et d'armes d'une illustre maison, fils d'une longue suite d'aïeux, il se vit mis au ban de la société, réduit à se cacher, à tout jamais privé de l'amour de son épouse et des caresses de son enfant. Il maudit le sentiment exécrable qui l'avait poussé à s'avilir ainsi... il maudit le mandat formidable qu'il avait sollicité... Mais sa colère fut impuissante. Il devait porter jusqu'au bout son fardeau d'ignominie, épuiser le calice de la honte et de la douleur, mesurer toute la profondeur de sa chute et rester écrasé au fond du gouffre dans lequel il était précipité.

Dès lors, il ne quitta plus son masque de velours. Il se condamna à vivre du salaire qui était le prix du sang ; il usa de ses genoux la dalle des églises ; partagea son temps entre la prière et le jeûne, macérant son corps, humiliant son esprit.

Le jour où la douzième tête qui complétait le nombre fatal désigné par Charles III tombait sous son glaive, il se sentit frappé à mort : sa dette était payée. Ses aides le rapportèrent entre leurs bras à son logis. Ils l'étendirent sur son misérable grabat, et l'un d'eux alla chercher un médecin. Soudain un grand bruit se fit entendre au dehors et fut suivi d'un grand silence. La porte de la chambre où le bourreau agonisait s'ouvrit. Un homme à la barbe grise, à la taille courbée, apparut sur le seuil, suivi d'un moine et d'un enfant de quinze ans, vêtu de deuil. Le moine vint droit au lit et détacha le masque de velours qui voilait les traits de Bérenger.

Deux cris retentirent, l'un poussé par l'enfant, l'autre exhalé par le vieillard. Le marquis de Massingy leur jeta un regard morne et froid.

— Bérenger, dit lentement et d'une voix cassée l'homme à la barbe grise, tu ne me reconnais plus ? Je suis vieilli, usé, méconnaissable... Mes yeux sont taris : il n'y coule plus de larmes !... mon front est sillonné de rides. Où est le temps où nous étions jeunes tous deux, gais, sans souci du présent, sans regrets du passé, sans crainte pour l'avenir ?

L'œil du moribond se fixa, hagard, désolé, sur le visage flétri de cet homme.

— L'on ne reconnaît plus en moi, continua celui-ci, Charles de Savoie, duc de cinq duchés, comté de neuf comtés, roi de trois royaumes. Hélas ! je donnerais de bon cœur toutes ces vanités pour te voir heureux et fier, me consolant dans mes douleurs et m'aidant à porter cette couronne d'épines que Dieu met sur le front des princes et qu'il cache sous une couronne d'or. J'ai voulu te voir et te dire un dernier adieu.

Deux grosses larmes roulèrent sur les joues flétries du mourant. Il fit un effort pour tendre les bras à son maître : le duc se pencha sur lui et le baisa au front. L'enfant sanglottait amèrement. Il contemplait, abîmé dans sa douleur, ces traits hâves, ces yeux éteints enfoncés sous une orbite profonde et cernés de bistre. Il s'agenouilla sur les planches nues sur lesquelles se mourait le bourreau et dit :

— Mon père !... mon père !... Oh ! bénissez-moi.

Un flot de sang monta aux joues de Bérenger et les couvrit d'une teinte pourprée ; ses yeux brillèrent d'un éclat insoutenable, et son visage revêtit une expression de joie indicible.

Par un effort convulsif, il souleva une de ses mains et la tendit à son fils qui la couvrit d'ardents baisers et l'inonda de larmes. Puis il murmura, d'une voix si faible qu'on put à peine l'entendre, ces mots, les premiers et les derniers qu'Albert entendit de sa bouche :

— Adieu, mon fils, adieu... Prie pour moi, demande à Dieu miséricorde pour le coupable qui se repent... Je ne puis te bénir avec des mains teintes de sang... Ne porte point mon nom, vis pauvre et obscur ; les enfants subissent la faute de leurs parents... Expie mes crimes jusqu'à ce que la colère de Dieu soit apaisée... Je te lègue ma fidélité à mon maître... Adieu, Monseigneur... J'étouffe... adieu ! Je pardonne... Oh ! mon Dieu... pardonnez aussi !...

Sa tête s'inclina sur sa poitrine. Il avait vécu.

Albert de Chénemarie possédait toute l'énergie, toute la violence de caractère qui avaient été si fatales à Bérenger. Il eut le courage de recueillir cet héritage de honte, d'accepter la responsabilité des actes de son père. Il employa, en fondations pieuses, en aumônes, toute la partie de sa fortune que le duc lui permit d'aliéner, et partit pour Berne. Admis comme apprenti chez un artisan de cette ville, il y vécut du travail de ses mains et se fit remarquer par ses belles qualités. Plus tard, devenu maître, à son tour, il épousa une fille du peuple, pauvre d'argent, mais riche de vertus. Un jour, un

boucher le rencontra et reconnut en lui cet enfant qui avait dit :
Mon père ! au bourreau de Chambéry.

Albert fut dès lors en buttes aux injures, aux calomnies de ses
compagnons. On le chassa de partout ; on lui refusa du travail, et
il mourut accablé de misère, consumé par la tristesse. L'on porta
au cimetière deux cercueils : la veuve était morte de faim pendant
la nuit, en cousant le linceul de son époux. Il restait un enfant,
grêle et chétive créature, qui pleurait bien fort en voyant ces
hommes noirs emporter son père et sa mère. Une vieille femme le
recueillit et l'éleva dans la religion réformée. Quand il eut vingt
ans, elle lui remit l'héritage de ses parents : un amas de parche-
mins à demi rongés. Le jeune homme fit aussitôt des recherches
pour établir ses droits. Il alla visiter, au couvent de Rumilly, son
aïeule, qui touchait aux limites de l'extrême vieillesse. Une première fois la bienfaitrice de Jacob l'avait conduit auprès d'elle ;
mais l'altière marquise avait refusé de le voir. Pourtant elle reçut
Jacob cette fois, et le reconnut pour son petit-fils, lui remit une
grosse somme d'argent et lui donna tous les papiers nécessaires
pour établir son identité ; mais elle l'engagea à rester dans l'obscurité jusqu'à ce que le duc de Savoie se souvînt de lui. Elle ne
lui dissimula pas que la religion dans laquelle il avait été élevé
serait toujours un obstacle à sa réintégration dans l'héritage de
ses aïeux.

— Et voilà, dit Jacob en terminant son récit, et voilà pourquoi
Charles, comte de Chénemarie, marquis de Massingy, se cache sous
le nom de Jacob le Rouge et vit au bourg d'Allinges, oisif, obscur,
méprisé, au lieu de combattre aux côtés de son prince, entouré
d'honneurs, de respect, dépensant noblement sa fortune, au sein
du luxe et des plaisirs.

CHAPITRE VIII

DANS LEQUEL ROMUALD SCHIFFNETTER SE MONTRE DIPLOMATE A LA FAÇON DE FEU NICOLAS MACHIAVEL, SECRÉTAIRE DE L'ILLUSTRISSIME SEIGNEURIE DE FLORENCE.

Le capitaine Romual Schiffnetter n'avait pas écouté ce long récit en gardant un silence respectueux. Plus d'une fois il avait cru devoir l'interrompre, soit pour permettre au narrateur de reprendre haleine, soit pour admirer son habileté, soit enfin pour discuter quelque point obscur de son histoire. Il est inutile de dire que chacune de ses phrases servait de préambule à une anecdote, dûment assaisonnée de proverbes, d'axiomes, de préceptes, de devises, émises dans toutes les langues que le digne soudard avait eu l'occasion d'apprendre. Lorsque Jacob eut achevé, Rom cligna des yeux en souriant et dit ensuite avec un flegme imperturbable :

— *De pequena centella, gran hoguera* ! de petite étincelle, grand feu, mon ami Jacob... messire, veux-je dire, ajouta-t-il en se reprenant. Ainsi parlait un grand capitaine espagnol, don Juan de Alvar, en discutant des causes et des effets de la guerre. Pour un misérable verre d'eau, messire, la destinée de votre famille a été bien cruelle !... Vous êtes le moins à plaindre... Votre aïeul est mort bourreau... votre père est mort de misère... *Santa Vergine* ! vous avez l'avenir devant vous et peut-être verrez-vous briller de nouveau ce nom illustre qui est le vôtre. Il faut faire comme le roi François fit devant Pavie, tirer jusqu'à la dernière pièce ! Fiezvous à la Providence, mais aidez le ciel pour qu'il vous aide.

Jacob secoua doucement la tête :

— Hélas ! dit-il avec tristesse, le chêne d'or ne verdira plus... Le noble cri *Ave Maria* ne retentira plus sur les champs de bataille. Ma mère d'adoption m'éleva dans les principes de la religion réformée : c'est continuer en quelque sorte la trahison de mon aïeul. Et du reste, qui voudrait reconnaître en Jacob le Rouge, fils de

L'Apôtre.   8

bourreau, Charles, comte de Chénemarie, marquis de Massingy, baron d'Annoy, seigneur de quatorze seigneuries ?

— Cent ans bannière, cent ans civière, reprit le capitaine d'un ton sentencieux. Ainsi parlent nos voisins de Bourgogne, messire, voulant dire qu'il suffit de cent ans pour tomber de noblesse en roture. Mais il arrive souvent que celui-là est puni qui n'est point coupable. Vous êtes dans ce cas, maître Jacob, sire comte, veux-je dire. Or c'est affaire à celui qui veut être gentilhomme d'aller à la cour.

Le capitaine regarda encore autour de lui et parut émerveillé des meubles sculptés, des tapis précieux, des riches pièces d'argenterie qui décoraient la chambre, et reprit aussitôt:

— Vous êtes riche, *voto à Dios* ! Pourquoi demeurez-vous ici ? Que ne partez-vous pour la cour, et si la cour ne vous plaît mie, il ne manque pas de guerres à soutenir, de batailles à donner, d'ennemis à vaincre ! Vous êtes huguenot, voilà le grand malheur !... mais feu l'amiral de Coligny l'était bien, et aussi le roi Henri de France avant qu'il montât sur le trône des fleurs de lis.

— Vous le dites en vérité, mon ami Romuald, je suis riche. Mon grand-père, l'artisan de Berne, est mort, ayant survécu à tous ses enfants. Il m'a légué plus de cent mille livres en bonnes maisons et en bonnes terres, dûment affermées par les soins de Jedediah Steinhart, de la Jungfraustrasse, mon procureur. Les biens de Chénemarie ont doublé de valeur depuis la mort de mon aïeul Bérenger, par l'accumulation des intérêts. Je pourrais donc aller à la cour et y faire bonne figure, mais...

— Mais, interrompit Faustin, qui n'avait point encore parlé, le bon duc Charles III est mort à Verceil, dépouillé par son neveu le roi François. Le duc Emmanuel-Philibert est mort, après avoir reconquis pièce à pièce tous ses états. Notre duc actuel est à peine de retour de Paris et il porte encore le deuil de son épouse. Et d'ailleurs qui se souvient aujourd'hui de la splendeur de Chénemarie ?

Le front de Jacob se rembrunit soudain à ces paroles de son ami :

— Qui sait? dit-il en se mordant les lèvres, la branche de chêne peut refleurir !

— Vous avez trente ans, reprit la capitaine, il est temps pour vous de revivre... Sans doute vous avez entendu parler du connétable de Bourbon que madame Louise de Savoie réduisit à piteux état. Ce guerrier trahit son cousin et se couvrit d'un tel déshonneur que M. de Bayard, le chevalier sans peur et sans reproche, étendu mourant sous un arbre dans la plaine de Rebec, refusa de lui serrer la main. Bourbon vint faire le siége de Rome et y mourut. L'on fit même à ce sujet une chanson où se trouve ce vers :

Un coup d'artillerie fut son dernier remords.

Eh bien ! il expira en criant : *Bourbon, marche devant !*

De tout ceci, je déduis, mon bon seigneur et ami, et ce double titre vous appartient désormais, que vous devez agir suivant le précepte du feu connétable. Espérance et persévérance sont deux leviers qui brisent bien des obstacles.

Vous vous croyez bien à tort un objet de haine au ciel et de mépris aux hommes : *blanco de la ira del cielo y del menosprecio de los hombres*, comme dirait mon bon ami don Rodrigues Perez Borgia y Centelles, arrière-neveu du pape Alexandre et seigneur de plus de comtés, de duchés et de marquisats qu'il n'y a d'étoiles au ciel. Et le grand diable Jean de Médicis, qui fut depuis surnommé Jean des Bandes Noires, avait coutume d'ajouter : *Quando si vede uomo senza speranza si vede poltrone senza fede, e lo posso dire senza carita.* Je ne l'ai pas connu, mais un de ses compagnons d'armes, avec lequel je combattis à la bataille de Garigliano, fut un de ceux qui prirent le deuil, lorsqu'il mourut en 1526... Dieu ait son âme en paradis, quoiqu'il soit taillé de façon à faire peur aux bien-heureux !... Je pense donc, ami Jacob, ou plutôt, Monseigneur le comte, que vous mettrez à profit les conseils du vieux soldat, votre serviteur.

Jacob ne répondit pas, mais Faustin se rangea volontiers à l'avis de Romuald Schiffmetter.

— C'est une heureuse journée pour nous, s'écria-t-il. Voici un nouvel ami qui se présente, et il a plus fait, en un jour, pour toi, que je n'ai fait en cinq années. Ses conseils valent de l'or. Oui, à ton âge, avec ton caractère et tes goûts, tu ne dois pas rester courbé sous le poids de la fatalité. Au contraire, il faut rendre à ton nom l'éclat dont il est digne... il faut oublier la sombre histoire de Bérenger et d'Albert. Il faut reconquérir ces titres et ces richesses qui sont à toi. Puis un jour, marié à une gente châtelaine, tu vivras heureux dans un de tes châteaux, sans plus jamais penser à ceux qui t'ont connu dans l'adversité.

Jacob sourit amèrement. Il pressa d'une main fiévreuse son front mouillé de sueur. Deux larmes perlèrent dans ses yeux.

— Et toi aussi ! murmura-t-il doucement. Hélas ! Faustin, le malheur nous a rendus mauvais tous les deux. Nous sommes deve nus sceptiques en fait d'amitié, mais je mérite plus de confiance de ta part. Eh bien, oui ! poursuivit-il d'une voix plus haute et d'un ton résolu, je veux faire valoir mes droits. Il faut auparavant que je m'en montre digne. Son Altesse revendique le royaume de Portugal comme petit-fils d'Emmanuel-le-Fortuné : sans doute, le duc de Savoie déclarera la guerre au roi Très-Fidèle. Je lèverai une compagnie franche. Et alors, Savoie au noble duc ! En avant !

— Et Romuald Schiffnetter sera ton lieutenant, dit vivement Faustin dont les yeux brillèrent de plaisir en voyant son ami sortir enfin de sa morne apathie. Quand tu seras devenu seigneur, tu me prendras pour ton page, n'est-ce pas, Jacob ?

En guise de réponse, le petit-fils du bourreau sauta au cou de son ami et le serra dans ses bras. Romuald, lui, secouait la tête et tortillait avec acharnement les poils de ses moustaches rousses. Soudain, il poussa un éclat de rire guttural et dit avec un accent ironique :

— Il ne faut pas vendre la peau de l'ours avant de l'avoir mis par terre, jeunes gens. Le duc Charles-Emmanuel, — Dieu le bénisse ! — a déjà soulevé pas mal de prétentions. Il voulait le marquisat de Saluces, bon ! il l'a eu ; il revendiquait le trône de France comme petit-fils du roi François Ier, à l'exclusion du Béarnais, inhabile à succéder, étant huguenot, Henri de Navarre lui a coupé l'herbe sous le pied et, pensant que la France valait bien une messe, il est entré dans le giron de l'Église romaine, et de deux !.. Les gens de Provence lui offrirent, il y a huit ans, leur comté, ne voulant point reconnaître un hérétique pour seigneur et suzerain *Par la muerte* ! Le duc prit Antibes, Grasse, Marseille Aix... Oui j'eus l'honneur d'entrer second dans cette dernière ville ; M. d Chaffardon, qui entra le premier, eut la tête fendue par un joli coup de hache... Bref, l'on se divertit beaucoup ; le vin est excellent, dans ce pays-là, mais les hommes parlent un tel langage qu'un chrétien n'y comprend goutte. Nous prîmes encore Berre, Arles et deux autres petites villes, puis nous revînmes en Savoie, laissant le gouvernement de Provence au comte Martinengo et la conduite de l'armée au comte de Carces. Je suivis à Pignerol M. de Piossas, dont la femme joua un singulier tour au connétable de Lesdiguières en tirant le canon contre lui, à un moment où il ne pensait guère aux filles d'Eve. Bref, ce François de Bonne, lequel est un grand homme de guerre, s'unit au duc de Montmorency, prit successivement Genève, Pontcharra, Saint-Jean de Maurienne, et revint en Provence d'où il nous chassa, Dieu le confonde et le pape l'excommunie, le brigand !...

Sur cette apostrophe, assez peu charitable, le capitaine avala un grand verre de vin pour calmer sa colère, après quoi il poursuivit en ces termes :

— Si vous n'étiez pas hérétiques, tous les deux, *Nuestra Senora de Pilar* ! je vous raconterais la belle peur que Mgr de Lesdiguières eut dans la cathédrale de Saint-Jean de Maurienne. Il voulait piller le trésor du chapitre et, pour ce faire, il pénétra dans la chapelle de Sainte-Thècle, d'où il sortit cinq minutes plus tard pâle comme un cadavre, en poussant des hurlements d'épouvante... Mais passons... la quatrième aventure de Son Altesse notre duc... Ou plutôt, c'en est assez. Les Français tiennent le fort de Barreaux... La paix de Vervins a mis les choses en ordre, et le duc a bien assez à faire de se garantir de la France et de l'Espagne. Par ainsi, ne parlez pas du Portugal, ou d'autre chose du même genre, mais si vous voulez un bon conseil, écoutez-le.

Romuald fit encore une pause afin de recueillir ses idées, et pour les éclaircir, sans doute, il crut devoir lamper un second verre de Montmélian.

— Le duc tient avant tout, reprit-il, à rétablir la religion catholique dans ceux de ses États où le poison de l'hérésie a été répandu par des hommes pervers. Par la Vierge-Noire de Myans ! Son Altesse a raison. Trop sage et trop éclairée pour employer des moyens violents, elle préfère se servir de la douceur et de la persuasion.

Or, vous, monsieur de Chénemarie, vous êtes hérétique sans savoir pourquoi ni comment. Vous-même, Faustin, savez-vous seulement à quelle secte vous appartenez? Êtes-vous calviniste, luthérien, anglican, sacramentaire, presbytérien, anabaptiste, disciple de Melanchton, d'Œcolampade ou de Zwingle? *No le se!* Je l'ignore et vous n'en savez rien. Quel lien vous attache à la réforme? Aucun. Jacob est fils et petit-fils de catholiques, sa mère, une montagnarde ignorante, — soit dit sans vous offenser, notre ami, — appartenait à la huguenoterie, mais son grand-père n'en était pas et ses ancêtres non plus. Cela étant, — et sauf le respect que je vous dois, — vous feriez bien, *parfandious!* d'abandonner à tout jamais Luther, Calvin, Melanchton, Zwingle et tous les suppôts de Satan leurs adhérents de près ou de loin. Ensuite, vous aideriez, dans l'accomplissement de sa mission, le bon père François de Salès, qui doit nous arriver un de ces quatre matins.

Faustin éclata d'un violent éclat de rire:

— Tudieu! s'écria-t-il, voilà un plaisant prédicateur. Qu'en penses-tu, Jacob? Sire capitaine, vous avez manqué votre vocation; vous étiez bâti pour le froc et la chaire.

Le capitaine haussa les épaules et ne répondit pas. Il regardait curieusement Jacob, dont la contenance attestait qu'il se livrait à de sérieuses réflexions.

CHAPITRE IX

COMMENT, APRÈS S'ÊTRE MONTRÉ FIN POLITIQUE, ROMUALD SCHIFF-
NETTER PROUVA SON HABILETÉ DANS L'ART DE CONVERTIR LES
HUGUENOTS.

— Allons ! continua Faustin Mathevey d'un ton empreint de la
plus mordante ironie, le poëte Ovidius Naso peut à son aise nous
parler des métamorphoses. Ni Hyacinthe se changeant en fleur, ni
Arachné prenant la forme d'un insecte hideux, n'approchent de
Romuald Schiffnetter, capitaine des lansquenets au service de
monseigneur le baron d'Hermance, devenant subitement prédicateur papiste, marchand de patenôtres et convertisseur de huguenots. La chose est bouffonne, vraiment, et maistre Michel de
Nostre dame n'en a pas fait une centurie, ne l'osant pas, sans
doute !

Le capitaine fronça le sourcil et porta la main à son épée, mais
il sourit sous son épaisse moustache et mâchonna divers jurons.
On nous dispensera de les rapporter ici.

— Trève de railleries ! s'écria Jacob en relevant la tête. Faustin,
il ne faut point parler si légèrement de choses dont tu ne sais pas
le premier mot. Depuis longtemps, je pense comme Romuald, et je
me suis fait les mêmes objections qu'il vient de nous poser avec une
franchise... un peu brutale.

Faustin baissa la tête d'un air confus.

— Je... je... pensais, balbutia-t-il. Du reste, frère, continua-t-il
emporté par un élan subit de sa généreuse nature, fais ce que bon
te semblera. Comme tu agiras, j'agirai. Tu as de la raison, de l'intelligence pour deux. Je connais assez ta loyauté pour me laisser
guider par ton exemple... mais que dirait mon père ?...

— Ce qu'il voudra ! Il faut enfin secouer le joug... Si ton père
s'oppose à ce changement de religion, nous partirons ensemble,
voilà tout. Mais nous n'en sommes pas encore là. Pour prendre

une telle résolution, il faut le faire en complète connaissance de cause. Dieu m'est témoin que je ne veux agir ni par ambition, ni par intérêt, ni pour un motif humain. Je ne veux point compromettre mon salut éternel pour une cause mondaine.

Il prit alors le chapelet dont nous avons parlé et le montra à ses deux amis.

— Voyez, dit-il, un présent que m'a fait messire François de Sales.

— Vous l'avez donc vu? s'écria le capitaine.

— J'ai eu l'honneur de m'entretenir un instant avec lui, à Thonon, il y a huit jours. Il m'a annoncé sa prochaine arrivée au bourg d'Allinges. Je suis décidé à entrer en discussion avec lui sur les controverses qui nous divisent. S'il me démontre où est la vérité, je le suivrai. Sinon, je resterai ce que je suis, un honnête homme, un pauvre inconnu.

— C'est parler dignement, s'écria le capitaine, en lui serrant la main. Ah! vous avez vu M. de Sales!

— Il y a longtemps que l'on en parle, ajouta Faustin, quel homme est-ce, Jacob?

— C'est un beau jeune homme de trente ans, d'une taille moyenne, ayant un port majestueux, une tournure des plus distinguées. Son œil est bleu, ses cheveux blonds. Une barbe de même couleur encadre son visage. Tout en lui respire la douceur, la bonté, mais en même temps la fermeté, l'énergie. Il serait impossible de lui mentir en face, comme il est impossible de ne pas l'aimer la première fois qu'on le voit.

— Mais, s'écria Faustin Mathevey en donnant les marques d'un profond étonnement, il me semble avoir rencontré plusieurs fois, dans les bois, un personnage semblable à celui que tu viens de dépeindre, Jacob.

— C'est possible, dit sèchement Romuald, lequel avait ses raisons pour empêcher la conversation d'entrer en certains détails. Mais pour en revenir à M. le prévôt de Genève, j'ose dire que j'ai aussi l'honneur de le connaître, *Geliebt es Gott* ! Et c'est un vaillant homme, jeunes gens ! un noble cœur, messire ! Le père de son fidèle serviteur, Georges Rolland, était mon ami. Il fut moissonné à la fleur de l'âge, à cette funeste bataille de Pavie où le roi François perdit tout, même l'honneur. J'ai combattu à Lépante

avec messire de Sionnaz, l'oncle de M. de Sales, et je vous prie de
le croire, il n'avait pas son pareil pour manier une lame. Du reste,
est-il un Savoyard qui ne connaisse l'histoire de la maison de
Sales ? Et qui sait si le digne prévôt François ne travaille pas plus
à son illustration, en préchant l'Evangile, que tous les preux chevaliers, les ambassadeurs et les robes d'hermine ou d'écarlate ? De
telle sorte, continua le lansquenet en souriant malignement, que
M. l'abbé de Sales vous a promis de venir bientôt au bourg d'Allinges, maître Jacob ?

— Oui, mon cher capitaine.

— Le vîtes-vous dans la rue, ou... ou... ailleurs ?

— Je le rencontrai d'abord sur le bord du lac, en la compagnie
du seigneur de Blonay. Puis, je lui fis visite au logis de messire le
procureur-fiscal, Claude Marin.

— Ah !

Le jeune homme comprit sans peine la signification de ce mono-
syllabe inusité dans la bouche du capitaine. Il rougit légèrement et
reprit avec vivacité :

— Je n'ai parlé à âme qui vive de cette rencontre, Romuald,
vous pouvez être sûr de ma discrétion.

La conversation languissait évidemment. Déjà Faustin, étendu
mollement dans un fauteuil, fermait de temps à autre les yeux,
luttant vainement contre le sommeil. Le capitaine bâillait et s'éti-
rait languissamment, ses paupières battaient ; mais cet homme de
fer sentait son esprit aussi lucide, que s'il n'avait bu que de l'eau
pendant toute la journée. Malgré l'énorme quantité de vin absorbée
par son estomac durant cette journée, il n'avait rien perdu de son
sang-froid habituel. Il se leva, boucla son ceinturon, agrafa son
manteau et, préludant son départ par une sorte de discours comme
l'exigeait la politesse cérémonieuse de l'époque, il dit à Jacob :

— Il n'est si bonne compagnie qui ne se quitte enfin, disait à ses
chiens le bon roi Dagobert dont le tombeau se voit à Saint-Denis.
Par ainsi, mon camarade, ou plutôt monsieur le comte de Chénemarie, — car je vois toujours un ami et je vous parle familièrement
comme si vous n'étiez pas gentilhomme de haut parage, — il est
temps de songer à partir. Le jacquemart a déjà frappé la sixième
heure du jour, si bien que croyant être encore à hier, nous sommes
déjà à demain. Si monsieur Ferdinand de Conzié ne m'avait accordé

permission de la nuit, je risquerais bel et bien le cachot, *der Teufel hole mich!* et ce serait compromettre ma dignité de capitaine. J'ai la permission et me moque du reste. Mais ce n'est pas tout là. Notre gouverneur se lève à sept heures et je dois assister à son lever. Or, à six heures et demie, je me bats, sur la troisième terrasse, en bas du cinquième bastion, avec le signor Similoro Mazzatutti, lequel m'a défié à la dague et à l'épée parce que je me suis permis de citer en sa présence le proverbe : « C'est trop d'un demi-italien dans une maison. » Le croiriez-vous ! Ce *facchino* a eu l'impertinence de le trouver mauvais. Il m'a provoqué, mais je vais lui donner une fameuse leçon. Du reste, il a osé me répondre par quelque méchanceté sur les Allemands en général et votre serviteur en particulier. Et sur ce, *amigo*, je vous baise les mains et me déclare votre camarade le plus dévoué. Faustin Mathevey, sortons nous ensemble ?

— Camarade ! s'écria Jacob avec beaucoup de cordialité, c'est un pauvre titre entre gens de notre sorte, capitaine !

Le capitaine se mit à rire avec bonhomie :

— *Carajo !* s'écria-t-il, la peste m'étouffe ! Vous devez avoir beaucoup souffert, maître Jacob, car vous êtes susceptible ! Vous êtes choqué de ce mot de camarade... Ami de plusieurs, ami d'aucun, n'est-ce pas ? Pour une oreille savoyarde, le mot sonne mal, et je suis un butor d'avoir ainsi parlé. Rassurez-vous. Je suis allemand, et malgré les années et les cheveux blancs qui m'ont passé sur la tête depuis que j'ai passé le seuil de la maison paternelle dans la rue du Maroquin, à Strasbourg, j'ai conservé des paroles d'Alsace. Or, un camarade, chez nous, c'est un ami dans le sens le plus familier, le plus énergique du mot. Là !... vous êtes satisfait, je pense !

Jacob avait écouté ces paroles avec un plaisir indicible. Il n'était point accoutumé à s'entendre parler avec tant de bonté. La rondeur et la franchise du vieux soldat le charmaient. Aussi ses yeux brillaient de plaisir, et sa bouche n'était plus contractée par un sourire à la fois plein de mélancolie et d'amertume. On le sentait heureux, et peut-être l'était-il pour la première fois de sa vie. Faustin partageait la joie de son cher Jacob. Désormais, ils ne seraient plus isolés comme auparavant ; ils auraient un conseiller bourru, mais sincère, loyal ; un ami véritable, peu disposé à flatter leurs défauts, leurs ridicules, voire leurs manies. Le capitaine promettait d'être en même temps pour eux un protecteur , un appui, car il jouissait auprès de ses chefs d'une véritable considération.

— Il est bon de se sentir protégé par quelqu'un, pensait Faustin, ne serait-ce que par un capitaine de lansquenets au service de monseigneur de Miolans !

Romuald Schiffnetter et Faustin Mathevey sortirent de compagnie. La nuit touchait à son terme. Déjà la clarté des étoiles s'effaçait peu à peu ; le ciel d'un bleu sombre au zénith prenait des teintes blanchâtres à l'horizon. La neige, durcie par le gel, s'amoncelait en masses cristallines et brillait d'un éclat argenté aux faibles lueurs de l'aurore. Les montagnes estompaient vigoureusement leurs silhouettes sombre sur le fond clair du firmament ; leurs contours, nettement arrêtés, dessinaient des images bizarres. De grandes lignes, moins obscures, se détachaient de la masse, indiquant les escarpements des roches et l'extrémité des contreforts... Dans le lointain, on apercevait sous un voile de brouillards des masses colossales d'un bleu foncé, diaprées de neige et couronnées de glaciers immenses : les Alpes !

Et dans la vallée, les arbres étendaient leurs branches desséchées, tordaient leurs troncs noueux, se groupaient en taillis inextricables, prenant dans l'obscurité les formes les plus fantastiques. De rares lumières apparaissaient à travers d'étroites ouvertures, sous les toits de chaume. Des filets de fumée bleuâtre s'élevaient en spirales au-dessus des maisons où la ménagère active et vigilante préparait déjà le déjeûner de ses enfants.

Au sommet des rochers apparaissait , gigantesque, le noble manoir des Allinges. A travers les créneaux, on voyait reluire de temps à autre la pointe d'une hallebarde où la croupe arrondie d'une couleuvrine.

Un calme profond régnait partout. Le silence n'était troublé que par le murmure de l'eau courant sur les cailloux et les cris de veille des sentinelles.

Faustin, plongé dans les profondes réflexions où l'avaient jeté les émotions de la journée précédente et de la nuit, marchait lentement, la tête baissée, à côté du capitaine. Celui-ci, peu soucieux de troubler le repos des habitants d'Allinges, chantait à pleine voix ce couplet d'une chanson satirique sur Char.es- Emmanuel Ier

> Si le bossu mal à propos
> Quitte la France pour l'Espagne,
> On ne lui laissera de montagne
> Que celle qu'il a sur le dos.

— Oui, continua Schiffnetter, en abandonnant la poésie pour la prose, notre seigneur le duc est affligé d'une proéminence que les méchantes langues ont la hardiesse d'appeler une bosse. Mais comme dit le proverbe français : le monde est bien bossu quand il se baisse. Mieux vaut bosse au corps, que bosse à l'esprit, comme disait don Jean Carracioli, maréchal de France, lequel avait peur des souris. Et à propos du maréchal Carracioli, cela me fait penser au maréchal Strozzi. Ce fut par une belle nuit, claire comme celle-ci, qu'eut lieu l'aventure du Pont-de-Cé. Voulez-vous savoir la chose, Faustin? Son armée traînait avec elle une autre armée, moins orthodoxe, puisqu'elle se composait de huit cents femmes de mauvaise vie. Cela n'amusait point Pierre Strozzi. Aussi les fit-il jeter, depuis la première jusqu'à la dernière, dans la Loire. N'est-ce point un bel exemple, quoique un peu cruel peut-être ? Pourtant M. de Brantôme, lequel était un homme fort savant et abbé de Bourdeilles, le prétend fort doux de caractère, dans la vie qu'il en a écrite. Du reste, le seigneur de Brissac, de la maison de Cossé, avait les traits délicats d'une jouvencelle et il se battait plus qu'un beau diable, parfandious ! Mais qu'avez-vous, Faustin? interrogea le capitaine en s'apercevant que le jeune homme ne prêtait pas à ses paroles toute l'attention dont il les croyait dignes.

— Pour vous dire la vérité, répliqua le jeune Mathevey, je pense à l'accueil peu gracieux de mon père. Il va me traiter de fainéant, de chénapan, m'accabler d'aménités de ce genre, et me battre...

Romuald l'empêcha d'aller plus loin. Il prit un ton grave et dit tout d'une haleine :

— Faustin, vos vingt ans sont sonnés depuis longtemps, et par les tripes de Calvin ! Grégoire Mathevey doit vous traiter en homme, non en enfant. Si votre père essaie de vous frapper, résistez-lui,

mais avec respect. S'il vous injurie, ne répondez pas, mais sortez..
Et sur ce conseil, ami Faustin, je vous laisse. Je vous reverrai
soir... à moins pourtant que l'italien ne me tue ce matin !

CHAPITRE X

FLAVIENNE.

Sans donner à Faustin le temps de lui répondre, le capitaine
assura son casque par un mouvement décidé et ouvrit le compas
de ses longues jambes. Faustin le suivit des yeux pendant un instant, prenant plaisir à contempler sa haute stature et sa démarche
martiale. Quand il n'entendit plus le bruit sec du talon de ses
bottes martelant la terre durcie, il se remit en marche, réfléchis-
sant aux dernières paroles du soldat. Chemin faisant, il se livra au
monologue suivant :

— Résister à mon père ! Est-ce bien possible ? Romuald a-t-il
voulu se moquer de moi ! Tes père et mère honoreras, dit le Décalogue. Est-ce honorer son père que de lui résister ? Pourtant s'il
m'ordonnait le mal, je devrais lui désobéir... Hélas ! si ma pauvre
maman était encore de ce monde, tout ceci ne m'inquiéterait guère.
J'aurais quelqu'un à aimer... elle guiderait mes pas... me protége-
rait peut-être contre les violences de... Oh ! mon Dieu, pourquoi
me l'avez-vous enlevée ?... — Eh bien ! non, je mourrai, s'il le
faut, mais je ne résisterai point. La primitive Eglise a eu ses martyrs... De nobles patriciens de mon âge, des adolescents, des enfants, sont tombés dans l'arène, sous la dent des lions et des
tigres... leur sang a rougi la terre, leurs corps broyés ont rempli
les catacombes... De ces chairs, de ces os et de ce sang est bâti le
rocher contre lequel ne doivent point prévaloir les portes de l'enfer... Victime du respect filial, je mourrai peut-être de la main de

mon père... Mon Dieu ! soutenez mon courage, et que votre volonté soit faite.

Il s'arrêta, interdit, devant un nouveau personnage, avec lequel nous ferons plus ample connaissance.

Le jour était venu, ou du moins les ténèbres de la nuit commençaient à se dissiper. Une lueur blafarde, encore indécise, se répandait dans la nature et lui rendait l'apparence de la vie. Le bruit avait succédé au silence. Une certaine agitation régnait dans la rue du bourg d'Allinges. Les marchands grelottant sous les atteintes d'un froid très-vif, enlevaient d'un air nonchalant les volets des devantures de leurs boutiques ; d'autres plus matineux, étaient déjà en train de disposer, avec symétrie, leurs marchandises sur les bancs de bois ; l'épicier suspendait au rebord de son auvent des cierges de cire, des paquets d'étoupe, des rouleaux de cordes ; le drapier étageait en piles régulières des pièces d'étoffes de toutes les couleurs ; l'armurier formait devant sa porte des trophées de rapières, d'épées, de dagues, de boucliers et de casaques, des faisceaux de cranequins, de pertuisanes et d'espontons ; le potier entassait les pots sur les assiettes, les soupières sur les plats, les cruches sur les brocs ; le boulanger exposait d'énormes miches de pain bis côte-à-côte avec des galettes de pur froment et des quartiers de pain de seigle. Les vaches et les bœufs que l'on menait à l'abreuvoir traversaient la rue d'un pas majestueux, conduits par des enfants chaudement vêtus de ratine blanche, une longue gaule à la main. Des lavandières, portant des baquets pleins de linge se dirigeait du côté de la fontaine en caquetant comme des pies. Les commères se rassemblaient sur le seuil des portes, l'une avec un balai à la main, l'autre s'appuyant sur le manche d'une pelle à feu, la troisième avec une troupe de marmots suspendus à ses cotillons. Et c'était un concert de médisances, de sottises et de paroles inutiles à rendre heureuse et souriante une légion de diablotins. Des gamins, aux yeux gonflés par le sommeil, à peine débarbouillés, se roulaient dans la neige, se lapidaient à coups de pelote et criaient à tue-tête. A travers les portes entr'ouvertes, on voyait aller et venir d'accortes ménagères balayant les chambres, veillant au feu, habillant leurs enfants, coupant une tranche de pain pour celui-ci, remplissant une jatte de lait bien chaud pour celui-là. D'alertes jeunes filles, un panier au bras, trottaient menu de ci de là, marchandant leurs provisions, et se donnant l'air grave et digne d'une ménagère habile. Les ouvriers, leurs outils sur l'épaule, couraient à l'atelier, un gai refrain sur les lèvres.

Puis, et c'était l'ombre au tableau, d'ignobles débauchés rentraient d'un pas furtif et chancelant dans leurs maisons, le visage enluminé par l'ivresse, la tête lourde et l'esprit endormi.

Des bandes de petits oiseaux voletaient çà et là, quêtant une miette de pain et poussant de petits cris joyeux, lorsqu'une fillette venait leur jeter une poignée de grains d'orge en souriant de bonheur...

Les marchands ambulants parcouraient la place et la rue et faisaient retentir les échos de leurs traînantes mélopées :

— Blanc hareng, frais salé !

— Vacherins d'Abondance ! tignards de Tarentaise ! grattérons des Villards ! fromages savoyards !

— Châtaignes de Lombardie !

— Echalongnes ! fenouil ! choux pommés !...

Aux voix enrouées des marchands répondaient les voix fraîches et sonores des apprentis, engageant les pratiques à visiter la boutique de leur patron en vantant ses marchandises. Tout ce monde criant, glapissant, vociférant, hurlant, causait un tapage à rendre sourde l'oreille la plus solide.

A ce concert se joignent le bruit du maillet frappant sur le bois, le fracas du marteau retombant sur l'enclume, le cliquetis du fer résonnant contre le fer, le grincement du rabot glissant sur l'établi, le cri strident de la scie mordant sur l'acier, le chant sonore des coqs, le gloussement des poules d'Inde, le mugissement des taureaux, les miaulements des chats, les aboiements des chiens, en un mot tous les sons, agréables ou non, qui accompagnent chaque matin le réveil de la nature.

La personne dont la présence avait arrêté Faustin au beau milieu de son monologue était, notre lecteur l'a deviné, une jeune fille, aussi belle que le peut être une héroïne de roman. Elle semblait avoir seize ans tout au plus.

Nous nous bornerons à dire qu'elle était grande, élancée ; que ses yeux étaient bleus, ses cheveux d'un blond tirant sur le roux, son maintien, modeste; son visage, animé d'une expression ravissante d'innocence, de candeur et de sérénité. Nul portrait ne saurait être plus ressemblant.

Elle était vêtue assez misérablement d'une robe de gros drap à raies noires et rouges et d'un surcot de camelot gris, sans galons ni passementeries. Une coiffe à longues barbes, faite de simple toile de lin, couvrait ses cheveux enroulés en torsades autour de son front. Aucun bijou ne relevait par son éclat la simplicité de ce costume rustique, si ce n'est une petite croix d'argent suspendue sur la poitrine par un ruban noir.

Cette jeune fille tenait à la main un *ciselin*, sorte de seau en fer battu, rempli d'eau. Elle jeta sur le jeune homme un long regard où se mêlaient l'affection, la pitié, le respect.

— Bonjour, Faustin, dit-elle avec un gai sourire.

— Bonjour, Flavienne, répondit le jeune homme d'un ton bas et timide. Votre mère est-elle déjà levée?

La jeune fille secoua la tête d'un air mutin et reprit :

— Oh ! nous ne sommes point des gens riches comme vous, Faustin Mathevey !... A l'ombre nous quittons notre couche, et le soleil illumine à peine le sommet des montagnes que déjà nous avons prié Dieu, mis en ordre notre pauvre ménage et préparé le travail de la journée. Entrez, Faustin, ma mère sera bien aise de vous voir, il y a longtemps que vous n'êtes venu manger la soupe avec nous.

Faustin allait refuser ; son excuse était toute prête, mais une femme d'un âge mûr se montra sur le seuil de la porte devant laquelle ce dialogue avait lieu. Le jeune homme n'osa pas formuler un refus. D'ailleurs, il était bien aise de gagner du temps et de renvoyer à plus tard la semonce dont il se voyait menacé.

La maison où notre héros vient de pénétrer était une chaumière de pauvre apparence, grossièrement construite et couverte d'un toit de chaume. Pendant l'été, ses murailles nues disparaissaient sous un manteau odorant de jasmin, de chèvre-feuille et de capanules. Un gros noyer les couvrait de son ombre. Signe caractéristique, une statuette de la sainte Vierge décorait une niche creusée au-dessus de l'entrée. La maisonnette devait appartenir à une famille catholique.

L'intérieur se divisait en trois pièces. A droite une étable ren-
fermant une vache et deux brebis, à gauche une cuisine spacieuse,
au fond une chambre à coucher. L'ameublement eût été digne d'un
spartiate. Quelques chaises, une table, un buffet, un dressoir
chargé d'assiettes de faïences et de plats d'étain, voilà pour la cuisine ; une armoire, un prie-Dieu, deux grands lits entourés de rideaux de serge brune, voilà pour la chambre, mais celle-ci contenait aussi les plus riches ornements d'une demeure chrétienne ;
un crucifix, un bénitier, des images pieuses et deux rameaux de
buis béni. Cet humble logis appartenait à la mère de Flavienne
L'histoire de cette femme était courte, simple et triste. Marie avait
épousé à vingt ans Martin Dompnier, frère du sacristain d'Abondance et tavernier de cette riche abbaye. Son mari avait le double
de son âge. Il était mort, les armes à la main, en combattant contre les spoliateurs de ses maîtres. Son fils périt dans une embus-
cade, laissant une veuve de vingt ans et un enfant au berceau. La
veuve suivit de près son mari. L'enfant grandit auprès de son
aïeule. Il leur restait, pour toute richesse, la maisonnette d'Allinges, la petite vache blanche et noire, et dix angelots d'argent dans
un vieux bas. Mais si leur fortune était restreinte, leurs besoins
étaient légers... La vache donnait assez de lait pour les repas du
matin et du soir; avec celui des brebis, on faisait du fromage; le
jardin fournissait des légumes et le noyer ses fruits. Flavienne
gagnait de quoi vêtir elle et sa grand'mère en taillant des robes et
des surcots pour les fillettes du bourg. La veuve filait depuis le
matin jusqu'au soir en chantant de sa voix cassée, accompagnée
par le ronron de son rouet, les ballades des anciens temps, les
vieux noëls joyeux et naïfs. D'autrefois, elle contait les chroniques
légendaires des seigneurs de Blonay et de Viry.

— Bonjour, mère Dompnier, dit Faustin en suivant la vieille
femme dans la cuisine...

Et ne sachant qu'ajouter il se borna à murmurer cette phrase
banale:

— Il fera bien beau temps aujourd'hui !

— Beau temps ! grommela la veuve en faisant tourner avec prestesse le fuseau dans ses doigts. Autrefois le soleil éclairait mieux
le monde, le ciel était plus bleu et les gens moins mauvais... Ap-

prochez-vous de l'âtre, mon garçon, et chauffez votre pauvre corps : il fait froid et vous êtes bien peu vêtu.

Faustin rougit et ne répondit pas. Flavienne allait et venait dans la vaste pièce, s'occupant de détails insignifiants non sans jeter de temps à autre un regard à la dérobée sur son jeune ami A l'observation de son aïeule, ses joues prirent la couleur d'une pivoine et deux larmes vinrent perler au coin de ses yeux.

— Oui, reprit la paysanne de sa voix cassée, pour un homme riche, votre père agit bien mal à l'égard de ses enfants... J'ai vu ce matin votre Sarah vêtue comme on doit l'être au prinptemps... Voyez, nous sommes pauvres, nous autres, et Flavienne n'en a pas moins des cottes bien chaudes.

— Mère grand'... par pitié ! balbutia la jeune fille.

Marie Dompnier secoua la tête avec mélancolie et poursuivit sans faire attention à l'embarras de Faustin, aux paroles de sa fille !

— Autrefois, nous avions une belle ferme, des bestiaux bien gras, de grands pâturages. Les hérétiques se sont partagés nos dépouilles, de même que les soldats se partagèrent les vêtements de Notre Seigneur, au pied de la croix, sur le Calvaire. Le bon Dieu l'a voulu, que sa sainte volonté soit faite !... J'avais un bon mari, vous ne l'avez pas connu, Faustin ? J'avais un fils, mon Flavien, robuste comme un chêne, élancé comme un sapin de la montagne... Ils sont morts, tous les deux, sans une goutte de sang dans les veines... Allons, Flavienne, va prendre dans la grande armoire la cape de bon drap bleu de ton défunt père... Il était de votre âge et de votre taille, Faustin, ce vêtement pourra vous convenir, et vous ne souffrirez plus de froid.

Faustin n'osa pas refuser. Il souffrait cruellement d'être obligé d'avouer sa détresse et d'accepter un présent de plus pauvres que lui. Son cœur battait de joie, pourtant, en voyant tant de charité unie à une si noble simplicité. Il comparait les façons d'agir si naïves, si généreuses de la veuve avec l'avarice et la brutalité de son père. Quand il eut endossé la cape d'étoffe bleue, ornée de parements noirs, avec l'image de la Vierge brodée en laine rouge sur l'épaule, il s'assit auprès du feu, mit sa tête entre ses mains, et sanglota amèrement.

L'aïeule fit le signe de la croix pour sanctifier son aumône et le regarda d'un air de compassion. Flavienne, debout, dans une attitude pleine de grâce et de noblesse, appuyait une de ses mains sur le dossier du fauteuil de sa grand'mère, et de l'autre essuyait les larmes qui baignaient son visage. Peu à peu la douleur du jeune homme s'apaisa, ses sanglots s'éteignirent... un hoquet convulsif leur succéda, mais il ne coulait plus de larmes à travers ses doigts crispés sur son front. Flavienne emplit de lait une écuelle de terre, la posa sur la table, à côté d'un morceau de pain blanc, et de sa douce voix invita le jeune homme à manger. Faustin obéit machinalement.

— Quand vous aurez déjeuné, dit Flavienne en souriant, vous paierez votre écot, Faustin. Notre provision de bois est épuisée, vous viendrez avec nous à la forêt de Margencel nous aider à la renouveler.

— Je suis vieille, murmura la veuve, j'ai septante ans bien sonnés, mon fils Mathevey. Je ne puis plus me baisser pour ramasser les branches sèches.

— Oh ! s'écria Flavienne, vous viendrez quand même avec nous, mère-grand, cela vous servira de promenade.

— Je le veux bien, mes chers enfants, et vous n'y perdrez rien. Chemin faisant, je vous conterai la chronique des Fayeternes, et la légende des chats parlants, et comment la damoiselle Aurore épousa Robert d'Arbigny, lequel était un démon caché sous l'apparence d'un homme. Buvez le reste de votre lait, Faustin, continua la bonne femme en reprenant un ton naturel. Flavienne, allez quérir mes sabots et ma mante de laine. Mettez une verrée de brandevin dans votre gourde, ma fille, on ne sait pas ce qui peut arriver.

Comme ils se disposaient à sortir, Flavienne vit que Faustin, devenu pâle, regardait la Vierge brodée sur le caban. La jeune fille comprit ce regard et cette pâleur.

— Mère grand, balbutia-t-elle en baissant les yeux, mieux vaudrait passer par la petite porte du jardin au lieu de traverser tout le bourg.

Et, se penchant à l'oreille de son aïeule, elle ajouta :

— L'image de madame sainte Marie est brodée sur la cape de mon père, Faustin ne l'a point enlevée; si les huguenots s'en aperçoivent, il pourrait en arriver malheur à notre ami.

CHAPITRE XI

D'UN PÉCHÉ D'ORGUEIL QUE CRUT AVOIR COMMIS M. FRANÇOIS DE
SALES, PRÉVOT DE GENÈVE; DES CAUSES ET DES CONSÉQUENCES
D'ICELUI.

La nuit du 12 décembre 1594 devait être une nuit d'événements.
Tandis que Jacob le Rouge, Faustin et le capitaine Romuald réunis
autour d'un bon feu se disposaient, le premier à narrer, les autres
à écouter la sombre histoire de Bérenger de Chénemarie, un personnage qui devait avoir une grande influence sur leur destinée,
partait de Thonon pour venir au bourg d'Allinges. C'était un
homme de trente ans, d'une taille moyenne, paraissant fort et robuste, maigre de visage, aux membres nerveux, à la démarche
prompte et hardie. Ses traits délicats, encadrés par une épaisse
barbe blonde, respiraient la douceur et la bonté. Il y avait de la
fermeté dans le regard profond de son œil bleu. Ses lèvres correc-
tement dessinées, surmontées d'une légère moustache, eussent
laissé deviner à un disciple de Lavater une remarquable finesse
d'esprit en même temps qu'un penchant prononcé à la raillerie.
Son front haut, large, arrondi, couronné de cheveux coupés ras,
assez clairsemés sur le sommet du crâne, dénotait le penseur, le
philosophe, le poète. Ses mains petites, blondes, potelées, aux ongles arrondis, annonçaient le gentilhomme.

Tel était, à vingt-huit ans, M. François de Sales, prévot de
l'église de Genève, que nous avons entrevu tout enfant, au château
de Thorens. Il portait un costume semi-séculier, semi-ecclésiasti-
que, mais entièrement noir : des grègues et un pourpoint de gros
drap, sur lesquels flottait une longue robe à larges manches, assez
semblable à une toge d'avocat. Son collet, rabattu à l'italienne, se
découpait carrément sur la sombre nuance de l'étoffe. Une barrette
carrée, que couvrait à demi un vaste capuchon, des bottes sans

ιperons, complétaient ce costume sévère. Il n'avait aucune arme,
apparente ou cachée. En revanche, il portait sous le bras un petit
bréviaire à tranche rouge.

Il marchait d'un pas rapide, appuyé sur un solide bâton, et ré
citant dévotement des prières.

Il avançait difficilement sur un chemin entre-coupé de fondriè-
res, semé de cailloux, creusé par des ornières, sur lesquelles s'é-
tendait une couche épaisse de neige durcie. De temps à autre il se
heurtait contre une souche d'arbre abandonnée sur le bord de la
route. Parfois aussi, il enfonçait jusqu'aux genoux dans un trou
fangeux que recouvrait une légère couche de glace. Il supportait
ces accidents désagréables avec une patience angélique, sans qu'un
seul pli se formât sur son front.

La nuit était noire, le froid excessif. Le procureur fiscal, Claude
Marin, avait en vain insisté pour retenir le missionnaire.

François de Sales, ayant promis au gouverneur du château d'Allinges de revenir ce soir-là, voulait être fidèle à sa promesse. Il
avait refusé un guide, ne voulant pas exposer à un danger qu'il
affrontait avec insouciance un autre que lui.

C'était être véritablement imprudent, car, en ces temps difficiles, le voyageur se trouvait exposé à des dangers de toutes sortes.
Il avait jusqu'alors été impossible de pourvoir à la sûreté des
routes, dans cette province, théâtre de tant de guerres. Rien
n'était moins rare que les attaques à main armée, les meurtres, les
rapts. Francs-routiers et soldats fraternisaient volontiers, car les
reîtres, les lansquenets, les compagnies italiennes ne se piquaient
pas d'observer strictement la discipline. Un prêtre catholique devait craindre encore davantage de tomber entre les mains des huguenots dont la férocité ne saurait être niée. Ces fanatiques n'eussent pas reculé devant un crime pour assouvir leur haine.

Charles-Emmanuel Ier avait dit à son grand chancelier, Louis
Milliet, baron de Faverges :

— Je veux qu'un enfant puisse aller du Léman au Mont-Cenis
avec un sac d'argent dans chaque main sans être inquiété.

Le chancelier écrivit ces paroles au premier président du souverain sénat de Savoie, Charles Veuillet. Celui-ci transmit les ordres
du prince au colonel-général des Suisses, Guillaume de Chabot; au
gouverneur du Chablais, Melchior de Miolans, au marquis de

Treffort, gouverneur de Bresse et de Bugey, au marquis de Verrue, colonel-général de l'infanterie, et au veador général (1), Thomas Rovero.

Mais au milieu de tant de préoccupations diverses, ces officiers se bornèrent à prendre quelques mesures insignifiantes, et rien ne fut changé dans l'ordre des choses.

C'est ainsi que sont exécutés la plupart des ordres des rois. Ils veulent faire le bien : leur entourage entrave leurs efforts.

Il y avait d'autres périls à craindre. Des bandes innombrables de loups parcouraient les campagnes, surtout pendant cet hiver cité comme l'un des plus rigoureux du siècle. Un voyageur sans armes, et par surcroît d'imprudence, faisant route à pied, ne parvenait que difficilement à échapper à leur férocité. Beaucoup avaient péri sous la dent de ces bêtes fauves, et leurs ossements gisaient sous la neige.

François de Sales n'était point accessible à la crainte. Il puisait un courage à toute épreuve dans sa confiance en la divine Providence. Il savait que Dieu lui accordait le soutien invisible d'un ange gardien, chargé de le défendre et de le protéger. Il était de ceux qui ont la foi : rien ne prévaut contre ceux-là.

En arrivant au hameau de la Place-de-Crête, il fut accosté par un homme qui, le prenant pour un médecin, le supplia de venir voir son enfant malade. François accéda gracieusement à cette demande. Il vit dans la chaumière une misère hideuse. Fouillant dans ses poches, il y trouva encore un ducaton ; d'un geste furtif, il déposa la pièce d'argent sur le coin d'un meuble. L'enfant agonisait. Le saint prêtre le bénit et voulut consoler sa mère désolée, mais la pauvre femme était comme Rachel pleurant ses enfants dans Rama : elle refusait les consolations et maudissait le Très-Haut. François sortit en plaignant le malheur de ces pauvres gens :

— Dieu vous assiste, dit-il, et que sa divine Mère vous protège, elle qui subit les sept angoisses maternelles.

Alors le paysan vit qu'il avait affaire à un papiste, et prenant la pièce de monnaie, il la jeta au visage du prêtre, en lui disant :

— Je ne veux rien de vous, sortez !

_____

(1) Ou grand-voyer, sorte de ministre des travaux

François ressentit une grande affliction de voir son aumône ainsi méprisée. Il supporta néanmoins cet affront avec patience. Jésus, son divin Maître, n'avait-il pas subi sans une seule plainte les injures et les coups des soldats romains ?

Il se baissa, ramassa la pièce, et sortit sans ajouter une parole. En continuant son chemin, il méditait sur la mission qu'il avait choisie, et les difficultés de cette mission ne l'épouvantèrent point.

Aussitôt il ressentit un mouvement d'orgueil presque involontaire, et se dit qu'il était destiné à opérer un grand bien, à acquérir une grande gloire devant les hommes et devant Dieu.

Il ne tarda pas à atteindre le village des Arpes. C'était un amas confus de misérables cabanes, irrégulièrement bâties sur les côtés du chemin. A la sortie du hameau, il vit un homme assis sur le tronc renversé d'un chêne, sous l'abri d'un hangar de chaume qui le garantissait à peine de la neige. C'était un vieillard infirme, vêtu de haillons sales, sans forme et sans couleur. Ses cheveux blancs retombaient en désordre sur ses épaules à demi-nues, une odeur fétide s'exhalait de ses vêtements. Il s'occupait à envelopper, avec un linge malpropre et dégoûtant de laine, un ulcère qui rongeait les chairs de sa jambe. François alla droit à lui. Il entendit le mendiant murmurer contre l'injustice du sort et blasphémer la bonté de Dieu.

Le prêtre, s'agenouillant devant lui, pressa avec son propre mouchoir la plaie du misérable. Puis il lui présenta le ducaton que le paysan de la place de Crète avait refusé, en lui disant d'une voix douce :

— Mon père, au nom de notre Seigneur Jésus-Christ, daignez accepter ce présent qui vous permettra de trouver un asile. Vos membres sont fatigués, il fait froid et vous avez faim, peut-être...

Le vieillard le remercia avec effusion.

— Et maintenant, dit François avec son accent persuasif, ne doutez plus de la bonté divine. Dieu ne laisse personne mourir de faim et de fatigue : voyez, il donne à manger aux petits oiseaux...

Et sur ces mots, il s'éloigna, heureux d'avoir expié, en s'humiliant devant ce mendiant, le péché d'orgueil qu'il se reprochait d'avoir commis.

Cent pas plus loin, il se trouva aux bords du Roc-Noir, où

d'après les croyances populaires, les farfadets avaient établi leur séjour. Le prévôt de Genève était trop instruit pour partager les terreurs superstitieuses des montagnards. Il ne put néanmoins se défendre d'une sensation étrange en traversant ce lieu redouté! Ce sentiment participait à la fois d'une vague terreur et d'une inquiétude réelle. François se le reprocha comme une faiblesse indigne de son caractère, et pour le dominer, il s'astreignit à demeurer un instant sur les bords du gouffre.

Cet endroit était fait pour inspirer un véritable effroi. Ce lac, rond comme un puits, couvert d'une épaisse couche de glace, qui reluisait aux rayons lunaires comme une lance de métal, était entouré d'une ceinture de gigantesques mélèzes d'un vert sombre, diapré de flocons de neige. Des roches, éparses çà et là, prenaient dans l'obscurité les formes les plus bizarres. Il n'était pas étonnant que l'imagination pleine de poésie des Chablaisiens eût peuplé cette solitude d'un monde effrayant d'êtres surnaturels. Jadis, les Nantuates avaient peut-être adoré, sous les arceaux gothiques de ces bois, Iris et Pan, divinités redoutables dont le nom aujourd'hui n'effraye même plus les enfants. Ces rochers revêtus de lichens desséchés avaient peut-être servi d'autels à des sacrifices épouvantables.

Le front de François se mouilla d'une sueur froide, lorsqu'il vit, à dix pas de lui, une figure colossale, d'une couleur indécise, qui se balançait au-dessus du sol et semblait glisser à sa surface. Il dompta, par la force de sa volonté, la frayeur qu'il éprouvait et s'approcha résolûment. Cet effrayant objet était simplement un monceau de branches sèches liées en fagot et appuyé contre le tronc d'un arbre; le vent, en le faisant mouvoir, lui prêtait une apparence de vie. François éclata de rire et se moqua impitoyablement de lui-même.

Les rafales du vent qui l'environnaient d'un tourbillon de neige le rappelèrent à la réalité. Il voulut se mettre en marche et se retourna pour reprendre son chemin. Alors ses cheveux se hérissèrent sur sa tête et il ressentit une véritable épouvante. C'est qu'il venait d'apercevoir, scintillant dans l'ombre, des yeux semblables à des charbons ardents fixés sur lui. Il mit son bâton en arrêt et s'avança d'un pas ferme, sans se troubler. Mais un nouvel obstacle surgit devant lui. Pendant qu'il s'était arrêté à contempler le lac noir, le vent avait amoncelé sur la route des amas de neige, et François ne pouvait plus reconnaître son chemin. Il s'engagea dans un chemin de traverse, espérant retrouver bientôt la voie principale. Au bout d'un instant, il vit à sa droite une nouvelle paire d'yeux rutilants ; il tourna la tète, deux petits loups noirs le suivaient à dix pas en arrière. Au lieu de perdre sa présence d'esprit et de courir pour échapper au danger, François marcha droit devant lui, sans se presser, ayant bien soin de ne faire aucun faux pas et de ne pas s'exposer à tomber. Il vit au loin la tour de Chignant et fit un détour, espérant trouver un abri. Les premiers arbres du bois de Margencel apparurent dans l'obscurité, à deux portées de fusil. Oubliant alors sa prudente résolution, il se mit à courir.

Aussitôt un hurlement strident déchira les airs et fut répercuté à l'envi par les échos d'alentour. Dix où douze loups apparurent subitement et détalèrent ventre à terre à la poursuite du jeune homme. Il redoubla de vitesse. Bientôt il sentit battre ses tempes ; sa respiration haletante embrasait sa poitrine ; une vapeur rouge passait devant ses yeux... Il n'y voyait plus, n'entendait plus, et courait, courait toujours, droit devant lui, sans savoir où il allait, poussé uniquement par l'instinct de sa conservation. Il avait jeté l'un après l'autre son bâton et son manteau. Cela ralentit de quelques secondes la course des bêtes fauves, qui s'arrêtèrent pour flairer ces objets et reprirent ensuite leur course effrénée.

Tout à coup, la terre manqua sous les pieds du jeune prêtre ; il tomba, roula sur la neige et perdit connaissance. Le froid le rappela bien vite à ses sens. Il se vit étendu dans un étroit fossé, creusé au pied d'un grand chêne. Se lever, étreindre le tronc noueux du colosse et se hisser jusqu'à l'intersection des branches, en laissant à toutes les aspérités un lambeau de ses vêtements, fut pour l'agile jeune homme l'affaire d'un instant.

Il était sauvé.

Les loups avaient perdu sa piste et, continuant leur course folle, ils s'étaient enfoncés dans les taillis. Une saute de vent leur révéla leur erreur ; ils rebroussèrent chemin et arrivèrent au pied de l'arbre, de la cime duquel François, souriant, les contemplait d'un air goguenard.

Épuisé de fatigue, exténué il se défia de ses forces. Afin de se

mettre en sûreté, il crut bon de s'attacher avec sa ceinture à une
grosse branche. Sûr de ne point tomber, il put reprendre haleine
et envisager de sang-froid sa position. Notre lecteur voudra bien
convenir avec nous qu'elle n'avait rien de particulièrement récréa-
tif. Ce n'est point pour son plaisir qu'un homme resterait attaché
par une lanière de cuir, sur la branche raboteuse d'un chêne, en
pleine forêt, à vingt pieds au-dessus d'une bande de loups enragés
par la faim, aiguisant leurs dents, et attendant que le hasard leur
livre une proie. Ces aimables animaux passaient leur temps, en
manière de distraction, à se rouler sur la neige, à pousser de for-
midables hurlements. François commença par en rire. Il se diver-
tissait à les voir bondir, se battre, se démener comme des possé-
dés. Un peu plus tard, il trouva ce plaisir mesquin ; ces hurlements
agacèrent ses nerfs. Lorsque le froid et la fatigue l'eurent brisé, il
vit les loups se transformer en animaux fantastiques : sphinx, chi-
mères, monstres aux formes invraisemblables, démons rugissants,
ils se déroulaient à ses yeux en une spirale qui n'avait ni commencement, ni fin, grinçaient des dents, l'appelaient, se tordaient, se
livraient des combats effroyables, disparaissaient pour apparaître
de nouveau plus hideux encore. Il fit des efforts inouïs pour vaincre ce délire ; il voulut crier, mais sa langue se collait à son palais,
il ne put émettre que des sons inarticulés. Il voulut se lever, mais
ses membres semblaient pétrifiés, et il demeura immobile. Cet
état de torpeur dura une partie de la nuit, et lorsque le jour commençait à poindre, François inclina la tête et s'évanouit.

Lorsqu'il revint à lui, il se trouva étendu sur un manteau de laine. Sa tête reposait sur les genoux d'une vieille femme ; une jeune
fille au visage pâle, essayait de lui faire avaler quelques gouttes
d'eau-de-vie, tandis qu'un jeune homme, chétif et malingre, lui
frictionnait les tempes avec un linge imprégné de cette liqueur
cordiale.

François de Sales était sauvé.

CHAPITRE XII

OÙ L'ON NARRE, PAR MANIÈRE D'ÉPISODE, LA TRÈS-CURIEUSE ET
TRÈS-VÉRIDIQUE LÉGENDE DES CHATS PARLANTS, À LAQUELLE EST
JOINTE LA CHRONIQUE DE FAYETERNES, POUR LE PLUS GRAND
« ESBAUDISSEMENT » DU BIENVEILLANT LECTEUR.

Il n'est peut-être aucun pays où les récits du temps passé, les lé-
gendes héroïques, les chroniques pleines, à la fois, de poésie,
d'enseignements et de leçons, se soient conservés comme dans
cette Savoie bien-aimée dont nous sommes glorieux d'être l'enfant.
Une seule province de l'ancienne France lui peut être comparée :
la Bretagne. Or, cette antique région possède, avec notre patrie,
de grandes affinités. La destinée de ces lieux fut presque identique,
leur histoire se lie, la croix blanche s'est alliée à l'hermine sans
tache, et les montagnards aiment les vaillants fils de l'Armorique.
Oui, nous aimons la Bretagne, nous aimons les nobles chevaliers
du temps de la *bonne duchesse* ; nous aimons les Bretons de 93,
les prisonniers du Bouffay, les noyés de la Loire. Nous aimons, en
un mot, ce qui reste de la Bretagne. Il faut bien le reconnaître,
elle n'est plus de nos jours aussi poétique, aussi chevaleresque
qu'on la rêve à vingt ans. Les chouans sont morts ; les échos
des steppes ne murmurent plus le mot grandiose : *Bois ton sang,
Beaumanoir !* Et le dernier Breton, le défenseur de la papauté,
Lamoricière, dort dans une tombe, côte à côte avec ceux qui moururent auprès du chêne de Mi-Voie.

Plus heureuse que la Bretagne, la Savoie est vivante encore,
malgré les annexions ; malgré les orages politiques de son existence huit fois séculaire. Elle est encore une nationalité ; il faudra des années avant d'en faire un département.

Cette courte digression a pour but de servir de préambule à une
simple réflexion que nous tenons à soumettre au bienveillant
lecteur qui daigne parcourir ces pages. N'est-il pas du devoir d'un
écrivain de réunir, dans son livre, tous les faits isolés qui ne sau-

raient trouver place ailleurs, afin de conserver ces chefs-d'œuvre de grâce naïve que nos pères aimaient à entendre conter, le
soir, au coin du feu, durant les longues soirées d'hiver? On nous
répondra, sans contredit, par l'affirmative. Eh bien! notre lecteur
nous pardonnera de nous éloigner encore une fois de notre sujet
pour lui narrer une belle histoire qu'il croira tirée de l'imagination d'un poète oriental.

Faustin se promettait un double plaisir : celui d'être utile à sa
jeune amie, d'abord, ensuite celui d'entendre cette fameuse histoire
des chats parlants que la vieille Marie avait commencée dix fois,
et dix fois interrompue sans l'achever. En cette saison de l'année,
on rencontre peu de promeneurs dans la campagne, et Faustin espérait qu'aucun importun ne viendrait troubler la mère Dompnier.
Il marchait fièrement, conduisant avec un affectueux respect la
bonne femme, qui s'appuyait sur son bras. De temps à autre, il
jetait à la dérobée un regard sur Flavienne et s'étonnait de voir
ses joues se colorer en couleur de rose à chaque fois, bien qu'elle
eût les yeux baissés et ne pût apercevoir ces tendres regards. Les
jeunes filles savent très-bien voir sans regarder, et Faustin l'ignorait, lui qui prétendait savoir tant de choses. Il y eut peu de paro
les échangées.

La jeune fille et Faustin semblaient livrés tout entiers à leurs
pensées, et l'aïeul souriait de les voir si timides, si sérieux. Elle
observait, avec malice, leur innocent manège et prenait plaisir à
voir les regards furtifs de l'un, la moue gracieuse de l'autre. Est-il
rien de meilleur que le cœur d'une grand'-mère? Pourtant, elle
avait hâte de commencer son récit. Après le plaisir d'aimer, une
aïeule n'en a pas de plus grand que celui de conter. Ayant joui
de l'un, elle voulut jouir de l'autre et s'écria d'une voix joyeuse :

— Ça, mes enfants, je m'en vas commencer la chronique de
Fayeternes ; mes vieilles jambes sentiront moins la fatigue et vos
jeunes têtes en retireront quelque utile renseignement. Ecoutez :
Il était une fois...

Toute grand'mère qui se respecte ne saurait commencer une histoire autrement que par ces quatre mots traditionnels. Essayez de
narrer un conte à des enfants sans entrer en matière par ce fatidi-
que « Il était une fois » et vous serez conspué de la belle manière.
Voici le récit de Marie Dompnier; nous n'y changeons pas un mot.

« Il était une fois un seigneur cadet de l'illustre maison de Blonay, lequel avait nom Raoul. Marié depuis peu de temps à l'héritière de Maxilly, la gente Alix, il vivait heureux en son manoir, faisant le bien, aimant l'Eglise, veillant au bonheur de ses vassaux. Or, le 28 juin de l'an 1209, Raoul de Blonay partit pour le château de Fayeternes, promettant d'être de retour le même jour. Il y passa toute la journée avec la belle Aurore de Lescales et son mari M. Rupert d'Arbigny, qui donnaient une fête le soir. On le voulut retenir, mais ce fut en vain, et, comme il prenait congé de ses hôtes, l'un d'eux lui dit :

» — Sire chevalier, vous pourrez avoir à vous en repentir.

» A la nuit close, il atteignit la forêt de Maxilly. Au beau milieu du carrefour de l'Etoile, il se vit entouré d'une multitude de chats. Il y en avait des blancs, des noirs, des gris, des jaunes, des tigrés, de toutes les couleurs et de toutes les tailles... Dix mille ! cent mille, peut-être. Mais le bon chevalier avait guerroyé en Palestine; il ne craignait rien, hors le démon. Croyant qu'il y avait en ce fait extraordinaire un sortilége, il recommanda son âme à Dieu, tira son épée et se mit à frapper d'estoc et de taille, sans trêve et sans relâche. Un affreux concert de miaulements faillit l'assourdir. Mais il batailla tant et si bien que la terre se couvrit de cadavres. Enfin, il atteignit un chat énorme, velu, aux yeux rutilants comme des escarboucles. La bête eut le crâne fendu... Soudain cette légion féline s'enfuit, disparut, et le sire de Blonay entendit des milliers de voix humaines crier distinctement :

— Rupert est mort !

Il se hâta de se réfugier dans le château de Maxilly et vint raconter à son épouse ce qui lui était arrivé dans le carrefour de l'Etoile. Un mignon matou blanc était couché sur un pliant auprès de la châtelaine. Au récit de cette aventure, ce chat s'écria avec un accent de violente surprise :

— Rupert est mort !

Puis il sauta par une fenêtre et disparut comme ses congénères du carrefour.

Au même instant, la forêt, que le lit d'un torrent desséché séparait seule du castel, s'embrasa. D'effroyables miaulements retentirent, et pendant quatre mortelles heures, « on put croire que le ciel était aux prises avec l'enfer. »

Ces faits sont constatés par un acte notarié dressé le même jour et signé par plus de deux mille témoins auriculaires.

« Or, vers ces temps, dit la chronique, advint l'aimable accom
» modement des différents survenus entre très-haut et très-puis
» sant prince, monseigneur Loys de Savoie (1) et l'évêque de Lau-
» sanne; et fut le dit accommodement fait et conclu en la tour
» d'Ouchy, mondit seigneur de Savoie ayant pour siens pleiges
« donné à l'évesque, Jehan de Mont, messire Thomas de Gruyère,
» Raoul de Montricher, Pierre de Valliens, Pierre du Pont, Guil-
» laume Chastonnay, le vidame de Moudon et Pierre de Blonay.
» Or donc, ayant fait leur office, tous gens de plume, et les susdits
» huit seigneurs s'étant engagés, foi de gentilshommes et par écrit
» envers l'évesque, bien fallut festiver, jusqu'à nuit close avec le
» prélat, lequel leur fit bonne chère en sa tour d'Ouchy. » Vers la
fin du repas, Pierre de Blonay vit l'incendie de la forêt de Maxilly,
jeter un sanglant reflet sur le lac. Il se jeta dans une barque et ar-
rivait à minuit au port d'Évian. Une heure plus tard, il se trouva
sur le théâtre du sinistre et fut effrayé, lui qui n'avait jamais eu
peur, de cet épouvantable spectacle. Une foule immense contemplait,
muette d'effroi, cet immense embrasement; ces arbres dévorés
par les flammes, ce brasier d'où s'échappaient des gerbes d'étincelles. Pierre de Blonay pressa de questions les tenanciers et les
métayers de son frère. Tous lui répondirent, non sans frayeur :

—Rupert est mort !

— Bon ! répondit le chevalier, peu m'importe que Rupert soit
mort ou vivant ! Qui est-ce, Rupert ? Qu'ai-je à faire de Rupert !
Pourquoi n'allez-vous pas au secours de mon frère, manants !

On se contenta de hausser les épaules, et les femmes laissèrent
encore échapper ces mots cabalistiques :

— Rupert est mort !

(1) Louis de Savoie, baron de Vaud, seigneur de Bugey, de Valromey, de Chillon
et d'Oigney, fils de Thomas, comte de Maurienne et de Beatrix de Fiesque. Ce
prince épousa successivement Adeline, fille de Mathieu, duc de Lorraine et de Catherine de Limbourg; Jeanne de Montfort, fille de Philippe comte de Castré ; et
enfin, Isabeau d'Aulnay. Il laissa de ces trois mariages dix enfants. — Papyre
Masson et Groswinckel le confondent avec Louis de Savoie, prince d'Achaïe. Il
mourut en 1302.

Blonay « tout esbouriffé de colère, » traversa le torrent, passa le pont levis, la barbacane extérieure et fit irruption dans le manoir ; sous le vestibule il rencontra dame Isabeau, la suivante de sa belle-sœur. Le chevalier l'interrogea courtoisement. La bonne vieille ne lui laissa pas le temps d'achever, et s'écria, de la voix d'une corneille qui croasse dans l'air :

— Rupert est mort !

Devant la chapelle il rencontra dom Bartholomé, le chapelain qui, en manière de variante, murmura sourdement :

— *Mortuus est Robertus !*

Dans la salle des Aïeux, il vit le petit page, Myrtil, à cheval sur la balustrade d'une fenêtre, jambe de ci, jambe de là, les cheveux au vent, la mine effrontée et hardie. L'enfant écoutait le pétillement des flammes, le bruissement du vent, le grondement de la multitude, et paraissait aussi joyeux que s'il eût assisté à une fête. Il jeta un regard moqueur sur le frère de son maître, fit claquer ses doigts au-dessus de sa tête, montra ses dents blanches en un joyeux éclat de rire et chanta d'une voix claire :

— Rupert est mort !

Enfin, le bon chevalier rejoignit son frère, le beau Raoul, et la gente Alix, qui l'abordèrent tous deux en balbutiant :

— Rupert est mort !

Puis comme deux heures sonnaient au beffroi du château, — nos lecteurs nous sauront gré de ce romantique style — un éclair livide s'étendit comme une bannière dans les airs, laissant lire ces mots dessinés en flammes bleues :

— Rupert est mort !

Le coq chanta ; une clameur immense, composée de mille cris aigus, stridents, lamentables, retentit soudain. Une voix qui paraissait sortir des entrailles de la terre vociféra d'un ton lugubre :

— Rupert est mort !

Et tout retomba dans le silence ! Et les flammes s'éteignirent sans avoir rien consumé, laissant aux arbres leurs feuilles, aux fleurs leurs pétales, à la terre son manteau d'herbe. . . . .

Notre lecteur doit trouver monotone la répétition de cette phrase funèbre et, sans doute, il voudrait bien avoir le mot de l'énigme. Nous sommes aussi pressé que lui d'approfondir ce mystère ; c'est pourquoi nous remettons à plus tard l'explication de la susdite phrase, afin de prouver, en ménageant l'intérêt jusqu'au bout, que nous savons notre métier, quoique romancier novice.

Il y a longtemps, bien longtemps... Des années avant le règne du roi Teutobochus, lequel n'a jamais existé au dire d'aucuns, des siècles avant l'invention de la poudre à canon par les Chinois dont l'empire s'étendait sur le globe avant l'apparition de l'homme dans Eden, au dire de l'historien Koung-fu-Tsée et du poète Li-Taï-Pe, — trois sœurs vivaient en Chablais, dans la vallée d'Abondance. Elles se nommaient Danaë, Mariane et Germeline. On les disait filles d'un elphe et d'une fée, et le peuple les accusait de se livrer à la magie, d'étudier le kabbale et de pactiser avec l'ennemi de tout bien. Ces trois sœurs bâtirent un manoir au pied d'un rocher inaccessible dans lequel était creusée une salle immense, soutenue par des piliers de diamants, dont les piédestaux étaient de rubis, dallée d'émeraudes et dominée par une coupole faite d'une seule es carboucle. Cette salle servait à leurs enchantements. Mariane e' Danaë disparurent un beau jour. Elles étaient mortes, car elles ne participaient nullement de l'immortalité de leur mère.

Ermeline vécut la vie de dix hommes. Elle se maria et vit mourir avant elle quatre générations. Il lui restait un arrière-petit fils, le seigneur de Lucinge qui vivait au château des trois sœurs, qu'on nommait le château de Fayeternes ou des Trois-Fées. Elle vit que sa fin approchait. Alors elle remit à son descendant une clef et un parchemin. La première ouvrait le passage qui faisait communiquer le manoir avec la grotte merveilleuse; le second contenait la conjuration écrite qu'il était nécessaire de lire pour que la clef fit son office.

Nous avons eu beau fouiller dix bibliothèques, remuer des monceaux d'antiques liasses, il nous a été impossible de retrouver la susdite conjuration. Ermeline rejoignit ses sœurs au tombeau, après avoir ainsi légué sa puissance aux aînés de la maison de Lucinge.

Ce pouvoir était échu, vers le milieu du XIIIe siècle à un vieillard débile et presque idiot, marié à la plus belle, à la plus fière, à la moins vertueuse des châtelaines d'alentour. Aurore de Lescales brûlait d'être maîtresse du fatal secret. Le vieillard eut la faiblesse de lui en faire part et peu de temps après il mourait.

La veuve prit le deuil en satin couleur de rose. Elle donna à ses

gens juste le temps de remplacer les tentures noires qui avait
servi aux funérailles dans la chapelle de Fayeternes par de blanches draperies et des guirlandes de fleurs. Puis elle épousa en
grande pompe Rupert d'Arbigny, mécréant dont le seul nom faisait
trembler montagnards et paysans à trois lieues à la ronde. Rupert
fut initié au secret de la caverne. Il posséda bientôt une puissance
d'autant plus redoutable qu'elle était occulte.

C'est au château de Fayeternes qu'avait été appelé Raoul de Blonay. Il ne voulut jamais avouer ce qui s'y était passé, pourquoi on
avait voulu le retenir. Au moment même où il tuait le sire d'Arbigny, caché sous la forme d'un chat, Aurore expirait entre les bras
de ses femmes, après avoir fait l'aveu de ses crimes.

Et voilà ce qu'on gagne à faire des pactes avec le mauvais, dit
Marie Dompnier par forme de conclusion lorsqu'elle eut achevé
ce récit.

— L'histoire finit ainsi? s'écria Flavienne avec une petite moue
dédaigneuse, on ne dit point ce qu'il advint de Raoul et de la belle
Alix.

— A qui échurent les trésors de Fayeternes? ajouta Faustin,
dont les yeux brillaient de plaisir.

La vieille femme branla sa tête chenue, et reprit en soupirant.

— Le sire de Blonay avait choisi pour devise : « *Toutes servir,
toutes honorer, pour l'amour d'une.* » Il n'y fut pas fidèle. Alix
mourut laissant une fille unique. L'orgueilleux seigneur voulait
un héritier de son nom. Il épousa une fille de la maison de Conzié,
mais Dieu le punit. Cette nouvelle union fut stérile. Quant à la
fille d'Alix, elle épousa....

Un cri perçant interrompit la narratrice.

L'histoire des chats parlants les avait conduits en pleine forêt.
Ils se trouvaient maintenant au centre d'une étroite clairière, où
le vent avait amassé des tas de morceaux de bois morts

Flavienne, en levant les yeux, avait aperçu un homme, au visage
livide, étendu sur une grosse branche de chêne, à vingt pieds
au-dessus du sol. Elle crut cet inconnu mort, et tombant à demi
évanouie, elle poussa un cri d'épouvante.

En un clin-d'œil, Faustin s'était élancé sur l'arbre, avait déta-
ché le prétendu cadavre, et l'étendit sur le manteau de laine de la
bonne femme.

François, revenu à lui, s'épancha en actions de grâce et embrassa tendrement son sauveur. Après un instant de repos, il se déclara prêt à reprendre le chemin d'Allinges. Faustin le força à s'appuyer sur son bras. Chemin faisant, le bon prêtre leur conta sa mésaventure en s'accusant de l'avoir méritée par son orgueil et sa présomption.

Ils arrivèrent ainsi devant la maison de Jacob le Rouge, qui s'empressa d'accueillir son hôte avec les marques de la plus profonde vénération. Epuisé de fatigue, François s'évanouit de nouveau.

Faustin se chargea d'aller prévenir Melchior de Miolans, mais, avant de partir, il prit à part Marie Dompnier et lui dit :

— Bonne mère, je vous en prie, qui épousa-t-elle ?

— Elle ?

— La fille de Raoul et d'Alix.

L'aïeule ne put s'empêcher de rire.

— Curieux ! s'écria-t-elle avec bonhomie. Vous voulez tout savoir, mon fils Faustin. Eh bien ! elle épousa le sire Humbert de Chénemarie, qui mourut de la peste, en la ville de Naples en même temps que le comte Vert de Savoie.

CHAPITRE XIII

COMMENT LA NOBLESSE DE SAVOIE TRAITAIT LES AMBASSADEURS DE LEURS EXCELLENCES MESSIEURS DE BERNE, EN GÉNÉRAL, ET LE GENEVOIS JEHAN WILDBUNT, EN PARTICULIER.

Le combat de Romuald Schiffnetter contre le pourfendeur italien, avait sans doute tourné au désavantage de ce dernier, car nous retrouvons notre digne ami dans la salle des gardes du château d'Allinges. Malgré l'heure matinale, il y avait nombreuse compagnie dans cette vaste pièce. Monseigneur Melchior, comte de Mont mayeur, baron de Beauregard et d'Hermance, appartenait à la plus illustre des vingt-sept familles historiques de Savoie. Allié aux plus nobles maisons, il marchait l'égale d'un prince, daignant oublier que ses ancêtres traitaient, naguères de pair à compagnon avec leurs souverains. Comme un des personnages d'*Hernani*, parlant de ses ancêtres, Montmayeur pouvait dire sans mensonge

. . . . Nous touchons à la fois
Du pied, à tous les ducs, du front, à tous les rois.

Souvent, ces noms de Miolans et de Montmayeur se sont trouvés sous notre plume; il est impossible de lire dix pages de notre histoire nationale, au moyen-âge, sans les voir y figurer. Il est aisé de comprendre qu'un personnage aussi considérable devait être recherché comme un protecteur et un appui par les cadets appartenant aux plus honnêtes familles. Beaucoup d'hommes de qualité, riches et bien nés, briguaient l'honneur de le servir. D'illustres capitaines, des magistrats distingués cherchaient à placer leurs enfants dans sa maison, sûrs de les voir élever en gentilshommes, en soldats. Au milieu de cette foule brillante d'officiers, de pages, d'écuyers, de chambellans, on remarquait un personnage vêtu de la tunique de velours noir passementée d'or des cuirassiers de la garde, corps créé par Emmanuel Philibert et qui se composait seulement de soixante seigneurs. Il causait avec un jeune homme d'une vingtaine d'années, portant un jupon de satin jaune, un justaucorps de velours écarlate à retroussis bleus, uniforme bien connu des pages de Mgr le duc de Nemours. Le premier de ces jeunes gens se nommait Clériadus de Genève Lullins, et l'autre Honoré d'Urfé.

A côté d'eux, le chanoine Louis de Brens, ce cousin de François dont nous avons fait la connaissance au château de Thorens, parlait avec aménité au célèbre artiste Edouard Viallet, élève distingué du Tintoret et qui jouissait alors d'une brillante réputation, sous le nom italianisé de Vialletti.

Romuald Schiffnetter, qui ne pouvait supporter de garder le silence, cherchait de tous côtés un interlocuteur disponible. Un rayon de bonheur illumina son visage lorsqu'il vit dans un coin de la

salle un officier, richement vêtu d'un costume de velours vert à
crevés gris de perle, qui s'appuyait d'un air ennuyé sur une longue
épée à deux mains, les yeux baissés vers la terre. Un adolescent,
assis dans l'embrasure d'une fenêtre, admirait ce cavalier, à la
tournure martiale, au visage remarquable par une mâle beauté.
L'enfant mourait d'envie de lier conversation avec lui, mais il se
sentait trop petit compagnon pour agir aussi librement. Romuald
se dirigea bravement vers le personnage sur lequel il avait jeté son
dévolu et l'aborda avec force démonstrations de respect, sous lesquelles perçait néanmoins un certaine familiarité.

— Eh bien ! capitaine, interrogea l'officier d'un ton plein de bonhomie, il paraît que le signor Similoro Mazzatutti n'était pas de
force à lutter contre vous, puisque vous voilà, sain et sauf, sans
une égratignure ?

Le vieux soldat cligna de l'œil, frisa sa moustache et répondit
d'une voix très-haute :

— Peuh ! J'ai donné à ce drôle, monsieur de Conzié, une leçon
capable d'imposer un éternel silence à son intolérable jactance !
Parfandious ! il a reçu entre la sixième et la septième côte un assez
joli coup droit que m'enseigna jadis, à Milan, Épaminondas Guas-
tacarne. Huit pouces de fer lui sortaient derrière le dos, et la
blessure fut proprement faite, je m'en flatte, car — par Notre
Dame de Myans ! — aucune tache de sang n'a mouillé sa vieille
casaque. Et, *Dio lo sabe !* elle était souillée de telle façon qu'une
tache nouvelle n'eût pas trouvé de place pour s'étaler à son aise !

— De la sorte, ce bravache est mort ?

— Aussi mort qu'un homme peut l'être, monsieur de Conzié. Le
poumon a été perforé ; l'épanchement a eu lieu à l'intérieur, et pas
ne fut besoin de heurter à la boutique de Saint-Côme. Du reste,
j'ai bien fait de le tuer.

— Et cela, pourquoi ?

— Parce que, *primo* et d'abord il ne lui restait pas un maravé-
dis pour boire à la santé de Son Altesse ; et, deuxièmement, comme
on a découvert dans une de ses poches une lettre prouvant sa qualité d'espion de MM. de Berne, le gouverneur l'aurait fait pendre *hic et nunc* aux créneaux de la plus haute tour jusqu'à ce que
mort naturelle s'ensuivît ; et, enfin, une sorcière de son pays, —
vous ne l'ignorez pas, tout le monde est sorcier en Italie, hommes,

femmes et enfants, — lui avait prédit qu'il mourrait de mort violente. Or, l'*illustrissimo signor* craignait le danger, comme la
souris craint le rominagrobis, et sans moi la prophétie risquait
fort de ne se point réaliser. C'eût été dommage, vous l'avouerez !
Enfin, j'ai troué la peau de ce fanfaron, *zu lieblich*, c'est-à-dire
agréablement, *so wahr ich ein ehrlicher mann bin*, ou, comme
vous dites en savoyard, aussi vrai que je suis un honnête homme.

E Dieu veuille avoir son âme en paix ! conclut le vieux soudard
par forme de péroraison.

M. de Conzié, qui hochait la tête à chaque phrase de Romuald
et souriait de temps à autre d'un air approbatif, ne put s'empêcher
de rire, en entendant cette oraison funèbre dépourvue d'emphase
et de fleurs cicéroniennes.

Le page, assis dans l'embrasure de la fenêtre, y répondit par
un éclat de gaîté moins modéré.

Schiffnetter se retourna, le sourcil froncé, la main sur la poignée de sa dague, mais son front se dérida devant l'hilarité si franche de l'enfant.

— Tiens ! grommela-t-il, tu nous écoutais, petit. Comment
t'appelles-tu et que fais-tu ici ?

— Comment je m'appelle ? répliqua fièrement le jouvenceau. Mon
père et ma mère me nomment Joseph, et les autres monsieur d'Arcollières. Comprenez-vous, mon grand capitaine ?

Romuald Schiffnetter fit une grimace fort significative et reprit
d'une voix grondeuse :

— Hum ! ou je suis *stockblind*, c'est-à-dire tout à fait aveugle
ou je vois clairement que vous prenez plaisir à vous moquer de
moi. Par *San Jago !* si je le croyais, vous ne ririez déjà plus. Mais,
continua le capitaine, d'un ton différent, votre nom, si je ne me
trompe, m'est bien connu. Son Excellence Octave Farnèse me
parla souvent, au coin d'un feu de bivouac, d'un certain gentilhomme savoyard qui préserva le roi François de la mort, à la bataille de Pavie. Ce preux avait nom Etienne Courtois, seigneur
d'Arcollières. Le roi lui dit qu'il était courtois de nom et d'effet. En
récompense de sa valeur, il l'autorisa à mettre dans ses armes,
une érée en pal, entre deux fleurs de lys. Moi, je trouve que c'était

peu de chose pour la rançon d'un roi. J'eusse préféré quelque bonne
duché-pairie, *parfandious!* comme dit M. le duc d'Epernon,
lequel n'a pas eu grand'peine à gagner la sienne.

Tandis que Romuald contait cette histoire, les yeux du jeune
homme brillaient de joie et de fierté. Quand le digne homme eut
achevé, M. d'Arcollières lui sauta au cou sans plus de cérémonie,
s'écriant d'une voix câline :

— Tant pis ! je vous aime, vous, mon vieux capitaine, et je vous
embrasse tout bonnement, ce dont j'avais grande envie en oyant
narrer tout à l'heure votre joli coup d'épée. Courtois d'Arcollières
était mon aïeul, messire !

Puis s'approchant de Ferdinand de Conzié qui le regardait en
souriant, l'enfant contraignit son visage à prendre une expression sérieuse, et d'un ton cérémonieux il lui fit un profond salut
et lui dit :

— Monsieur, j'ai bien l'honneur de vous présenter mes hom-
mages.

Conzié répondit en s'inclinant :

— Monsieur, je suis votre humble serviteur.

— Si Joseph Courtois d'Arcollières peut vous être bon à quelque
chose...

— Si Ferdinand de Conzié peut vous servir en quoi que ce soit...

— Il se met à votre disposition, monsieur !

— Il serait désolé que vous vous adressassiez à un autre, monsieur !

Cet échange de paroles, conforme aux lois de l'étiquette en usage
à cette époque, se fit de part et d'autre avec toute la gravité que
comportait un acte aussi solennel. Une révérence compassée termina cette présentation. Romuald Schiffnetter haussait les épaules, tourmentait son écharpe bleue et jetait sur eux des regards
étonnés.

— Vertuchoux ! s'écria-t-il en donnant un libre cours à son indignation, avec un accent dédaigneux, voilà, par le nom de mon
père ! deux plaisants muguets de cour ! Quoi, monsieur d'Arcollières,
si jeune vous connaissez déjà l'art des paroles dorées ? Quoi,
monsieur de Conzié, à votre âge vous n'avez pas désappris les
manières de nos ridicules damerets ? Harnibieu ! — comme dirait
votre cousin le brave Crillon, — grand seigneur, grand clocher,

grande rivière sont trois mauvais voisins... Il serait si simple, d.
dire : «Monsieur, je m'appelle ainsi!... » A quoi l'on répondrait
« Et moi, Monsieur, l'on me nomme ainsi. » Mais non, Il se fau
saluer, embrasser, se faire mille promesses, se dire cent miel-
leuses paroles dont on ne pense pas la pauvre moitié... Vos gri
maces amuseraient singulièrement le duc François de Guise, grand
chambellan de France, messire... Et ce duc est celui dont on dit :
Ceux de Guise mettent le roi et ses enfants en chemise... Foin de
vos révérences à l'espagnole et fi de vos compliments ampoulés,
tels qu'en pourrait inventer un héraut d'armes ou bien un plat
courtisan.

Le page et Conzié riaient de tout leur cœur de l'indignation comique du vieux soldat, lorsqu'un nouveau personnage s'approcha
d'eux et leur adressa la parole. C'était un homme petit, replet,
vêtu d'une robe de gros drap bleu, fourrée de peau d'ours, qui
doublait son embonpoint déjà fort apparent. Son visage exprimait
la ruse et l'astuce, on lisait la sensualité sur ses lèvres charnues,
la fausseté dans le regard fuyant de ses petits yeux gris, l'orgueil
dans son affectation d'humilité... Il cachait ces tristes qualités,
apanage ordinaire des hommes d'Etat les plus célèbres, sous une
apparence de bonhomie.

— Monseigneur de Conzié, dit-il avec une déférence trop exagérée pour être sincère, daignez agréer mes civilités, quoique je
sois placé bien au-dessous de vous dans l'échelle sociale. Messire
le capitaine Schiffnetter, je vous rends mes devoirs. Et vous,
monsieur... Monsieur?...

Le page lui coula un regard impertinent et lui tourna le dos en
fredonnant à demi-voix la villanelle :

> Hay avant Jehan de Nivelle
> Jehan de Nivelle a deux houseaux
> Le roi n'en a pas de si beaux,
> Mais il n'y a point de semelle !
> Hay avant Jehan de Nivelle.

Emmanuel de Conzié se mit à rire et s'inclina légèrement devant ce personnage qui n'était rien moins que Jehan Wildbunt(1), bourgeois de Genève, ambassadeur auprès du duc de Savoie.

Se voyant ainsi rebuté, Jehan Wildbunt ne perdit point patience. Il sourit au page, ayant l'air de considérer comme une espièglerie ce qui était en réalité un affront sanglant, salua de rechef M. de Conzié, qui ne daigna pas même le regarder et se retourna vers le capitaine. Il savait celui-ci trop loquace pour perdre l'occasion de jouer de la langue. Son attente ne fut point déçue. Romuald dit, entre haut et bas, sans se soucier de blesser la fierté de son auteur :

— Vous êtes léger comme l'oiseau de Saint-Luc, je veux dire comme un bœuf dûment cornu, maître Wildbunt. Cette fourrure d'ours vous sied tout ainsi qu'une paire de besicles sur le nez d'un âne. Une simple doublure de camelot suffirait à vous préserver du froid; mais, dit le proverbe, d'un Suisse n'attend pas raison ! Et que venez-vous encore tramer céans, maître Wildbunt? Est-ce pour étaler votre vertu parmi nos casaques de buffle et nos pourpoints de velours? Par la morgoy ! Génevois a vertus à cent lieues de loin, il ne faut pas s'approcher trop, si l'on y veut croire. Pour dire la vérité, *buffonissimo signore*, j'aimerais aussi bien vous savoir dans la fosse de vos ours de Berne!

La rudesse de ces paroles eut certainement amené une querelle, si, à la place de l'inoffensif bourgeois, s'était rencontré un homme d'épée de la troupe du capitaine. Le cauteleux Wildbunt ne voulut point paraître offensé ; bien qu'il enrageât de se voir ainsi traité. Il sut donner à son visage une expression d'aimable gaieté. Conzié l'observait attentivement et continuait de causer à voix basse avec le damoiseau d'Arcollières.

— Hé ! répliqua le bernois à la diatribe de Romuald, hé messire, votre vaillance a l'air de me malmener !... Je suis, Dieu le sait, une créature inoffensive, honnête, j'ose le dire, un pauvre homme, à qui le ciel n'a pas départi une vaste somme d'intelligence.

— Alors, messieurs de Berne sont encore plus niais que vous, s'écria brutalement Schiffnetter, s'ils choisissent un idiot pour

(1) Sauvage bigarré.

leur ambassadeur. *Der Teufel* ! je voudrais avoir autant de
nobles à la rose et de testons savoyards qu'il y a de ruse, d'astuce,
de malice et de méchanceté et d'autres vertus du même genre
en votre épaisse bedaine ! Mais, poursuivit le soldat en changeant
de ton, expliquez-nous vite, maître Wildbunt, ce qui nous vaut
l'ennui de votre présence. J'aperçois là-bas le révérend chanoine
de Brens, un homme aussi franc que vous êtes hypocrite, et dont
le seul tort est d'être par trop charitable. Dégoisez-moi vitement
votre affaire, j'aime autant ne pas jouir plus longtemps de votre
compagnie.

Conzié fit un pas en avant.

— Vous pouvez aussi bien rejoindre M. de Brens, dit-il au
capitaine en lui faisant un signe imperceptible que ce dernier
comprit aussitôt. Maître Wildbunt n'a rien à vous dire en particulier, Rom, ne craignez pas qu'il veuille s'enrôler dans votre
escadron de lansquenets.....

— Elle n'est pas composée de fûts à mettre en perce, grommela
entre ses dents l'incorrigible Romuald.

Et sans ajouter un mot, il s'éloigna à pas de géant, suivi de
près par d'Arcollières, lequel faisait des efforts dignes d'éloges
pour se maintenir à sa hauteur.

Dès qu'il fut seul avec le bernois, Ferdinand de Conzié le
couvrit d'un regard de mépris, et d'un ton bref, cassant, il lui dit :

— Jehan Wildbunt, je vous engage à ne pas rester ici plus
longtemps. Similoro Mazzatutti se trouve désormais dans l'im-
possibilité de vous vendre à beaux deniers comptants les mots
de passe, les plans du château, les marchandises, enfin, que
vous prisez à si haut prix et revendez, avec un large bénéfice, à
vos maîtres. Si l'italien continue à faire le métier d'espion, ce sera
pour le compte de Satan, votre souverain seigneur, dans la
chaudière duquel un joli coup de rapière l'a envoyé ce matin
même. Vous avez entendu, Jehan Wildbunt?

Celui-ci était devenu livide comme un cadavre, mais faisant
contre mauvaise fortune bon cœur, il répondit avec un air
d'étonnement parfaitement joué :

— Votre Seigneurie fait à son très-humble serviteur l'honneur
de le plaisanter. Mais je suis d'entendement si obtus...

— Paix ! reprit Conzié, d'un ton péremptoire. Je ne plaisante qu'avec mes égaux, sachez le. Hors d'ici, tout à l'heure, où l'on pourrait ne pas tarder à voir un fruit d'une espèce nouvelle suspendu par une solide corde de chanvre au grand chêne du bourg !

L'impudent Bernois voulut payer d'audace. Il secoua la tête en donnant à ses traits l'expression d'un violent chagrin et reprit d'une voix pateline :

— Il est vraiment cruel d'être ainsi calomnié, messire !!! Par les Saintes-Ecritures, je puis en faire serment, je ne comprends rien à tout ceci ; je ne connais point ce Ma... Marra... cet italien dont vous me parlez ! Vos menaces ne sauraient être sérieuses... Vous continuez la plaisanterie et je la trouve très-spirituelle, mais vous me permettrez de vous faire observer que le droit des gens rend inviolable la personne d'un ambassadeur. Je baise les mains de votre seigneurie...

Sur ces mots, il s'inclina par trois fois, tourna sur lui-même avec une agilité dont on l'eût cru incapable et se dirigea lentement, sans se presser, vers la porte de sortie. Il se faufilait hardiment à travers les groupes, saluant de côté et d'autre et feignant de ne point entendre les sarcasmes qui pleuvaient sur lui. Il allait passer le seuil et disparaître, lorsque deux lansquenets croisèrent la hampe de leurs espontons devant lui en disant avec un ensemble parfait et un flegme tout allemand :

— On bâse bas, mein herr !...

Maître Widbunt lança un regard inquiet autour de lui. Il aperçut à deux pas de la porte Romuald Schiffnetter qui tourmentait, selon sa coutume, la poignée de son immense rapière et M. d'Arcollières qui, enflant ses joues, écarquillant ses yeux, chantonnait un hallali en imitant le son du cor de chasse.

— Tiens ! s'écria Romuald Schiffnetter d'un ton goguenard, vous sortez au moment où les autres cherchent à entrer, mein herr Wildbunt.

Et il ajouta en allemand une phrase où le Bernois put comprendre ces mots : *Ich bin dir gur geweisen... Trolle dich weg... Du komst so so Wolhfeil nicht davon. Wels Gott... Hensa !... geh mir aus den nugen Johann...*

CHAPITRE XIV

DE QUELLE FAÇON LE SEIGNEUR AMBASSADEUR DE BERNE FUT CHASSÉ
DU DUCHÉ DE CHABLAIS , ET DES NOUVELLES QU'APPORTAIT AU
GOUVERNEUR D'ALLINGES M. HONORÉ D'URFÉ.

L'ambassadeur fit un geste désespéré et fendit la foule de nouveau, espérant trouver une issue libre. Sa mauvaise fortune le
conduisit dans un groupe d'archers et de pages qui le houspillè-
rent de la belle façon, ne lui laissant ni trêve ni repos, et l'acca-
blant d'injures, de quolibets et de moqueries. Il faisait piteuse
figure et tâchait de prendre une expression souriante, affectant
d'accepter comme une plaisanterie les mauvais traitements
auxquels il était en butte. Mais une tempête furieuse s'agitait
dans son âme, il amassait des trésors de haine contre ses persé-
cuteurs, contre leur patrie, contre leur prince. Pendant ce temps
on riait autour de lui, car nul ne songeait à le défendre. La voix
perçante des pages, les grondements des archers, les éclats de
rire des spectateurs formaient un tapage assourdissant. Le
tumulte était à son comble lorsque la porte s'ouvrit. Un silence
morne se fit aussitôt. Le rire se glaça sur les lèvres des officiers et
des seigneurs, la voix manqua aux pages, les archers reprirent
leur pose indifférente. Tous s'éloignèrent de l'objet de ce bruit; le
vide se faisant autour de lui, il se trouva seul, debout, au milieu
de la salle immense.

Le gouverneur de Chablais apparut sur le seuil de sa chambre.
A travers les portières de tapisserie on voyait s'avancer curieusement les têtes des valets et officiers subalternes. Monseigneur
Melchior de Miolans paraissait bien fait pour en imposer à la
multitude. Son corps, aux proportions herculéennes, mesurait
plus de six pieds de hauteur. Son visage était noble et régulier, un
collier de barbe noire et soyeuse, de même que sa chevelure, en
faisait ressortir la mate pâleur; ses yeux gris enfoncés sous la
cavité profonde formée par des arcades sourcilières proéminentes,

reluisaient d'un éclat presque sauvage. Cet ensemble de traits dénotait un caractère fougueux, une fermeté à toute épreuve, une indomptable volonté. Une teinte de mélancolie en adoucissait l'expression sévère ; le regard ferme, droit, loyal, inflexible, corrigeait la bonté du sourire.

Sa voix se fit entendre, sonore, puissante, brève dans ses inflexions. Ce fut avec une sévérité où perçait malgré lui la bonhomie qu'il parla :

— Qu'est-ce à dire, s'écria-t-il, en parcourant d'un regard perçant cette nombreuse assemblée. Serait-ce que mon château est devenu un champ de foire, une taverne de lourdauds helvétiques, un cabaret de vagabonds français ? Quoi ! deux ais de sapin me séparent de vous, et vous ne respectez pas davantage votre chef et votre maître ! Toute maison où je suis m'appartient; tous ceux qui en passent le seuil deviennent des gens à moi. J'exige le silence, le calme, l'observation de la discipline, et ceux à qui cela ne convient pas doivent sortir, ceux qui excitent le désordre doivent être châtiés.

Son regard tomba d'aplomb sur l'ambassadeur de Berne qui, le visage cramoisi de honte et de colère, se tenait courbé en deux, la barrette à la main, devant lui.

Melchior de Miolans s'interrompit un instant; puis il reprit d'une voix plus haute encore, avec un accent hautain, méprisant:

— Ah çà! maître Jehan Wildbunt, ambassadeur de messieurs de Berne, il y a bien longtemps que vous êtes ici ! votre présence m'y paraît inutile. Un brave a daigné épargner la potence au plus vil de vos espions, en le tuant de sa propre main, il n'y a pas deux heures ! Si vous en avez encore d'autres, hâtez-vous de fuir avec eux, on sinon le soleil couchant éclairera votre agonie et la leur !... Nous avons de bons créneaux, maître Wildbund, et des cordes solides...

Le Bernois eut la force d'ébaucher un sourire et le courage ou la hardiesse de répondre :

— Je vois autour de moi de vaillants capitaines, des soldats valeureux, de nobles gentilshommes, des lutins déguisés en pages, mais, n'en déplaise à Votre Magnificence, gracieux seigneur, je n'y vois pas un bourreau.

Ces paroles audacieuses, prononcées avec un accent de persuasion et d'un ton insinuant surprirent tout d'abord le comte de Montmayeur. Il ne tarda pas à reprendre son sang-froid et reprit en forçant la rudesse de sa voix :

— La réplique est belle, maître Jehan Wildbunt, mais elle n'a pas le mérite de la nouveauté. Vous l'empruntez à la lettre du vicomte d'Orthez au feu roi Charles IX, quand ce preux sauva de la mort beaucoup de vos coreligionnaires qui ne méritaient pas une telle pitié. Mais ce ne sont pas là nos affaires. Si la besogne est malpropre, on la fera faire par quelque goujat de France ou de Genève... Ces gens là font tout pour un ducaton. Voici mon dernier mot. Au nom de Son Altesse le duc de Savoie, que j'ai l'honneur de représenter ici, je vous ordonne de partir dans les vingt-quatre heures. Vous avez trois jours pour quitter le sol des États... Vous direz ceci aux gens qui vous ont envoyé ; nommez-les magistrats, avoyers ou landamman, peu m'importe! Le duc Charles-Emmanuel, — que Dieu et sa sainte Mère le conservent ! — veut extirper du sol de sa fidèle province de Chablais les dernières racines de l'hérésie que vous et les vôtres y avez plantées. Plusieurs missionnaires se sont chargés de cette œuvre de bénédiction. Les chevaliers de la milice et religion de Saint-Maurice y prêteront la main. Les églises seront relevées, les presbytères rebâtis, les croix orneront de nouveau les carrefours et les chemins, indiquant à tout passant qu'il foule une terre chrétienne... Berne paiera une amende de cinq cent mille florins pour subvenir à ces dépenses... Quant à Genève... on avisera!... Il est défendu aux Bernois de poser les pieds sur ce canton... Ceux qui entraveront les travaux des missionnaires, par la force ou par la ruse, seront punis de mort... Et maintenant, allez, maître Jehan Wildbunt, puisse la benoîte sainte Vierge intercéder pour vous auprès de Dieu... Deux lansquenets vous aideront à faire votre préparatif de départ!

Sans s'inquiéter davantage du pauvre ambassadeur qui restait, ahuri, confus, ne sachant que répondre à ces paroles, Melchior de Miolans traversa la salle dans toute sa longueur, en s'arrêtant par intervalle pour causer ou donner des ordres.

Romuald Schiffnetter riait de tout son cœur de la mine déconfite du Bernois. Il jura *parfandious*, *harnibieu* et le reste que le gouverneur savait rendre à chacun ce qui lui était dû.

— Voilà, dit-il au jeune d'Arcollières, sur l'épaule duquel il s'appuyait familièrement, voilà une leçon dont Jéhan Wildbunt gardera longtemps le souvenir, *der Teufel* ! Et messieurs de Berne, eux aussi, ne seront pas contents, *Giove senza testa* ! Cela leur apprendra à nous appeler soldats du prince des marmottes ! Le connétable de Montmorency, qui brûlait les bancs des boutiques à prédications huguenotes, n'aurait pas mieux parlé que Montmayeur, n'est-ce pas, Courtois d'Arcollières ?

Comme il achevait ces mots, le gouverneur arriva devant lui et le fixa d'un air sévère. Romuald se mit aussitôt au port d'armes, le revers de la main appuyé au rebord de son casque et attendit.

— Capitaine Schiffnetter, lui dit le gouverneur, tu t'es battu en duel ce matin, malgré les édits, tu garderas les arrêts pendant vingt-quatre heures. Mais, ajouta Montmayeur avec un sourire malicieux, tu nous as débarrassé d'un espion dangereux et je te donne pour récompense la chaîne d'or que voici, à la condition que tu n'en boiras pas les anneaux dans les tavernes huguenotes.

— Ni là, ni ailleurs, s'écria Romuald avec impétuosité. Cette chaîne restera pendue à mon cou tant qu'il y aura dans mon corps une âme pour l'animer ; et lorsque je partirai pour le voyage dont on ne revient jamais, on la pourra suspendre au cou de la bonne Vierge de Myans, à qui je fais vœu de la conserver. Et quant à la punition dont vous me châtiez pour avoir manqué aux édits, monseigneur, je la ferai sans murmurer. Mais, ajouta le capitaine en changeant de ton, voici un damoiseau qui vous porte un message.

Et prenant d'Arcollières par la main, il le poussa en avant. L'enfant leva son regard clair et vif sur le grand seigneur dont le maintien imposant et la prestance majestueuse n'eurent pas le pouvoir de déconcerter son assurance. Il ouvrit lentement son aumônière et en tira un pli cacheté d'un sceau de cire verte appliqué sur un lacet de soie, et le tendit à Montmayeur en lui disant :

— Don Philippin de Savoie, chevalier de Saint-Jean de Jérusalem, mon maître, vous envoie ce billet, monseigneur, en vous priant de vous conformer strictement à ses instructions.

— Où se trouve présentement Sa Grâce ? demanda Montmayeur avant de rompre le scel.

— Au château d'Annecy, monseigneur. Sa Grâce y passe le temps à jouer aux échecs avec le duc de Nemours, son cousin, et comme le duc a reçu d'excellentes leçons de M. de Chicot, fou de sa défunte majesté le roi Henri III°, il joue à ravir et finira par gagner à don Philippin sa dernière chemise.

Melchior de Miolans fronça le sourcil d'un air mécontent.

— De mon temps, murmura-t-il, les pages servaient leurs maîtres sans regarder par le trou de la serrure. Vous avez la langue bien pendue, mon mignon, mais trop parler cuit ; demandez plutôt au capitaine Schiffnetter.

Celui-ci fit le salut militaire et dit à demi-voix, tandis que le gouverneur lisait le message du bâtard de Savoie :

— L'enfant n'a pas fait ses dernières dents, monseigneur, il lui faut un peu d'indulgence... *Voto à Dios* ! — Montmayeur se trouve mal ! — Est-ce du poison qu'il y a dans ta lettre, damoiseau ?

Le visage du gouverneur avait en effet revêtu la pâleur du marbre. Ses mains tremblantes retenaient à grand'peine la feuille de vélin... Ses yeux, hagards, se fixaient avec épouvante sur la lettre et l'on put croire un moment qu'il allait tomber à la renverse. Mais il ne tarda pas à dompter son émotion, ses traits contractés se détendirent, une teinte rosée succéda sur ses joues à cette pâleur de mauvais augure. Il plia soigneusement la missive et l'enferma sous son pourpoint de buffle doublé d'écailles d'acier. Puis, d'une voix encore altérée, mais en affectant un ton d'indifférence, il reprit :

— Ce n'est rien ! messieurs, ce n'est rien ! un étourdissement... le poids de mon doublet... voilà tout !

— Jeune homme, continua-t-il, en s'adressant au page, vous vous tiendrez prêt à repartir dans une heure. Il faut que don Philippin ait ma réponse, aujourd'hui même.

En se retournant, le comte se trouva face à face avec l'élégant cuirassier de la garde ducale et le jeune page à la livrée de Savoie.

— Ah ! vous voilà, monsieur de Lullins, dit-il en répondant par un signe de tête au profond salut du gentilhomme, vous avez fini par trouver place parmi les Soixante. Comment se porte le seigneur de Scalenghe, votre commandant ?

— Heu ! assez bien, messire, répondit Clériadus de Genève piqué d'être traité si familièrement, aussi bien qu'un piémontai peut se porter.

Le gouverneur éclata de rire :

— Vous êtes comme ceux de Gand, reprit-il, qui aiment toujours le fils de leur prince, mais leur prince, jamais ! A la vérité il siérait mieux que la garde du duc de Savoie fût commandée par un savoyard et cette charge conviendrait fort bien, je suppose, à votre parent, le baron de Seyssel. Monsieur d'Urfé, vous êtes arrivé cette nuit, sans doute. Etes-vous enfin entré dans les chevau-légers C'est plus facile que d'entrer aux gardes, au lieu d'une seul compagnie, l'on peut choisir entre six, sans compter les sept d'au delà des monts. Quelle nouvelle m'apportez-vous de Chambéry ?

— J'arrive de Turin, monseigneur ; j'ai porté avant-hier, au premier président du souverain Sénat, l'édit de Son Altesse, a sujet de la conscription. J'espère que ni le Sénat, ni la Chambr des comptes ne refuseront de l'entériner pour lui donner force d oi. Son Altesse a bien voulu me charger en outre de diverse commissions verbales pour Votre Seigneurie.

— Parlez, monsieur d'Urfé, et procédez avec ordre. Les mauvaise nouvelles d'abord, les bonnes ensuite, pour faire passer les mau aises.

— Don Gui Villa, marquis de Cillan, *condottiere della nobilità* st mort le 1er décembre.

— Dieu ait son âme ! dit Montmayeur en soulevant sa toque de velours, c'était un noble gentilhomme, un cœur d'or, mais quelquefois trop prompt à jouer de l'épée.

— Son Altesse, vous le savez, a failli être élevée sur le trône de France par les États de la Ligue. Mais la fleur de lys de Bourbon a remporté la victoire sur la Croix-Blanche. Son Altesse ne pense pas à cela, mais elle a promis au pape Innocent de prendre Genève Il faut donc, monseigneur, que vous fassiez réussir la conversion du Chablais entreprise par le saint abbé de Sales. Quand il n'y aura plus un seul protestant sur le sol de Savoie, nous prendrons Genève et la réforme expirera sur le tombeau de Calvin.

Le gouverneur secoua la tête :

— Vous direz à Charles-Emmanuel, répliqua t-il, que je tenterai 'impossible !... Personne plus que moi ne comprend l'importance de la mission du Chablais, et je suis trop bon catholique pour ne pas l'aider de tout mon pouvoir. Mais, dites-moi, où en est le siége de Bricherasco ?

— Bricherasco est pris, monseigneur, et les vallées protestantes du Piémont sont au pouvoir du souverain, ainsi que les bourgs de Cavour et de Mirabone. Lesdiguières est en Provence.

Une immense acclamation fit résonner les voûtes sonores de la vaste salle. On comprend quel intérêt, en ces temps de communications difficiles, les officiers du comte de Montmayeur devaient prendre aux nouvelles apportées par Honoré d'Urfé. L'on écoutait avec une avide curiosité l'entretien du gouverneur et du jeune page. A la nouvelle de la prise de Bricherasco dont le duc faisait le siége depuis longtemps, aucun des assistants ne put imposer silence à son enthousiasme. Melchior de Miolans lui-même, quelque impassible qu'il voulût paraître, ne put se défendre d'un mouvement de joie. Il se découvrit par un geste plein d'éloquence et cria d'une voix retentissante à laquelle cent voix répondirent :

— Vive la Croix-Blanche ! Loz au noble duc !

Quand l'agitation se fut un peu calmée, il reprit, en s'adressant au page :

— Achevez, monsieur d'Urfé !

— Je n'ai plus qu'un message à remplir, monseigneur, et c'est le plus important. Mais votre oreille seule peut l'entendre : il s'agit de la maison, éteinte aujourd'hui, des seigneurs de Chênemarie, marquis de Massingy.

Le gouverneur lui jeta un regard effaré ; une pâleur subite envahit son visage.

— *Lança y adarga de mi padre !* murmura Schiffnetter d'une voix sourde, il y a quelque chose là-dessous ! Voici deux fois que Montmayeur pâlit et ce n'est guère dans ses habitudes. Il faut... S'interrompant, il poursuivit d'une voix plus distincte et d'un ton plus élevé :

— S'il s'agit de renseignements à donner sur la famille dont parle M. d'Urfé, je puis être d'une certaine utilité dans cette affaire.

— Alors tu viendras avec nous, capitaine, ainsi que vous, monsieur de Conzié. Monsieur d'Arcollières, vous attendrez pour partir la fin de notre conférence. Maître Odoard Viallet, poursuivit le

L'Apôtre.   11

gouverneur en s'adressant au peintre, le duc de Nemours vous mande en sa ville d'Annecy, où il veut vous faire couvrir d'images l'église de Saint-Maurice, quoique, en vérité, ce soit perdre du temps et de l'argent à salir des murailles qui seraient plus belles étant simplement blanchies. Monsieur le chanoine de Brens, votre cousin nous a manqué de paroles. Pourquoi n'est-il pas venu loger au château cette nuit?

— Je l'ignore, messire, et son absence ne laisse pas de m'inquiéter. Les routes ne sont pas sûres, peut-être lui est-il advenu malencontre.

Ce pressentiment devait recevoir une prompte confirmation, car un jeune homme au visage attristé, fut introduit presqu'aussitôt après au gouverneur. Il lui apprit que l'on venait de retrouver François, mourant de fatigue et de froid, dans la forêt de Margencel. Il ajouta que le saint homme avait été transporté dans la maison de Jacob le Rouge où il recevait les premiers soins. Aussitôt Montmayeur, le chanoine Louis, Conzié et le capitaine s'élancèrent hors de la salle, emportés par une même pensée.

CHAPITRE XV

OÙ GRÉGOIRE MATHEVEY SE MONTRE SOUS SON VÉRITABLE JOUR.

L'homme qui venait annoncer au gouverneur du Chablais l'accident arrivé au prévôt de Genève, était notre ami Faustin Mathevey. Lorsqu'il vit Montmayeur et sa suite prendre le chemin de la maisonnette de Jacob, il comprit que son rôle étant achevé, il devait rentrer à la maison paternelle et subir la correction dont il se sentait menacé. Il descendit lentement les rampes en lacets qui, s'étageant sur la croupe de la colline, conduisent du château au bourg d'Alliages. Ses réflexions n'étaient pas des plus joyeuses; il s'attendait à une dure secousse.

Grégoire Mathevey, sa fille Sarah, le révérend Villoz et la maigre dame Balbine étaient réunis autour de l'âtre dans la cuisine, la salle du cabaret, absolument déserte, paraissait triste, froide, et nue. Lorsque Faustin entra, d'un pas irrésolu, et salua la compagnie d'une voix timide, le visage rouge de confusion, chacun des membres de sa famille le reçut d'une manière différente. Sarah, jeune fille svelte, admirablement belle, quoique étiolée par les privations et la souffrance, vint lui sauter au cou et fondit en larmes. Dame Balbine lança sur son neveu un regard méprisant et lui tourna carément le dos; son mari amena sur ses traits une expression chagrine, et, pour déguiser son trouble, eut recours à sa vaste tabatière où il puisa une quantité de pétun suffisante pour dix nez semblables au sien.

En revoyant son fils, Grégoire Mathevey sentit gronder en lui la colère furieuse qu'il maîtrisait à grand'peine depuis la veille.

Les veines de son front se gonflèrent, serpentant en relief, hideuses, bleuâtres, sur son front livide; ses yeux étincelant d'une flamme sombre, lancèrent des éclairs, ses lèvres se contractèrent convulsivement découvrant, dans un rictus formidable, deux rangées de crocs aigus, frangeant des gencives sanguinolentes. On dit que certains hommes ont une vague ressemblance avec des animaux; en cet instant, Grégoire Mathevey ressemblait à un tigre replié sur ses pattes et prêt à bondir sur sa proie. Suffoqué par la rage, il fut un long moment sans pouvoir proférer une seule syllabe... Sarah, effrayée, s'était résolument placée entre son frère et lui, mais elle n'osait point le regarder et cachait sa tête entre ses mains. Léonard Viollaz huma une seconde prise et fit un pas en avant, décidé à défendre Faustin, au péril de son bonheur domestique. Malheureusement son regard tomba soudain sur la vierge brodée en laine rouge qui décorait le caban du jeune homme, et dès lors il ne pensa plus qu'à s'expliquer à lui-même la raison d'un tel sacrilége.

Enfin le tigre rugit :

—Ah ! c'est toi, s'écria-t-il d'une voix tonnante, avec un accent rempli d'une ironie terrible, ah ! c'est toi !... débauché, libertin, vagabond, c'est donc là ce que Dieu m'a donné pour enfant... Quel crime ai-je commis pour mériter un tel châtiment ? Parles, fils dénaturé, parles ! Que ta bouche soit pure de mensonge surtout, ou sinon...

Il leva sa main armée d'une barre de fer et la fit tournoyer en l'air d'un air menaçant.

— Mon père ! s'écria Sarah, affolée ! mon père.

Le cabaretier repoussa rudement sa fille en criant :

— Silence ! J'ai seul le droit de parler, ici ; j'ai seul le droit de châtier.

Faustin leva les yeux au ciel et parut murmurer une fervente prière. Puis, d'une voix calme dont il adoucit encore l'expression, il dit à son père :

— Si je suis coupable, ne punissez que moi. Je l'avoue, j'ai eu tort de passer une nuit hors de la maison, sans vous en prévenir. Des affaires sérieuses m'appelaient ailleurs ?

— Et pourriez-vous nous dire où vous réclamaient ces affaires, assez importantes pour vous faire oublier votre devoir ? interrogea Grégoire avec un sourire sardonique.

— Depuis hier à neuf heures jusqu'à ce matin, je suis resté avec Jacob le Rouge, mon père.

— Vraiment !... vous choisissez bien vos amis, en vérité ! Il ne vous faut rien moins qu'un fils de bourreau pour compagnon !... Songez-vous à vous rendre digne d'un tel honneur en embrassant cette profession, monsieur ? Cet homme vous apprend-il à manier proprement la hache et le glaive ? Savez-vous déjà mettre en usage les tenailles, les brodequins, le chevalet ? Ah ! ah ! ah ! poursuivit Grégoire en riant d'un rire strident, il vous faudrait des bras plus puissants, un corps plus robuste...

Faustin fit appel à toute sa fermeté et put contenir les éclats de sa voix, en répondant:

— Si je suis faible, ce n'est point de ma faute ! un chien battu vingt fois par jour ne devient pas un molosse.

Grégoire se mordit les lèvres avec une telle force que le sang jaillit:

— Ne bravez pas ma colère ! s'écria-t-il, vous seriez incapable d'en arrêter les effets. De quoi s'est-il agi entre vous et Jacob le Rouge ?... Eh bien ! qu'attendez-vous, pour répondre, faudra-t-il vous souffleter cinquante fois pour vous arracher une parole ? Etes-vous sourd ?... vociféra l'horrible personnage en voyant que son fils restait muet, les yeux baissés devant lui. Par le saint nom de...

Léonard Villoz l'interrompit :

— Arrêtez ! Grégoire, murmura-t-il, presque aussi effrayé de son audace que son neveu l'était de la fureur de son père, ne blasphémez pas. L'Ecriture dit : *Sanctum et terribile nomen ejus ! Initium sapientiæ timor Domini*. Grégoire, ne blasphémez pas !

— Taisez-vous, Léonard Villoz, vous me brisez le tympan avec votre latin papiste... Vous avez beau prendre votre mine furibonde, un rabat blanc ne saurait m'intimider. Faustin Mathevey, si tant est que vous soyez digne de porter ce nom, je vous somme de me répondre.

— Je le ferai, mon père, je le ferai puisqu'il faut vous obéir, mais un mensonge ne souillera point mes lèvres et, d'un autre côté, je ne trahirai pas les secrets d'un ami. Si Jacob est le fils d'un bourreau, peu m'importe ! La torture et l'échafaud sont odieux et à lui et à moi. Quel qu'il soit, c'est mon ami. On l'a calomnié, vilipendé, injurié de mille façons ; on a traîné son nom dans la boue, on a craché sur son visage, on l'a abreuvé d'outrages sanglants, peu m'importe, encore une fois ! c'est mon ami... Savez-vous ce que c'est qu'un ami, vous, mon père? C'est un homme pour qui l'on donnerait sa fortune, sa vie, son sang, son corps... pour qui l'on donnerait tout, oui, tout, excepté l'honneur, car l'honneur appartient à la race ; tout excepté l'âme, car l'âme appartient à Dieu.

Et c'est pourquoi je ne vous dirai pas de quelles affaires Jacob nous a entretenu pendant cette nuit. Frappez-moi si vous le voulez, tuez-moi si vous l'osez, moi, le sang de votre sang, la chair de votre chair... Mon dernier soupir sera une protestation contre vos tyrannies !

Au lieu d'exciter encore la colère et la haine de Mathevey, comme tous les témoins de cette scène s'y attendaient, les paroles de Faustin parurent calmer son père, apaiser son courroux, le rappeler à de meilleurs sentiments. Dame Balbine écoutait et souriait ; sa mine confite en douceur passait par toutes les nuances de l'étonnement ; sa prunelle grise avait ces rayonnements fauves des yeux du chat guettant la souris. Pour employer une expression vulgaire, elle tombait des nues en voyant l'agneau se changer en

lion, la victime se révolter contre l'oppresseur, le faible opposer
sa faiblesse à la force du fort. Faustin eut certainement obtenu
l'avantage, si les choses en fussent restées là. Mais ce n'était pas
le compte de la calviniste, qui détestait son neveu. L'occasion lui
parut trop favorable pour la laisser échapper et, d'une voix douce-
reuse, elle lui posa cette question :

— Peut-être me trompé-je, Faustin, mais il me semble vous
avoir vu en la compagnie d'une sorte de soudard, mal vêtu, à la
démarche chancelante et qui me parut être cet ivrogne de Schiffnetter.

— Vous avez parfaitement vu, ma tante, répliqua le jeune
homme, j'étais avec le capitaine Schiffnetter, le même que vous
reçûtes à votre table, dans la journée d'hier. Or, s'il était ivre,
c'est chez vous seulement qu'il a pu s'enivrer. Ivre ou non, le
capitaine m'a rendu un grand service, et je ne permettrai à personne de l'offenser, lui absent, en ma présence.

La vieille dame pinça les lèvres et couvrit le jeune homme d'un
regard venimeux. Puis, au bout d'un instant, se couvrant le visage
de ses deux mains, avec toutes les marques d'une profonde horreur,
elle murmura d'une voix étouffée :

— Est-ce donc lui qui vous a revêtu de ce vêtement où je vois
une image brodée, un signe papiste qui représente, à ne pouvoir
s'y méprendre, celle que la Babylone moderne appelle Vierge de
Dieu !

Grégoire Mathevey serra les poings en laissant échapper un
affreux blasphème, et sans doute il allait apostropher de nouveau
son malheureux fils, si son beau-frère ne l'eût prévenu en disant
avec un accent chagrin :

— C'est une grande faute, en vérité, Faustin ! *Amen, amen, dico
tibi ?* Le Christ n'eut point de mère, ou tout au moins, Marie ne
posséda jamais ce titre, car les Evangélistes eux-mêmes, si tant est
qu'ils ne soient point apocryphes, racontent que le jour de sa mort,
il montra Marie à son disciple Jean, lui disant : *Ecce mater tua !*...
C'est là une erreur monstrueuse du papisme et, si j'en avais le
temps, je te développerais mon prêche sur ce texte : Le Décalogue
ne parle pas de la mère de Dieu, donc Dieu n'a point eu de mère.

J'y prouve jusqu'à l'évidence que Jésus-Christ fut un grand philo-phe et rien de plus. Vous allez promptement enlever cette idole, neveu, ou du moins rendre cette cape à qui vous l'a prêtée.

Faustin fit un geste énergique de dénégation et riposta par ces paroles :

— Vous avez commis plusieurs erreurs dans votre discours, mon oncle, et je vous dispense de me redire votre prêche, lequel en contient bien plus encore.

Le ministre sourit de bonheur. Il avait sa manie, commune à beaucoup de ses coreligionnaires, de discuter et de controverser à tout propos. Il se croyait bien supérieur à son jeune parent et se flattait de posséder assez de connaissances théologiques pour argu-menter contre lui.

Il crut, en engageant une controverse, opérer une salutaire diversion et mettre fin à cette querelle domestique, d'autant plus déplorable qu'elle se renouvelait sans cesse. Il nourrissait l'espoir de faire briller et son érudition et la science de Faustin ; et, comme il le présumait protestant convaincu, opiniâtre et présomptueux, — semblable en cela à tous les réformés, — il ne redouta pas d'envenimer la querelle et d'aggraver la position du fils vis-à-vis du père. En conséquence, il repliqua vivement à Faustin :

— Si j'ai commis des erreurs, neveu, veuillez me les signaler. Faustin se recueillit un instant et commença :

— Vous mettez en doute l'authenticité des Evangiles, ou pour parler plus nettement de l'Evangile. Or, l'Evangile est l'histoire de Jésus-Christ ; ce ne peut être une invention des hommes. « Ce n'est point ainsi qu'on invente, et l'inventeur d'un pareil livre en serait plus étonnant que le héros (1). » Cela posé, l'on ne peut con tester l'existence du Rédempteur ; l'on ne peut contredire sa divi-nité. Il y a quinze siècles que son nom est vénéré ; ce nom a sur-vécu à tous les orages, à toutes les révolutions, à tous les empires dont les chefs sont en poussière, dont les noms sont inconnus...

(1) Cet aveu est du fameux philosophe de Genève, Jean-Jacques Rousseau. Il est bon de l'enregistrer, pour servir à l'occasion contre les contempteurs de toutes vérités, ses partisans. L'on remarquera que la doctrine de Léonard Villoz n'est pas celle de Calvin : il nie la divinité de notre Seigneur Jésus-Christ. En ce temps-là, chacun se taillait une croyance à sa fantaisie, interprétait la Bible selon le caprice du moment.

Un aventurier, un imposteur, aurait-il fondé une religion aussi durable ? N'a-t-il pas dit : « Je suis la lumière du monde, je suis la voie, la vérité et la vie, je suis celui qui est ? » N'a-t-il pas ressuscité les morts, guéri les malades, prêché la liberté du monde, ordonné la pauvreté, l'obéissance, l'abnégation de soi-même ? La religion est fondée sur un seul mot : *Aimez-vous les uns les autres.* Son Eglise est fondée sur une pierre, et contre cette pierre les portes de l'enfer ne prévaudront jamais. Et Marie, la plus chaste, la plus pure, la plus belle, la plus humble, la plus glorieuse entre les créatures... Marie, fille de David, Marie que l'ange salua du nom de pleine de grâces, est sa mère, car elle a dit : *Les générations m'appelleront bienheureuse !* Vous le nierez en vain, mon oncle, la vérité est brutale comme un fait, et rien ne peut l'altérer, pas même les mensonges de Calvin, de Luther...

Le cabaretier ne put supporter plus longtemps la hardiesse de son fils. Il se mit à ricaner et l'interrompit brusquement :

— Très-bien ! très-bien ! dit-il, Faustin Mathevey renie les croyances de son père et blasphème les glorieux apôtres de la réforme. Vous êtes plus qu'à demi-catholique, vous que j'ai honte de nommer mon fils. Vous défendez avec un feu, une ardeur, une violence inouïe, les erreurs, les mensonges du papisme. Vous insultez à ma religion, vous violez votre conscience, vous êtes à la fois parjure, impie, mauvais fils, et, si je n'y mets ordre, vous serez bientôt voleur de grand chemin ou pis encore.

En parlant ainsi le vieux Mathevey élevait peu à peu le diapason de sa voix qui éclata comme un tonnerre à la fin de sa diatribe. Et ce fut sur le même ton qu'il continua :

— Vous fréquentez des mendiantes papistes et des prêtres catholiques... Ce sont les Dompnier qui vous ont enseigné ces choses... Un fils de bourreau, un lansquenet ivrogne, deux mendiantes fanatiques, voilà ceux que vous adoptez pour véritable famille, dédaignant votre père et votre sœur, trop au-dessous de votre noblesse, indignes de votre respect et de votre amour !... Vous frayez avec ces misérables et si j'en crois le bruit public, Faustin Mathevey a promis mariage à Flavienne Dompnier ! Que la foudre m'écrase si jamais je permets l'accomplissement de cette union... Que la peste entre dans ma maison, traînant la mort à sa suite ! que mes cheveux blancs deviennent un objet de risée pour tout le monde ! que Dieu me précipite dans les flammes éternelles, si je ne vous tue pas comme un chien, le jour où votre infamie sera consommée. Non, je ne vous veux plus ici. Je vous chasse ! Je vous défends de passer le seuil de cette maison qui n'est plus la vôtre, sortez !... hors d'ici ! hors d'ici !

En entendant ces horribles imprécations sortir de la bouche de son père, la malheureuse Sarah perdit connaissance. Dame Balbine, agenouillée auprès d'elle, feignait de lui prodiguer les soins les plus touchants, mais ses yeux étaient secs. Cette mégère avait un caillou à la place du cœur. Son mari essayait vainement de calmer Grégoire, en récitant à la file l'une de l'autre toutes les citations latines que sa mémoire pouvait lui rappeler. Faustin ressentait les angoisses du désespoir... une torpeur douloureuse envahissait tout son être, ses tempes battaient... ses genoux fléchissaient sous lui. Il voulut parler, sa langue remua dans sa bouche sans pouvoir proférer aucun son. Il voulut sortir, mais il était comme cloué sur le sol et ne put faire un seul pas. Au comble de la rage, son père bondit sur lui et se mit à le frapper des deux mains, lui meurtrissant le visage, le déchirant de ses ongles... En un clin d'œil Faustin fut renversé à ses pieds et la brute se roula sur le corps pantelant de sa victime, poussant des cris inarticulés, des rugissements sourds, l'écrasant de son poids, lorsqu'il était las de le frapper.

Notre plume se refuse à continuer de peindre cet atroce tableau. Nous avons essayé de montrer ce que peut-être la haine d'un père pour son fils, mais ce sentiment est tellement contre nature qu'il nous est impossible de l'analyser. Il suffit de présenter le fait : en expliquer les causes, en démontrer la possibilité nous paraît au-dessus de nos forces. Pourtant, si invraisemblable que cela puisse paraître, nous avons assisté à des scènes semblables à celle ci ; nous avons pris sur le vif le caractère de Grégoire Mathevey ; cet homme existe ; cet homme feint de prier Dieu ; cet homme passe pour honnête ; cet homme est loué, caressé, adulé, vénéré ; il jouit de l'estime générale ; il remplit des fonctions publiques ; on le cite comme un philanthrope modèle, un résumé de toutes les vertus ; et cet homme, dans le secret de sa maison, tue son fils, le hait, le méprise et le repousse et ne veut reconnaître en lui aucun bon sentiment, aucune qualité, aucune vertu. Pourquoi cette haine? Sommes-nous assez grands pour sonder les abîmes du cœur humain !

CHAPITRE XVI

COMMENT DIEU FORME LES SAINTS.

Peut-être nos lecteurs ne seront-ils pas fâchés de savoir par quel concours de circonstances nous retrouvons François de Sales, pauvre, humble, abandonné à lui-même dans cette province de Chablais, dévastée par les Bernois, empoisonnée par leurs hérésies, et que sa parole sainte devait ramener à la vérité.

Quelque temps après avoir reçu la tonsure des mains de l'évêque de Bagnorea, François partit, comme nous l'avons dit, pour Paris, où il devait étudier la rhétorique, les humanités, au collége de Navarre. Mais ses instances et celles de sa mère lui obtinrent du seigneur de Boisy l'autorisation d'entrer au collége de Clermont, dirigé par les jésuites, envers lesquels il professait une très-grande estime. Il y eut pour professeur le savant Père Sirmond, et ne tarda pas à devenir l'un de ses meilleurs élèves.

En même temps que la rhétorique, les lettres, l'éloquence, la philosophie et l'histoire, il apprenait l'escrime, l'équitation, la danse, compléments indispensables, à cette époque, de l'éduca tion d'un gentilhomme. Grâce à la souplesse et à l'agilité de ses membres, il devint de première force à ces différents exercices. Il suivit encore les cours de théologie à la Sarbonne, et ceux d'É- criture sainte et d'hébreu au collége royal. Nous ne dirons rien ici de sa piété, de sa ferveur, de sa chasteté. Il n'est aucun de nos lecteurs qui ne connaisse quelques traits de la vie du patron de la Savoie, où chacune de ses vertus brille d'un si vif éclat. Les études du jeune seigneur achevées, l'abbé de Age, son précep- teur, s'enquit des intentions de M. de Boisy. Celui-ci pria le gou-

verneur de ramener son élève en *Savoie*. Il y resta peu de temps
et partit pour Padoue, afin d'y suivre les leçons de jurisprudence
du fameux légiste Guy Pancirolo. François s'y fit remarquer par
son amour du travail, et surtout par la pratique de toutes les vertus chrétiennes. Il choisit pour son directeur spirituel le jésuite Antoine Possevin, ancien précepteur des princes de Gonzague, qui
revenait de Suède où il avait converti au catholicisme le roi
Jean III.

Au bout de quatre ans, François de Sales reçut le bonnet et
l'anneau de docteur, à la suite d'un examen solennel. Il quitta
Padoue en 1531 et se rendit à Rome, puis à Notre Dame-de-Lorette.
Il visita ensuite Ancône, Pavie, Venise, Milan et Turin. Son
voyage achevé, il revint en Savoie. Sa famille habitait alors le
château de la Thuile.

M. de Boisy, on le comprendra aisément, avait de grandes vues
sur son fils. Il le destinait à un bel avenir. Aussitôt qu'il fut arrivé, il lui fit présent de la terre de Villaroger en lui ordonnant
d'en porter le nom. La première visite du jeune seigneur fut pour
l'évêque de Genève, dom Claude de Granier, auquel il devait succéder un jour. Lorsque François sortit du palais épiscopal, les
premières paroles du prélat à ses familiers furent celles-ci :

— Que pensez-vous de ce jeune seigneur? Il deviendra un
grand personnage, une colonne de l'Eglise : ce sera mon succes-
seur dans cet évêché.

Tout d'abord, M. de Villaroger fut envoyé à Chambéry pour y
être reçu au souverain Sénat de Savoie en qualité d'avocat.

Il y rencontra un sénateur des plus distingués, messire Antoine Favre (1), dont il fut depuis lors l'ami le plus intime et avec

(1) Antoine Favre était cet homme de qui le célèbre jurisconsulte Cujas disait,
après avoir lu son livre des *Conjectures* qu'il écrivait à vingt-deux ans : « Ce jeune
» homme a du sang aux ongles, s'il vit âge d'homme il fera bien du bruit. »
Antoine Favre, baron de Péroges, naquit à Bourg-en-Bresse (qui faisait partie alors
du duché de Savoie), le 4 octobre 1557. Il était fils de Philibert Favre, avocat-fiscal
et de Bonne de Châtillon. Son éducation se fit chez les jésuites et s'acheva à l'Université de Turin. Il fut successivement juge-maje de Bresse, sénateur, président du
Conseil présidial de Genevois, premier président du souverain Sénat de Savoie, et
commandant général du duché en 1617. Il mourut en 1682. Il laissa un grand
nombre d'ouvrages de droits entre autres le *Codex Fabrianus*, base du Code Napo-

le concours duquel il fonda plus tard, quarante ans avant l'Académie française, le premier corps savant d'en deçà les monts : l'Académie florimontane.

Lorsque le jeune avocat revint de son voyage, encore étourdi de ses succès dont il attribuait la majeure part à la Providence, il lui advint une chose étrange. Entre Chambéry et Aix-les-Bains se trouvait alors une immense forêt proche le village de Sonnaz. Là des centaines de chênes plusieurs fois séculaires sous lesquels, peut-être, les druides avaient célébré leurs sanglants mystères, déployaient leurs branches touffues sur le gazon des clairières, formant un dais naturel au-dessus des pelouses, et supportant des milliers de nids de petits oiseaux. Un chemin raboteux serpentait entre les troncs d'arbres géants, bordé par d'épaisses haies de coudrier ou des massifs de houx à feuilles luisantes, à fruits de corail.

Comme tous les gentilshommes, François portait l'épée et voyageait à cheval. Or, sa monture, un magnifique genêt d'Espagne, d'une blancheur immaculée et qui n'avait jamais fait un faux pas, fût-ce sur les rampes d'une montagne, ou sur le bord d'un abîme, sa monture, disons-nous, broncha tout à coup. Dans le mouvement que fit le cavalier pour relever son coursier, le fourreau de son épée attaché par une agrafe d'argent se détacha de la ceinture et tomba ; l'épée entraînée par le poids du pommeau sorti du fourreau, sur lequel elle resta placée en forme de croix. François n'y fit point attention, mais plusieurs gens de sa suite prétendirent que c'étaient là un présage de malheur. Un peu plus loin, au milieu d'une route unie, sans ornières ni caillou, le même fait se renouvela, bien que le fourreau eût été attaché avec plus de solidité. François alors en ressentit une impression singulière ; il fit un pieux signe de croix, sans répondre aux observations de son page et continua de chevaucher en silence. Une troisième fois le cheval s'abattit et c'était sur l'herbe fleurie d'un grand pré, au

---

..éon ; un poëme sur le saint Suaire, un volume de poésie et une tragédie intitulée : ..es Gordians ou l'audition, publiée en 1596. Il fût père de Claude Favre, seigneur ..e Vaugelas, le premier grammairien français et l'un des fondateurs de l'Académie ..rançaise ; d'Antoine Favre, doyen de la Sainte-Chapelle de Chambéry, et de Jacqueline Favre qui fut la seconde religieuse de la Visitation.

bord d'un ruisseau des plus limpides. L'épée et le fourreau croisés l'un sur l'autre tombèrent aux pieds du cavalier désarçonné qui tomba dans une profonde méditation. Sa vocation pour l'état ecclésiastique vers lequel il se sentait porté depuis sa plus tendre enfance lui parut évidente. Il vit que Dieu lui-même lui indiquait la voie et se résolut à la suivre. Il fit part de son désir à l'abbé de Age, qui n'osa point demander à M. de Boisy son consentement.

Il en fit ensuite confidence à sa mère, puis à son cousin, Louis de Brens, devenu chanoine de Genève. Quatre mois s'écoulèrent ainsi. M. de Boisy ignorait tout. Pressé de faire à son aîné un établissement convenable, il avait projeté de lui faire épouser mademoiselle de Suchet, héritière du nom de Végy, qui possédait avec une assez grande fortune, un trésor, cent fois plus enviable, de vertus et de belles qualités. Sur ces entrefaites, Melchior de Miolans vint faire une visite à la famille de Sales et dit au seigneur de Boisy que l'intention de Charles-Emmanuel Ier était de conférer au jeune François la dignité de sénateur. Une lettre de messire Antoine Favre corrobora cette nouvelle. Pendant ce temps, le titre de prévot du chapitre de Genève étant vacant, Louis de Brens le demandait à Rome pour son cousin, sans même en prévenir celui-ci. En mai 1553, le Souverain-Pontife envoya les bulles de collation, et le jeune chanoine les porta aussitôt à François dont le premier mouvement fut de refuser un honneur dont il ne s'estimait pas digne. Cependant il dut accepter et fit alors à son père les premières ouvertures au sujet de sa vocation. L'on peut juger de la stupéfaction du seigneur de Boisy, qui voyait ses projets anéantis. Il fallut à François bien longtemps pour le convaincre et lui arracher son consentement. Le jeune homme avoua à son père qu'il avait fait, à Paris, vœu de chasteté perpétuelle, puis il raconta les miraculeux incidents dont la forêt de Sonnaz avait été le théâtre. Ce récit, accompagné d'un torrent de larmes, entrecoupé d'instantes supplications, finit par attendrir le cœur du noble gentilhomme :

— « Eh bien ! mon fils, dit-il en poussant un profond soupir, puisque c'est vous qui m'assurez que c'est Dieu qui vous a inspiré cette résolution, je vous crois sur votre parole. Faites ce que le Seigneur demande de vous : qui suis-je, pour lui résister? »

Puis il étendit ses mains tremblantes sur le jeune homme prosterné à ses pieds et ajouta :

— « Que Dieu, par l'inspiration duquel vous embrassez cet
état, vous bénisse mille et mille fois, ô mon fils ! Je vous donne
en son nom une bénédiction paternelle. »

— « Ah ! béni soit le Seigneur, s'écria François en se jetant au
cou de son père. Il m'a accordé aujourd'hui ce que je désirais
depuis si longtemps, et rien maintenant ne peut m'empêcher d'être
tout à lui. Béni soyez vous-même, ô mon bien-aimé père ! vous
venez de me donner le témoignage le plus éclatant de votre ten-
dresse ; toute ma vie je vous en conserverai la plus profonde
reconnaissance. »

Le 26 mai, François était installé par le chapitre, à Annecy.

Il célébra sa première messe le 21 décembre de la même année.
Depuis lors il se livra sans cesse à la prédication, à l'exercice de
son ministère sacré. Il ne tarda pas à être nommé grand péniten-
cier du diocèse de Genève. Enfin, pour mettre le comble à sa
réputation devant les hommes, à ses mérites devant Dieu, se présenta l'œuvre immense de la conversion du Chablais. Dès l'abord
on avait envoyé à Thonon un prêtre des plus vertueux et des plus
zélés, François Bouchut, qui ne put résister aux avanies des
hérétiques et fut obligé de se retirer. Alors l'évêque de Genève
songea au prévôt de son chapitre, mais il craignait de mécon-
tenter toute la famille de Sales et en particulier M. de Boisy.
François demanda de son propre mouvement d'être appelé à ce
périlleux honneur. Claude de Granier y consentit. M. de Boisy
apprit cette désolante nouvelle à son château de Sales. Malgré ses
soixante-douze ans, il partit aussitôt pour Annecy pour tenter de
retenir son fils. Alors eut lieu entre le père et le fils un entretien
à la fois sublime et navrant.

— Dieu le veut ! dit François à bout d'arguments, je lois lui
obéir, et j'espère que sa bonté vous donnera la résignation et le
courage du sacrifice.

— Eh bien ! s'écria le père au désespoir, suivez-moi chez mon
seigneur l'Evêque ; j'ai confiance qu'il ne résistera pas, comme
vous, aux larmes d'un père et à la voix de la raison.

A peine étaient-ils introduits en la présence de Claude de Granier que M. de Boisy se précipitait aux genoux du prélat, et s'écriait, d'une voix étranglée par l'émotion, en sanglotant.

— Monseigneur, j'ai permis à mon fils aîné, qui était l'espoir de ma maison, de ma vieillesse et de ma vie, de se vouer à l'Eglise pour être confesseur, mais je ne puis consentir à ce qu'il soit martyr et que vous l'envoyiez à la boucherie, comme une victime, pour être déchirée par les loups.

L'Évêque se mit à pleurer amèrement, ne répondit que par ses larmes à une si navrante douleur. François seul eut la force de prononcer quelques paroles :

— Mon père, murmura-t-il, mon bon père, oubliez-vous que je dois imiter Jésus-Christ? Sa divine mère aussi le suppliait de rester et lui reprochait d'avoir quitté elle et son époux Joseph.

Notre Sauveur leur répondit : « Ne saviez-vous pas qu'il faut que je sois occupé tout entier des intérêts de mon père céleste?

Puis s'adressant à l'Évêque, animé d'une sainte énergie, le jeune prêtre continua :

— « Monseigneur, tenez ferme !... Ne me rendez pas indigne du royaume de Dieu. »

Alors Claude de Granier, rappelé au sentiment de son devoir, dit à M. de Boisy :

— « Souvenez-vous, monsieur, que vous portez tous les deux le nom de saint François d'Assise : prenez garde que par votre résistance vous n'ameniez votre fils à faire comme son patron, à quitter, comme lui, jusqu'à ses habits pour vous les remettre devant moi et suivre, dans cet état de dénûment, l'étendard de Jésus-Christ crucifié. Abraham, le saint patriarche, non content de ne point résister à Dieu, saisit le couteau pour l'immoler de sa propre main !... »

A ces mots, le seigneur de Boisy perdit tout espoir et se leva dans le dessein de se retirer. Mais avant de partir, il voulut tenter un dernier effort.

— « Je ne prétends pas, répliqua-t-il, résister à la volonté de Dieu. Mais aussi je ne veux pas être homicide de mon fils : je ne suis pas digne qu'un ange vienne arrêter le coup qui pourra sacrifier cet Isaac : voilà pourquoi je refuse de consentir à l'immolation ; je m'y oppose pour ce qui me regarde. Que Dieu, du reste, fasse selon son bon plaisir. »

François se prosterna aux pieds du vénérable vieillard, en s'écriant :

— « O mon père, je vous en prie, faites-moi la grâce, non-seulement de ne pas résister, mais encore de m'encourager par votre bénédiction.

— « Mon fils, répondit M. de Boisy, j'ai souvent reçu votre bénédiction à la sainte messe, au confessionnal et à vos sermons. Dieu me préserve de vous donner jamais de malédiction, ni corporelle, ni spirituelle ; mais aussi soyez sûr que vous n'aurez jamais de moi ni bénédiction ni consentement pour votre entreprise. »

Sur quoi le vieillard se retira. Il partit pour le château de Sales. Puis, espérant encore faire fléchir la résolution de François, il lui envoya son ami, le marquis de Lullins, père du jeune Clériadus de Genève, avec lequel nous avons déjà fait connaissance. Tous ces efforts demeurèrent stériles. François employait une phrase qui répond à tout :

— Dieu le veut ! disait-il.

Ces trois mots furent les promoteurs de ces immenses émigrations d'hommes de toutes sortes qui marchèrent à la délivrance du Saint-Sépulcre ; ces trois mots firent les croisades ; ces trois mots soulevèrent des montagnes, tarirent des fleuves, firent jaillir des armées innombrables du sein de la terre. M. de Boisy pouvait-il espérer encore ?

François de Sales et son cousin Louis partirent d'Annecy le 9 septembre 1594. Ils arrivèrent bientôt au château de Sales, où ils restèrent jusqu'au 13. Pendant ces quatre jours, M. de Boisy ne cessa pas un instant de faire valoir les meilleures raisons, au point de vue humain, pour empêcher son fils et son neveu de poursuivre leur chemin. Il n'aboutit à rien. Il essaya de prendre François par l'orgueil, en lui disant (1) :

_____

(1) Tous les passages guillemetés qui se trouvent dans ce chapitre sont empruntés textuellement au magnifique ouvrage de M. l'abbé Hamon, curé de Saint-Sulpice.

— « Ne voyez-vous pas que vous compromettez votre vie? Que s'il vous faut revenir après plusieurs années sans avoir rien fait, vous serez la fable de tout le monde? Vous avez du zèle, mon fils, mais vous manquez de prudence; vous ne comprenez pas les difficultés de cette entreprise, dont le succès est au moins très-incertain. »

Louis et François répondirent que rien n'ébranlerait leurs résolutions.

— » Je ne sais que vous dire, reprit M. de Boisy, en haussant les épaules. Allez où vous voudrez, sous les auspices du Seigneur, mais s'il vous arrive quelque chose de fâcheux, vous ne pourrez vous en prendre qu'à vous-mêmes. »

Le lendemain de ce même jour, les deux apôtres partaient, ayant pour tout bagage leurs bréviaires, la Bible et un peu de linge.

CHAPITRE XVII

COMME QUOI, APRÈS AVOIR CONVERTI LE CAPITAINE SCHIFFNETTER, MONSIEUR FRANÇOIS DE SALES FIT SON PREMIER SERMON AUX HABITANTS DU BOURG D'ALLINGES.

Aussitôt que François de Sales put marcher, le gouverneur et le chanoine Louis le reconduisirent au château où il se reposa pendant toute une journée, s'excusant de sa pauvre santé et du mauvais exemple qu'il donnait en montrant si peu d'énergie. Dès le lendemain, il voulut recommencer ses prédications. L'on a déjà

Vie de saint François de Sales. Il nous eût été impossible de trouver pour notre saint un plus admirable interprète, et, nous défiant de nos propres forces, nous avons jugé plus utile pour notre lecteur de citer les paroles que le savant historien, le prêtre vénérable, met dans la bouche de François et de son père. Plût à Dieu que la vie de tous les saints fût écrite par des imitateurs de M. Hamon !

deviné que le saint homme logeait incognito depuis quelques jours au fort d'Allinges d'où il partait chaque matin pour aller prêcher à Thonon et où il revenait chaque soir. Ce jour-là, donc, le 14 décembre, il se déclara prêt à commencer sa mission dans le bourg.

— Mais, objecta le gouverneur, vous n'avez pas d'église !

— Eh bien ! je prêcherai dans la rue, les apôtres ne faisaient pas autrement. Vous me prêterez une douzaine de vos lansquenets pour faire à l'église les premières réparations. Il suffira de remplacer les vitraux par de simples carreaux de verre, de déblayer l'intérieur et de restaurer l'autel. C'est une dépense de vingt florins. En trois jours tout peut être achevé.

— Vous savez, monsieur de Sales, que tout, ici, est à votre disposition, argent, hommes, temps. Usez de vos droits.

— Ainsi ferai-je, monsieur le comte.

— Je n'ose pourtant vous permettre cette sortie d'aujourd'hui. Ces huguenots sont en nombre, ils pourraient vous faire un mauvais parti. En outre, votre démarche sera infructueuse.

— Hélas ! je le sais, dit le prévôt en soupirant, mais il faut toujours commencer. Ne vous en déplaise, monsieur, ce sera aujourd'hui.

Melchior de Miolans hocha la tête et poursuivit d'un ton d'impatience assez accentué :

— Vous me permettrez au moins de vous donner une escorte, monsieur l'entêté, sans quoi vous courrez un danger...

Le missionnaire l'interrompit net :

— J'irai seul, répliqua-t-il avec fermeté. L'Evangile de Notre-Seigneur Jésus-Christ ne doit pas être prêché par des lansquenets Saint Paul avait-il une escorte à Éphèse ?

Romuald Schiffnetter, qui attendait le moment de placer son mot dans cet intéressant entretien, ne laissa pas échapper cette occasion de mettre sa langue en mouvement. Il s'approcha et fit à François de Sales un salut beaucoup plus profond qu'il n'en accordait d'habitude à ses supérieurs. Puis il dit avec son aplomb ordinaire :

— Sauf le respect que je vous dois, mon révérend Père en Dieu, et quoi qu'il soit aussi singulier de voir une casaque marcher côte à côte avec une soutane que de voir la colombe voltiger en la compagnie de l'épervier, — excusez la comparaison, — je vous accompagnerai au bourg d'Allinges, c'est-à-dire si Montmayeur le permet. *Der Teufel!* je me connais en hommes ! et je ne vis jamais un aussi grand courage... De plus, la renommée chante merveilles de vos prêches, oraisons et homélies. Du diable si je ne me paierai pas le plaisir de vous entendre, *voto à Dios !* Et si, par hasard, un parpaillot, huguenot, hérétique, schismatique, protestant ou toute autre bête du même nom, *ejusdem farinæ,* comme dit mon ami Léonard Villoz, a l'audace de s'approcher à plus de dix pas, je l'embroche au bout de mon épée, la sémillante *Victorieuse, God blest me!* comme disaient les gens du pays d'Angleterre, où mon père avait un cousin au trente-septième degré, qui possédait la dignité de maître-queux dans la cuisine de Marie Tudor, la Catholique, selon d'aucuns, *la Sanglante,* d'après les imbéciles.

Cette tirade, longue et embrouillée, fut débitée tout d'une haleine, et le bon François sourit plus d'une fois en entendant les expressions saugrenues, les jurons et les phrases incidentes dont le vieux capitaine émaillait son discours. Il se réserva de faire à son usage un sermon sur les paroles oiseuses et, sans doute afin le commencer par ce néophyte aux cheveux gris, il accepta sa proposition.

Melchior de Miolans les accompagna jusqu'aux fortifications extérieures. En traversant une barbacane située en dehors de la porte principale, il montra à François les canons qui la défendaient, en lui disant :

— Voici, monsieur, des pièces dont nous n'aurons plus besoin, si, par la grâce de Dieu, les hérétiques de ces vallées prêtent l'oreille à vos discours.

Chemin faisant, Romuald Schiffnetter, fier de l'honneur qui lui était échu, donna au missionnaire d'importants renseignements sur les mœurs, les habitudes et le genre de vie de la population d'Allinges. Il n'eut garde de passer sous silence Faustin Mathevey, Jacob le Rouge, et le ministre Villoz, et la dame Balbine, et Josué Ménard, le maître d'école. Ces détails furent précieux pour M. de Sales. Il l'initiait à la vie intime de ceux qu'il venait évangéliser.

— Mon ami, dit-il au capitaine d'un ton affectueux qui mit un joyeux sourire sur la face grimaçante de celui-ci, pourquoi jurez-vous ainsi à tout propos et hors de propos ? Il est défendu de prononcersans un profond respect le nom sacré de Dieu ; la simple affirmation suffit à garantir la vérité. Cessez donc d'entremêler vos paroles de mots inutiles, d'exclamations déplacées, ridicules, et quelquefois peu respectueuses pour l'oreille de vos auditeurs.

— Harnibieu ! mon révérend père, vous avez parfaitement raison, et pour l'amour de vous, je le ferai, *der T...* ! Mais, pardon ! continua Romuald, d'un air confus ; l'habitude me pousse malgré moi à parler ainsi. D'ailleurs, et c'est ce que me disait le baron de Châteauneuf, que Votre Révérence n'a pas connu, car elle est trop jeune pour cela, — quand on chasse le naturel, il revient au galop. Cependant, je vous le répète, je vous obéirai ; car, à vous voir si bon, si doux, si patient, si poli vis-à-vis d'un pauvre lansquenet, sans titre, sans fortune, sans famille, je vous aime et vous vénère comme un père.

Le bon prêtre le remercia de cette soumission et de cette affection, témoignées avec tant de franchise et de naïveté. Un peu enhardi par les manières engageantes de son interlocuteur, le capitaine continua :

— Il y a bien des gens considérables pourtant qui faisaient usage continuel de jurons. Ainsi, j'ai souvent entendu M. de la Trémouille, — lequel, entre parenthèses, était grand prud'homme et preux comme un pair de l'empereur Charlemagne, — jurer *le vraye corps Dieu*, et ses soldats l'avaient ainsi surnommé. Le chevalier sans peur et sans reproche disait souvent : *Teste-Dieu Bayard* ! Feu le connétable de Bourbon faisait ronfler à tout bout de champ son rude : *Par sainte Barbe* ! M. de Brantôme, abbé de Bourdeilles, me cita un jour ce quatrain qui se rapporte aux jurements des rois Louis XI, Charles VIII, Louis XII et François de Valois :

> Quant la *Pasques Dieu* décida
> Par le *jour Dieu* lui succéda ;
> Le *diable m'emporte* ! s'en tint près ;
> *Foy de gentilhomme* ! vint après.

Mais le plus curieux de tous était celui de M. de la Roche-du-Maine, qui grognait à tort et à travers : *Teste-Dieu pleine de reliques* ! Où diable alla-t-il chercher celui-là ?

— Voyez, mon cher ami, reprit François d'un ton grave et plein d'affabilité, combien vous êtes peu logique avec vous-même. Etait-il bien utile de prononcer ici le nom du démon? Il n'y a pas cent cinquante ans, nos pères avaient une telle horreur de l'ange réprouvé que, n'osant proférer son nom, ils le nommaient *maufez,* c'est-à-dire le mauvais, le mal, père de tous les maux.

— O mon père, s'écria le capitaine en se donnant un énorme coup de poing sur l'oreille, quel sot et stupide animal je suis, moi qui me croyais galant d'esprit et vieillard d'expérience.

François ne put s'empêcher de sourire :

— Non, mon vieil enfant, répondit-il, vous n'êtes ni sot, ni stupide, et vous n'avez pas le droit de vous nommer ainsi. Vous êtes un homme, sujet à l'erreur comme tous les autres hommes. *Omnis homo mendax.* Il faut sortir de cette erreur, vivre en bon chrétien, vous confiant en la miséricorde du Très-Haut... Vous serez aussi heureux qu'on peut l'être sur notre pauvre terre. Voyons, me promettez-vous de ne plus jurer, pas plus en français qu'en langues étrangères? de ne plus prononcer le saint nom de Dieu mal à propos, en manière d'interjection dans vos discours?

Le vieux soldat ne répondit pas tout d'abord. Il voulut réfléchir, peser ce qu'il en coûterait d'abandonner ses habitudes, s'interroger pour savoir s'il serait capable de les dompter, car il était trop loyal pour promettre, ayant la certitude de ne pas tenir sa parole. Ses réflexions durèrent cinq minutes, après quoi il s'écria en tendant sa large main au missionnaire :

— Eh bien ! c'est entendu, monsieur le prévôt ; je vous le promets, foi de... ! Non, il est inutile de retomber dans ce gouffre ; une simple promesse vous suffit et à moi aussi. Romuald Schiffnetter n'a pas deux langues à son service, l'une pour mentir et l'autre pour dire vrai. Si feu le seigneur de Bayard était encore de ce monde, vous pourriez le lui demander ! J'ai fait mes premières armes avec lui ! Mais, poursuivit le capitaine d'un ton alarmé, les proverbes sont-ils compris dans les prohibitions ?

— Non, mon ami, pourvu qu'il ne soit point injurieux pour Dieu, la Vierge et les Saints et que de chastes oreilles puissent les écouter, je vous permets d'en user..., mais sobrement, fit le prévôt avec un sourire. Les rabbins juifs sont l'auteur d'une tradition d'après laquelle Salomon fut l'inventeur des proverbes

qu'il nommait la Sagesse des nations. Et Notre–Seigneur Jésus–
Christ lui-même, dans le sermon sur la montagne, émit d'admirables sentences qui pourraient passer en proverbes, car elles
s'adaptent à toutes les circonstances de la vie humaine.

Ils devisèrent ainsi jusqu'à leur arrivée sur la place du bourg.
François faisait ressortir les beautés de la doctrine chrétienne, en
citant les paroles de Jésus sur la montagne, Romuald l'écoutant
avec un plaisir mêlé de respect, et se promettant *in petto* de suivre
désormais les voies du saint missionnaire.

Dès leur entrée dans Allinges, une foule compacte les entoura.
Hommes, enfants, vieillards, femmes, riches et pauvres accouraient
pour voir ce beau jeune homme, à la barbe couleur d'ambre, vêtu
avec tant de simplicité, héritier d'un grand nom et d'une grande
fortune, et qui venait, se faisant humble parmi les humbles, leur
prêcher la vérité. Beaucoup le contemplaient avec attendrissement,
d'autres lui lançaient des regards farouches. Quelques-uns profé-
raient des insultes grossières, ou des railleries insultantes, la
plupart manifestaient hautement leur sympathie pour l'apôtre.

Le visage de François n'avait rien perdu de sa sérénité ; un
sourire plein de bonté courait sur ses lèvres ; ses yeux bleus étincelaient de courage et d'espérance. Ils arrivèrent ainsi, escortés d'un
millier d'individus, sur la grande place, en face de l'église abandonnée. Là, ils rencontrèrent Jabob le Rouge qui, se frayant à
grand'peine un passage à travers cette foule, vint se placer à la
gauche de François. Grégoire Mathevey se faisait remarquer parmi
les plus turbulents ; il donnait le bras à sa digne sœur, dame
Balbine, qui semblait en proie à une fureur concentrée. Elle roulait
des yeux furibonds et glapissait de sa voix aigre des menaces et des
injures. Au pied du perron par lequel on montait à l'église, se tenait
debout, dans une contenance majestueuse, le révérend Léonard
Villoz qui portait sous le bras un volumineux rouleau de papier.
Le ministre prétendait entrer en controverse publique avec le
prévôt de Genève et il s'enorgueillissait d'avance de la victoire
qu'il était sûr de remporter.

Le missionnaire contempla longuement l'église à demi-ruinée.
Il soupirait en voyant ses fenêtres ogivales, veuves de vitraux,
découpant en noir leurs trèfles à jour, leurs colonnettes grêles sur

l'azur du ciel; ses murs à litres funèbres (1) chargés d'armoiries, souillés de boue et d'ordures; les statues mutilées du porche gracieusement cintré en style roman; les décombres du clocher enfouis sous les orties; les tronçons de la croix gisant dans la poussière. Son cœur se gonfla, en présence de ces dévastations des vandales de la Réforme, et, d'une voix vibrante de douleur, il s'écria, empruntant les paroles d'Isaïe et de Jérémie, les prophètes inspirés de Dieu :

— Voilà donc, voilà comment le Seigneur a arraché la haie de sa vigne et renversé le mur qui la protégeait; la voilà déserte, déracinée et foulée aux pieds ; cette terre autrefois si belle a été désolée par ses propres habitants parce qu'ils ont violé la loi de Dieu, changé ses ordonnances, rompu son alliance. Les voix de Sion pleurent parce qu'il n'y a plus personne qui vienne à ses solennités. L'ennemi a mis la main sur tout ce qu'elle avait de plus précieux ; la loi et les prophètes ont disparu, les pierres du sanctuaire ont été dispersées... O Jérusalem! ô Chablais! ô Genève! convertis-toi au Seigneur ton Dieu et que ta contrition devienne grande comme la mer !...

Un murmure sourd courut dans la foule, semblable au gronde-ment lointain de l'Océan, dont l'apôtre venait d'invoquer la pensée

---

(1) On appelait *litres*, dit M. l'abbé Million dans la savante notice qu'il a publiée sur ce sujet dans les *Mémoires de l'Académie de la Val d'Isère*, une bande ou cein ture noire que l'on tendait ou que l'on peignait sur les murs intérieurs et extérieurs des églises ou des chapelles aux obsèques de certains seigneurs, et sur laquelle on appliquait de loin en loin les armoiries du défunt. C'est de cette manière que défi-nissent aussi ce mot Matthieu Mareschal dans son *Traité des droits honorifiques des seigneurs ès-Eglises*, du Cange dans son *Glossaire*, et le savoyard Jean-Claude Favre, seigneur des Charmettes, dans son *Abrégé méthodique des principes de la science héraldique*. Les seigneurs hauts-justiciers et les patrons des églises jouis-saient de ce droit. Les ducs, princes, ou maréchaux de France mettaient deux litres; le roi en exigeait trois. Leur largeur variait entre un et trois pieds; on les faisait en velours, en drap ou en laine suivant la richesse du défunt. *L'Etat de la justice eccle-siastique et séculière du pays de Savoie*, du seigneur de Ville, nous apprend que ce droit existait chez nous, et d'anciennes litres, celles des comtes de Duingt de la Val d'Isère à Séez, celles des barons de Gilly et des seigneurs de Chevron, à Chevron, viennent à l'appui de cette assertion. Pourtant en France, où cet usage était fort commun, il n'est mentionné que dans les coutumes de Tours et de Loudun.

dans l'esprit de ses auditeurs. L'on sentait l'approche de la tempête; il y en eut qui dégaînèrent leurs couteaux.

Grégoire Mathevey fut de ceux-là.

François promena sur la foule son regard calme et doux. Il monta lentement, d'un pas assuré, les six degrés du perron et apparut, dominant de toute sa hauteur la multitude mugissant à ses pieds. En le voyant si ferme, si maître de lui-même, de ses paroles, de ses mouvements, toutes les bouches se turent. Le courage en impose à la foule. Il se fit un grand silence dans lequel retentit la voix sonore, étendue, bien timbrée du prédicateur.

— Je vois les autels renversés et le signe de notre Rédemption couché dans la poussière, dit-il, en montrant les débris de la croix. Des mains impies se sont portées sur cet image trois fois sacrée du bois sur lequel notre Seigneur expia les crimes des enfants des hommes, et inonda la terre de son sang divin !... Vos mains ont brisé cette croix, symbole de notre salut, devant laquelle se prosternaient les Sarrasins eux-mêmes alors que vos pères, animés d'une sainte ardeur, volaient à la conquête du sépulcre où fut enseveli Jésus, de la montagne où il expira en pardonnant à ses bourreaux, de la grotte où il souffrit les angoisses indicibles de son agonie. O mes frères, entendrez-vous sans frémir le récit de ce drame de la croix que je vais essayer de vous faire ? Entendrez-vous sans tressaillir d'orgueil l'histoire de cette croix glorieuse que vous avez méprisée ?

Alors, d'une voix inspirée, il leur fit le récit émouvant de la passion. Il leur montra le Christ faisant au monde ses derniers adieux en instituant le sacrement de l'Eucharistie. Se donnant tout à tous par ces paroles magnifiques : ACCIPITE ET COMEDITE, HOC EST CORPUS MEUM; *bibite ex hoc omnes ;* HIC ENIM EST SANGUIS MEUS *Novi Testamenti qui pro multis effundetur in remissionem leccatorum...* Il leur dépeignit, en termes vifs et colorés, animés l'une expression de foi sincère et d'émotion bien vive, l'agonie terrible du jardin des Olives; la trahison de l'Iscariote; le reniement du Maître par son apôtre Pierre. Il leur fit voir Jésus conduit chez Caïphe, puis chez Pilate, les mains liées, escorté par des sbires, comme criminel... Il leur fit voir Jésus souffleté, couronné d'épines, flagellé, insulté, souillé de crachats et de boue, revêtu par dérision d'un lambeau de pourpre, souffrant enfin toutes les douleurs qu'un homme peut ressentir dans son corps, dans son cœur, dans son esprit, dans son orgueil. Il le leur montra gravissant, affaissé sous le poids de sa croix, la pente abrupte du Calvaire et tombant trois fois, exténué de fatigue, suant le sang par tous ses pores ; il le leur montra étendu sur le bois infâme que son contact anoblissait pour l'éternité; il leur montra son corps pantelant, déchiré par les verges, troué par les épines, lacéré par le fouet, ruisselant de sang; il leur montra ses mains et ses pieds percés de clous énormes, son côté ouvert. Il leur apprit que pour toute boisson on lui offrit du vinaigre, qu'on l'éleva, lui, Fils de Dieu, lui, sauveur du monde, lui, libérateur de l'humanité, lui, le plus noble et le plus grand entre les hommes, entre deux misérables larrons dont l'un mourait impénitent pendant que l'autre, frappé de la grâce, expirait en demandant merci. Il n'oublia point de leur dire ces paroles touchantes du Christ suppliant son père d'être miséricordieux pour ses bourreaux : Pardonnez-leur, mon père, ils ne savent ce qu'ils font. Et ses yeux se remplirent de larmes, et sa voix, étouffée par les sanglots, eut à peine la force d'achever le récit de ce drame sanglant par la sublime parole du Christ expiant : *Consummatum est !*

Oh ! parmi ces malheureux hérétiques, attachés aux lèvres du saint prédicateur et qui l'écoutaient avec avidité, un grand nombre sanglotaient et maudissaient les bourreaux de l'auguste victime. Et Romuald Schiffnetter, emporté par un élan généreux autant qu'irréfléchi, parodiant, sans s'en douter, le premier roi des Francs qui reçut le baptême, s'écria d'une voix retentissante :

— Oh ! que n'ai-je été là avec mes lansquenets !

Léonard Villoz, consterné, prenait sa part de l'émotion générale. Des ruisseaux de larmes coulaient sur ses joues rebondies. Il avait laissé échapper un rouleau de parchemin, l'œuvre de sa vie entière, et n'y songeait pas plus que si c'eût été un simple recueil de virelais. Peu lui importait ce trésor de science acquis au prix de tant de veilles ! Son échafaudage était détruit pièce par pièce... Ses idées étaient bouleversées et ses croyances anéanties. Il n'était point encore catholique, mais il n'était déjà plus protestant.

François leva les yeux au ciel et continua de sa voix inspirée, avec son accent persuasif, planant au-dessus de la foule comme un aigle dans les nuages, les mains étendues comme pour embrasser tous ses frères dans une étreinte immense :

— Et lorsque le fils de Dieu eut exhalé son dernier soupir, le monde ne fut pas assez fort pour supporter un tel fardeau ! La terre, ébranlée dans ses fondements, oscilla sous les pieds de ses habitants... les rochers se fendirent... les montagnes craquèrent... des tombeaux s'ouvrirent et les cadavres des saints furent animés par une vie nouvelle. Le voile du temple se déchira... d'épaisses ténèbres enveloppèrent le globe... et la nature entière poussa un grand gémissement qui semblait dire : Le Fils de Dieu vient d'expirer !... Dès cet instant commençait le règne de la Croix ! Ce poteau, ce gibet, cet échafaud devenaient un symbole de gloire et d'honneur ! Huit millions de chrétiens mouraient dans les supplices les plus épouvantables plutôt que de renier la Croix. La puissance des empereurs de Rome, des maîtres du monde, croulait, anéantie, pulvérisée à tout jamais, entraînant dans sa chute la barbarie païenne, cédant le trône et le sceptre et la pourpre à cette Croix qui régénérait le monde. Plus tard, des centaines de mille pèlerins accouraient de tous les pays de l'Europe, allant, marqués du signe de la Croix, à la conquête du Saint-Sépulcre ; et leur chef, Godefroy de Bouillon, refusait de porter une couronne d'or là où son divin maître avait porté une couronne d'épines. Et maintenant, trouvez un coin du monde habité, une langue de terre, un rocher au sein de l'océan que n'habite la croix. Toute la terre a été fécondée par le sang des martyrs... Et c'est la Croix que vous avez renversée, mes frères, qui opéra ces merveilles ! Ne la relèverez-vous point ?

Épuisé par ce dernier effort, le prédicateur se tut et descendit lentement de sa chaire improvisée, tandis qu'une tempête d'applaudissements et d'acclamations saluaient en triomphe.

CHAPITRE XVIII

François se déroba rapidement à l'ovation que la multitude lui préparait. Il reprit seul le chemin du château, laissant à Romuald Schiffnetter sa liberté. Celui-ci en profita pour rejoindre son ami Jacob le Rouge. Le jeune homme paraissait soucieux.

— Qu'avez-vous, lui demanda le capitaine d'un ton singulier.

— Je suis encore sous le coup de l'impression que la parole ardente de ce prêtre a fait naître en moi, répondit Jacob. Jamais la figure du Christ ne m'est apparue aussi splendide, aussi souriante dans sa grandiose majesté. Ce trésor d'amour et de charité, cette nature mêlée de divin et d'humain, cette mort sublime, ce deuil de la nature entière, me charment, m'étonnent, m'épouvantent tour à tour ! Il m'a semblé que j'étais là, au sommet du Calvaire, aux pieds de cette croix n'osant fixer ma vue sur ce cadavre palpitant, et m'écriant, avec les témoins de ce spectacle : « Oh ! cet homme était bien le Fils de Dieu ! »

— Et comme c'était raconté ! s'écria Romuald avec un enthousiasme rare chez lui. Ce bon monsieur de Sales est véritablement un homme de Dieu ! Savez-vous qu'il m'a guéri de l'habitude de jurer, *der T...*, mais, suffit, grommela-t-il entre ses dents, en toutes choses faut-il commencement !... Les bonnes coutumes sont à garder et les mauvaises à laisser, *capé de diou* ! comme disait le seigneur de Montluc ! Bon ! en voilà encore un que je laisse échapper ; mais...

— Je suis fâché, continua Jacob en suivant le fil de ses pensées, que Faustin n'ait point eu le bonheur d'entendre cet orateur dont l'éloquence eût rendus jaloux et le grec Démosthène et le romain Tullius Cicéro. Le croiriez-vous, sire capitaine? son père l'a enfermé dans sa chambre avec Sarah. Il est encore malade de la scene ù hier, que je vous ai racontée dans tous ses détails, et dont Léonrad Villoz m'a fait le triste récit. Sans cela, il fût descendu par la fenêtre et malgré son père, nous l'eussions eu à nos côtés... Vraiment, bon Romuald, la parole de ce prêtre m'a remué jusque dans mes entrailles... Oh ! si je pouvais avoir la foi !

— Et qui vous empêche d'avoir la foi ? demanda Romuald en hochant la tête. Priez ardemment, instruisez-vous dans notre religion, et, puisque vous êtes résolu à chercher la vérité, Dieu vous éclairera. Voyez-vous, je suis un pauvre homme !... Depuis l'âge de quinze ans je suis soldat, et, de cela, il y a bientôt un demi-siècle. Vous comprendrez donc mon ignorance. Eh bien, je prie tous les jours le bon Dieu et la sainte Vierge, et je crois fermement que, sans leur intercession, une balle, une javeline, une épée quelconque aurait coupé le fil de mes jours. Ce ne sont pas les occasions qui ont manqué !... Et si, malgré les mauvais exemples et les mauvais conseils et les mauvaises compagnies, je suis resté honnête homme, c'est à mes prières que je le dois. Il fait bon d'être chrétien, croyez-le.

— Je le crois, mon bon Romuald.

Sur ces mots, Jacob se renferma en lui-même et garda le silence. Ils marchèrent ainsi jusqu'à l'extrémité du bourg. Puis le jeune homme s'écria tout à coup :

— Tenez ! mon ami, les paroles du bon François de Sales m'ont si bien ouvert les yeux que je ne tarderai pas à embrasser votre confession... du moins si le digne prêtre résout les difficultés que je lui soumettrai en temps et lieu. Et pourtant !... pourtant ma vie en sera brisée. J'aime de tout mon cœur la sœur de Faustin, continua Jacob d'une voix tremblante. Grégoire Mathevey l'eût donnée peut-être au riche Jacob le Rouge, sachant son vrai nom. Il la refusera même au marquis de Massingy, si le marquis de Massingy abjure les principes de Calvin. Mais, ajouta-t-il d'une voix sombre, la maison de Chénemarie est éteinte à jamais et le rameau de chêne plus ne reverdira. A quoi bon parler de ces choses.

Romuald le regarda d'un air goguenard :

— Vous croyez m'étonner beaucoup en me dévoilant le secret de votre amour, maître Jacob, répondit-il. Vous êtes bien jeune pour un homme de votre âge ! Je connais votre secret avant de vous connaître et nous en reparlerons, comme vous disiez tout à l'heure

en temps et lieu. Je sais aussi que votre ami Faustin aime Flavienne Dompnier, la fille de la pauvre veuve catholique. Eh bien !
Flavienne Dompnier aurait-elle une dot de baronne, serait-elle
aussi noble qu'une fille de Blonay, aussi belle qu'un ange des cieux,
Grégoire Mathevey ne laisserait point une telle union s'accomplir.
Je vais plus loin. Flavienne serait noble, riche et calviniste, Grégoire refuserait encore son consentement : il souffrirait trop de
voir Faustin heureux. Or, malgré ces difficultés, je ne désespère de
rien... Ayez confiance en la bonne Vierge de Myans ! J'ai l'espoir de
voir célébrer trois baptêmes et deux mariages avant peu de
jours, mon ami Jacob !... N'ouvrez pas de grands yeux comme
si vous voyez les étoiles du ciel pleuvoir sur votre tête, je sais ce
que je sais... et n'en parlons plus, où vous allez choir sur les cailloux de ce chemin du dia... La peste soit des habitudes !...

— Ah ça ! dit Jacob au comble de l'étonnement, je ne vous comprends plus du tout, mon compère ! Vous parlez, vous parlez de
ceci, de cela ! vous arrangez les choses comme si Dieu vous permettait de faire des miracles.

— Bien ! bien ! je m'entends, grogna Schiffnetter en frisant les
poils de sa moustache et d'un ton suffisant. Voilà que vous croyez
aux miracles et ce sera bien pis dans un instant. Tenez ! voyez-
vous là-bas, ce galant cavalier en justaucorps de velours noir à
crevés de satin rose, qui se promène d'un air d'impatience devant
la porte de votre maison ? Si vous n'étiez pas aussi sauvage, vous
auriez eu un valeton pour introduire ce gentilhomme chez vous, au
lieu de le laisser ainsi se morfondre dans la neige par un froid
de loup ! Mais vous aurez bientôt autant de valetons, de pages,
d'écuyers et de majordomes... Bon ! ma langue se livre à son
intempérance accoutumée, grommela-t-il en s'interrompant soudain.

Sans faire attention à un geste de stupéfaction de son interlocuteur, il continua d'un ton plus modéré :

— Il nous reste une centaine de pas à parcourir avant de rejoindre ce brillant seigneur, maître Jacob. J'ai donc le temps de vous
narrer une histoire que me raconta le comte de Montrevel qui la
tenait de messire d'Oncieu, lequel l'avait apprise du baron de
Rhebhinder, auquel elle fut contée par un témoin oculaire, le rhingrave de Steinberg, pour lors ambassadeur en Hongrie. Le roi de

ce pays-là — un pays admirable, assure-t-on, où je ne suis jamai
allé — assiégeait le château de Togaras. C'était Hans de Zapoliha
waïvode de Transylvanie. Il avait au moins cent ans. Or il venai
de prendre le manoir à l'assaut, lorsqu'un courrier lui apporta un
heureuse nouvelle : Dieu lui faisait la grâce de lui donner un héritier. Croyez-vous que le vieux monarque en mourut de joie?

Jacob ne put s'empêcher de rire.

— L'histoire est jolie et courte, ce qui ne la gâte pas, répondit
il : mais je ne saisis pas son rapport avec ma situation actuelle
Vraiment, depuis un instant, Romuald, je ne vous reconnais plus
vous parlez par énigmes, comme le sphinx.

— Je n'ai jamais entendu parler du sphinx, dit le capitaine avec
un aplomb comique, et, du reste, je m'en soucie peu. Je suis bien
sûr que vous ne mourrez pas de joie.

Et sur ces majestueuses paroles le vieux soldat se renferma dan'
un majestueux silence.

Le cavalier au pourpoint de velours noirs se promenait de lon
en large et paraissait attendre avec impatience. Sa toque, à longue
plume rouge, bien enfoncée sur le front ne le préservait pas des
atteintes de la bise, et, malgré l'épaissenr des semelles de ses bottes
en cuir d'Espagne, il prenait un médiocre plaisir à patauger dans
a neige mêlée de boue. Il jetait de temps à autre un regard de
mauvaise humeur sur la route d'Allinges. Pour tuer le temps, il
fredonnait à demi voix des fragments de virelais français, de com
plaintes helvétiques ou de sirventes provençales.

Cette distraction ne semblait pas le distraire beaucoup. Aussi
poussa-t-il un soupir de soulagement en voyant apparaître au
détour du chemin nos deux compagnons qui marchaient sans se
presser, en oisifs disposés à perdre un peu de temps. Il inspecta
l'un coup d'œil son costume élégant et fit une moue de dépit en
voyant les mouchetures de boue dont il était diapré. En ajustant à
a hâte sa cape fourrée, il défrippa les plis empesés de sa fraise,
lonna un tour plus gracieux aux boucles de ses cheveux et lissa
lu revers de la main son justaucorps de velours. Ainsi paré, il at-
endit que Jacob et Romuald fussent arrivés à dix pas de lui.
Alors il prit une pose pleine de noblesse, appuya sa main gantée
le soie sur la poignée en coquille de son épée italienne, se découvrit par un geste gracieux et vint posément à la rencontre de Jacob

qu'il salua par trois fois. Ce cérémonial était exigé par les lois de l'étiquette, lois souveraines et indiscutées pour des gens appartenant aux hautes classes. Jacob, assez étonné de cette visite inattendue, d'autant plus que l'élégant gentilhomme lui était inconnu, crut devoir le saluer sans mot dire et l'introduisit ainsi dans le salon que nous avons décrit. Arrivé là, le visiteur prit la parole et dit avec une exquise politesse.

— Je vous demande mille pardons, monsieur, de pénétrer ainsi chez vous sans avoir l'honneur de vous être connu, mais le digne capitaine Romuald Schiffnetter voudra bien me servir de parrain et accomplir les formalités de la présentation.

— Sans doute ! sans doute ! fit à son tour le capitaine d'un ton narquois... Mais je puis certifier que vous faites moins de cérémonies lorsque, votre dague ou votre *André Ferrara* à la main, vous abordez un ennemi de la Croix-Blanche... Sur ce, mon ami Jacob, *dit* Le Rouge, permettez-moi d'avoir l'inestimable honneur de vous présenter Sa Seigneurie messire Philippe-Emmanuel-Charles-Ferdinand, baron de Conzié, officier dans l'escadron de service, gentilhomme de la chambre de Son Altesse le duc de Nemours et de Genevois... Eh bien ! messieurs, ne représenté-je pas dignement le chambellan de notre seigneur et souverain ?

— A merveille, s'écria gaiement Jacob. Monsieur le baron, daignez vous asseoir.

M. de Conzié obéit et reprit après une courte pause :

— Monsieur, je viens ici en ambassadeur.

— En ambassadeur ! Je croyais, monsieur, que les têtes couronnées avaient seules le privilége d'en envoyer ou d'en recevoir. Mais j'ai beau chercher dans mes souvenirs, je ne puis me rappeler votre visage et je vous l'avoue sans fausse honte, j'ignore absolument le but de votre visite, — dont je m'estime infiniment honoré.

— Ta ! ta ! ta ! ta ! chanta Romuald d'une voix suraiguë en parcourant une gamme dont l'effet comique dépassa ses prévisions, vous devinez très-bien les choses qu'on ne vous dit pas, monsieur le beau parleur. *Tien la boca queda,* tenez la bouche close, comme disait l'alcade Ferran Nunez de Valladolid. Vous n'êtes ni l'un ni l'autre gentilshommes de petite passe, et c'est bien inutile d'aller chercher la petite bête et midi à quatorze heures. Par ainsi monsieur de Conzié, ne tardez plus longtemps à mettre au net votre mission, ou *Voto...!* C'est bon ! je m'entends, je servirai moi-même d'ambassadeur à l'ambassadeur de l'ambassadeur.

Conzié se renversa sur le dossier de son fauteuil en poussant un bruyant éclat de rire auquel notre ami Jacob s'associa franchement. Les réticences, les ambages et le français du vieux soldat les réjouissaient autant qu'un page du Gargantua de maître Alcobrifas Nasier. Un geste éloquent de Jacob les rapela au sérieux de leur position. M. de Conzié se composa un visage de circonstance et reprit la parole :

— Monsieur, dit-il, en regardant fixement son hôte, il n'est pas que vous n'ayez entendu parler de don Jacques de Savoie, duc de Nemours, surnommé la *fleur de chevalerie?*

— Je sais de lui ce que tout le monde sait, monsieur, répondit Jacob. Aucun savoyard vraiment digne de ce nom n'ignore ses exploits au siége de Sens, à Metz, en Flandre, en Italie et en Champagne. Son duel avec le marquis de Pescaire l'a rendu populaire. Il n'en a pas été ainsi de son mariage avec la veuve du duc de Guise, Anne d'Este, mariage qui l'a voué à la haine des réformés.

— Le premier duc de Nemours, son père, n'étant encore apanagé que de la baronnie de Beaufort, avait pour ami un très grand seigneur, allié à sa royale maison, avec lequel il combattit vaillamment à la bataille d'Agnadel. Or, ce grand seigneur avait épousé une sœur de ma grand'mère, laquelle avait nom Bernarde Guers fille d'Alban, baron de la Vernière, et de Nycolette Hugaz, d'Alloumand.

Jacob poussa un cri étouffé et se dressa de toute sa hauteur, en proie à la plus profonde stupéfaction, Conzié gardait un calme inaltérable. Il poursuivit en ces termes :

— Ce gentilhomme, lui, se nommait Béranger de Chénemarie marquis de Massingy. C'était, monsieur, votre aïeul et mon grand oncle; nous sommes donc cousins issus de germains. Depuis la disparition mystérieuse de ce parent dont j'ignorais l'histoire, il y a huit jours, nul n'a jamais entendu parler de la maison de Chénemarie, jadis illustre et puissante à la cour. En mourant, Philippe de Nemours ordonna à son fils de faire les recherches les plus actives pour retrouver le ou les descendants de son ami. Par un concours de circonstances où se montre évidemment le doigt de Dieu, don Philippin, légitimé de Savoie et frère de notre seigneur le duc, a su, monsieur, tout ce qui vous concerne, et a mandé au gouverneur du Chablais de prendre à votre égard telles dispositions qu'il jugerait convenable. Or, Melchior de Montmayeur recevait en même temps — c'était hier seulement — un message de mon très-honoré maître lui enjoignant de se concerter avec vous pour opérer votre restauration dans les noms, titres et armes qui vous appartiennent.

Cette sorte de harangue fut prononcée d'un ton lent, posé, avec un accent cérémonieux, mais dans lequel on ne pouvait trouver aucune sympathie. Jacob le vit clairement; son unique parent poussant la prudence aussi loin que la bienséance le permettait, se tenait sur la défensive. Il ne songea pas à s'en offenser, comprenant les motifs d'une telle réserve. Hâtons-nous de le dire, ces motifs, Conzié les puisait dans la différence de la religion et non point dans les fautes commises par l'aïeul et le père de son malheureux cousin.

— Monsieur, répondit Jacob sans réfléchir auparavant, je suis décidé à ne point revendiquer mes droits. J'ai trois raisons plausibles à faire valoir : la première, c'est qu'un tel secret étant connu de plusieurs personnes, je ne saurais paraître à la cour sans rougir ; la seconde, c'est que j'aime une jeune fille pauvre et sans noblesse : on ne pardonnerait pas une telle mésalliance à Charles de Chénemarie, elle sera sans conséquence pour Jacob le Rouge ; la troisième est que je me dispose à me faire instruire dans la religion catholique. Or, les gens malintentionnés — et c'est le plus grand nombre — pourraient dire que mon abjuration m'a été imposée par des passions ambitieuses, par un intérêt purement humain.

— Ces sentiments vous honorent, mon cousin, s'écria Conzié, en lui tendant la main par un mouvement spontané ; mais permettez-moi de vous dire qu'une fausse délicatesse vous aveugle. Votre secret n'est connu que de Charles-Emmanuel, de don Philippin et du duc de Nemours. Je ne parle ni de Schiffnetter ni de moi, notre discrétion vous est bien assurée et celle des princes ne vous l'est pas moins. Tout le monde ignorera donc ce qu'il y eut de

commun entre le bourreau de Chambéry et Bérenger de Chénemarie.
Et, du reste, s'il se trouve quelque ennemi pour vous faire tort,
j'ai au côté un argument long de quatre pieds, large de deux pouces
et dûment affilé !... Quant à votre amour, à l'union projetée, rien
ne saurait y faire obstacle. Votre femme sera la marquise de Massingy et nul ne vous demandera de qui elle est née. La troisième
raison me paraît meilleure, mais le temps suffira pour la faire disparaître. Attendez un mois encore et vous aviserez !

— Qu'il en soit donc ainsi, dit froidement celui que nous appel-
:erons désormais Charles de Chénemarie. Transmettez l'expression
le ma reconnaissance à don Philippin, à monseigneur de Nemours.
Je prouverai mon attachement à la maison de Savoie en combattant au premier rang parmi ses défenseurs.

— Et les batailles, merci Dieu ! ne sont point rares chez nous,
s'écria Schiffnetter à son tour.

La glace était rompue. Ferdinand de Conzié et Charles de Chénemarie s'embrassèrent pour cimenter leur nouvelle amitié, et le
reste de la journée se passa en conversations des plus agréables.
Nous serions peu fidèles à notre rôle d'historien si nous ne disions
que la coupe et les flacons furent fêtés convenablement ; leur
contenu servit à entretenir l'allégresse de nos amis, leur suggéra
plusieurs plans excellents pour la réédification de la fortune de
Chénemarie. On a beau dire ; la jeunesse sera éternellement présomptueuse ; l'homme propose, mais seul, Dieu dispose !

CHAPITRE XIX

Dès le lendemain du jour où François de Sales avait prêché sur
la place publique, il s'était opéré dans le bourg d'Allinges une
véritable transformation. Pendant la nuit, on avait aperçu, à travers le brouillard, et malgré l'obscurité, des formes noires errer
sur la grande place et d'autres formes, encore plus indécises, oc-
cupées à un mystérieux travail. Au matin, l'on trouva la croix de
pierre debout sur son piédestal ; les deux branches étaient rajus-
tées au moyen de cercles en fer ; dans la niche, creusée au-dessous de la traverse horizontale, était placée une mignonne statuette
de la Vierge de Myans (1).

(1) Notre-Dame de Myans, à six kilomètres de Chambéry, est un célèbre pèlerinage où l'on vénère une image miraculeuse de la Reine des Cieux, image qui remonte à une très-haute antiquité et dont le moine Fodéré parle en ces termes dans
son *Histoire de l'ordre de Saint-François*, rarissime ouvrage très-recherché des
bibliophiles et des savants : « En ceste chapelle est l'image de Nostre-Dame, noyre
» en œthiopienne, tenant devant elle son petit enfant de mesme couleur, le tout en
» relief de la hauteur d'environ ung pied et demy, d'une matière que l'on jugerait
» estre de drappeaux de toile battus et gettes en moulé... » L'église est due à la
piété de Jacques, comte de Montmayeur, qui la fit bâtir vers 1450 et y joignit un
couvent de religieux Observantins.

L'ancien oratoire est de beaucoup antérieur, puisqu'il en est parlé dans le *Cartu-
laire de saint Hugues*, évêque de Grenoble, mort en 1132.

Le 7 des ides de décembre 1248 un éboulement du mont Granier engloutit la
ville de Saint-André, le monastère du Granier, les villages de Sainte-Perange, de
Voluret, de Cohonin et une partie du village de Myans. La chapelle fut miraculeusement préservée, ainsi que s'accordent à le dire le carme Philippo, de la Sainte-

Beaucoup de gens n'en pouvant croire leurs voisins, vinrent s'assurer du fait. Il se trouva même quelques femmes, plus disposées à revenir au catholicisme que leurs époux ou leurs fils, qui s'agenouillèrent pieusement sur les marches à demi-brisées. Quelques heures plus tard, une escouade de lansquenets, dirigée par le capitaine Romuald, se rendit à la maison commune, où le conseil s'était rassemblé sous la présidence du syndic, par ordre du gouverneur de Chablais. Il s'agissait de discuter sur l'opportunité de la réouverture de l'église. Il y eut peu d'opposition.

Léonard Villoz formula quelques objections timides. Le fanatique Grégoire Mathevey fut moins parlementaire ; il se répandit en injures contre les papistes et leurs soutiens, parla du bras séculier, et finit par insinuer que tout ceci pourrait bien se terminer par une Saint-Barthélemy, où lui, Mathevey, jouerait le rôle désagréable de monsieur l'amiral.

Rom Schiffnetter faillit se mettre en colère, mais il eut assez de perspicacité pour s'apercevoir qu'il ferait fausse route en agissant ainsi et donnerait prise à des accusations mal fondées, il est vrai, mais suffisantes pour entraver l'entreprise des missionnaires. Il se borna donc à faire observer au cabaretier qu'il y avait des peines édictées contre les insulteurs publics et que manquer de respect aux autorités, récriminer contre l'ordre établi, faire certaines allusions à certains faits, c'était se mettre volontairement sous le coup de la loi.

Aussi lâche qu'hypocrite, Grégoire n'eut garde de s'exposer. Après divers pourparlers relatifs à des questions de détails, on remit au capitaine les clefs de l'église, l'autorisant à la déblayer, à y faire les réparations convenables. Mais Léonard Villoz, indigné de cette faiblesse, qu'il appelait poltronnerie, écrivit de sa plus belle main sur le registre des délibérations du conseil, une longue, énergique et diffuse protestation contre le rétablissement du culte

Trinité, dans sa *Generalis Chronologia mundi*, un manuscrit de la bibliothèque de Grenoble intitulé : *Annuales Ordinis carthusiensis* ; le *Pouillé* de l'évêché de Grenoble ; la *Chronique*, de Nicolas Treveth, imprimée dans le *Spicilegium* du bénédictin don Luc d'Achéry. Notre roman historique, le *Rénégal de Mainvilliers*, est 'histoire détaillée, avec preuves et documents à l'appui, de cette épouvantable catastrophe.

catholique, acte prévu par les traités de Savoie et de Berne, et qui pouvait devenir un *casus belli*. Un paraphe enjolivé de lacs d'amour, entourant une signature en lettres d'un demi-pouce de hauteur, termina ce chef d'œuvre de logique et d'éloquence.

Trois jours plus tard, le temple de Dieu présentait un aspect moins désolé. Des vitres blanches remplaçaient les verrières et fermaient les fenêtres ogivales, fouillées à jour comme la dentelle que brodent les fées ; des tentures de serge rouge couvraient la nudité des murailles dont les fresques, défigurées par le charbon, s'étaient changées en images obscènes sous la main des estradiots bernois. L'autel, massif bloc de granit, grossièrement taillé, étalait ses candélabres d'argent, son grand crucifix d'ivoire et sa nappe de toile de lin. Au fond du chœur, on avait dressé une montagne couverte de mousse, environnée de hauts sapins, de bouquets de buis et de faisceaux de branches de houx, chargées de leurs fruits pourprés. Un sentier étroit serpentait sur le monticule et conduisait à une grotte protégée par un auvent, dans laquelle un enfant reposait sur une botte de paille entre un homme et une femme vêtus, l'un d'un pourpoint, l'autre d'une cotte et d'un surcot, comme en portaient le duc Charles-Emmanuel et la duchesse Catherine aux réceptions de la cour. Ces personnages, exécutés en cire, étaient l'œuvre de M. Clériadus de Genève, jaloux de contribuer, par son talent d'imagier, à la fête qui se préparait. L'idée de cette construction champêtre appartenait au capitaine Romuald, et il l'avait puisée dans ses souvenirs d'enfance. Seulement, le naïf soldat, prenant à la lettre l'Evangile, avait placé une couche de flocons de laine blanche sur le toit de l'étable pour figurer la neige. Il croyait la Palestine soumise aux mêmes influences atmosphériques que l'Europe et ne s'imaginait pas qu'il y eût des pays où la neige fût inconnue.

Nos lecteurs l'ont déjà deviné : ces préparatifs avaient lieu pour donner plus de solennité à la célébration de la grande fête de Noël.

Tandis que Romuald Schiffnetter se transformait en architecte, le cuirassier de la garde, en sculpteur, les argoulets, les estradiots, les lansquenets et les reîtres du château d'Allinges, en maçons, en charpentiers, en tapissiers et en décorateurs, Louis et François de Sales continuaient d'exercer leur dangereux ministère. Louis par-

courait les villages et les hameaux des environs. François partageait son temps entre la garnison du manoir et les habitants de la
bourgade. Il obtint beaucoup des soldats ; sa parole eut plus d'effet
que les édits et les règlements ; les duels qui décimaient la garnison, — il y en avait au moins un chaque jour, — cessèrent peu à
peu ; il parvint à démontrer les dangers moraux et physiques de
l'ivrognerie, et si les cabaretiers d'Allinges perdirent à ce changement, la garnison y gagna sous le rapport de la bonne tenue et de
l'observation de la discipline. Les cours, les corridors, les salles
de la forteresse ne retentissaient plus des jurons et des blasphèmes
qui naguère en faisaient vibrer les échos. Il y avait moins de que-
relles, moins de tapage, moins de punitions et plus de gaieté. En
huit jours, François de Sales s'était fait des amis intimes de tous
les officiers et de tous les soldats. C'était à qui montrerait le plus
d'émulation, à qui veillerait sur lui et lui rendrait le plus de services.

Aux habitants du bourg François prêchait deux fois par jour les
vérités de notre sainte religion. Il faisait ses sermons dans l'église,
où l'on avait descendu la chaire de la chapelle du château. Un
immense rideau dérobait aux curieux les travaux du chœur. Il
répondit à toutes les objections qu'on aurait pu lui faire, exami-
nant successivement l'existence de Dieu, l'immortalité de l'âme,
l'unité de l'Eglise, la vérité de sa mission et son autorité. Un jour,
Léonard Villoz, mû par un sentiment louable, celui d'éclaircir ses
doutes, lui posa les trois questions suivantes :

— Le christianisme primitif n'a-t-il point été modifié ? A quoi
sert la confession ? Pourquoi l'Eglise catholique s'obstine-t-elle à
se servir du latin, langue inconnue au vulgaire ?

François ne se déconcerta pas pour si peu, et résolut successivement ces trois objections, les plus répandues parmi les protestants. Il démontra que si le christianisme s'était modifié, ce n'était
que dans quelques-unes de ses formes extérieures, suivant en cela
l'ordre naturel des choses qui, partant d'un germe, n'arrivent
point immédiatement à leur maturité ; que l'Evangile ne s'est
point modifié, les catholiques le pratiquent dans toute sa pureté ;
que les sept sacrements sont d'institution divine, et que le culte
de la Sainte-Vierge, des saints, des reliques, remonte au temps
de la primitive Eglise.

Il démontra l'utilité, la nécessité absolue de la confession, pré-
venant des crimes ou des malheurs, réparant bien des fautes,
conservant la paix du cœur, consolant l'agonie des moribonds,
n'ayant d'autres ennemies que les passions.

Enfin, il fit comprendre à ses auditeurs que l'Eglise étant universelle, devait adopter une langue universelle et entra, à ce sujet,
dans une foule de développements inutiles à rapporter ici, car nos
lecteurs n'ont plus besoin d'être convertis.

Le ministre fut obligé de s'avouer vaincu.

Cette défaite fut suivie d'un grand nombre d'autres. Chaque
jour amenait une nouvelle victoire, si bien que François fut obligé
d'enseigner le catéchisme à plus de trois cents personnes, enfants,
vieillards, femmes et adultes. Grégoire Mathevey, son fils et sa
fille assistaient à toutes les réunions, de sorte que Faustin et
Sarah déclarèrent à leur père qu'ils voulaient abjurer le calvinisme et rentrer dans le giron de l'Eglise romaine. La colère du
cabaretier fut terrible. Des scènes abominables, semblables à
celles que nous n'avons pu raconter sans frémir, se renouvelaient
chaque jour dans sa maison. Il avait beau enfermer ses enfants
dans leurs chambres, il les retrouvait placés au premier rang
parmi les néophites au pied de la chaire du prédicateur. Aussi la
situation de ces malheureux enfants était-elle devenue intolérable.
Privés de nourriture, mal vêtus, exposés sans relâche aux brutalités de leur père, ils souffraient des tortures atroces. Mais ils
eussent enduré des tourments plus terribles encore plutôt que de
fléchir dans leur résolution.

Melchior de Miolans apprit de Romuald Schiffnetter et de M. de
Conzié les sévices exercés par ce père dénaturé contre ses enfants.
Il le manda aussitôt en sa présence. L'altier gentilhomme reçut
Grégoire Mathevey de façon à le faire trembler. Son sang bouillait
dans ses veines lorsqu'il pensait aux crimes de lèse-nature, commis par cet homme infâme. Ce fut d'une voix menaçante qu'il l'interrogea.

— Misérable ! s'écria-t-il, est-ce le cœur d'un loup ou celui
d'un chrétien qui bat dans ta poitrine ? Peux-tu ne pas tomber à
mes pieds en criant grâce ? Je connais tes cruautés et ne sais à
quoi tient que de juge je ne me fasse bourreau !

Grégoire essaya de balbutier une justification de sa conduite.

— Silence? meurtrier, cria de sa voix tonnante le comte de Montmayeur. En agissant comme tu as agi, tu as abdiqué tous les droits paternels. Tes enfants, tu ne les reverras plus ! Je les prends sous ma tutelle... sors, et que ta face odieuse ne paraisse plus devant moi, sinon elle pourra grimacer plus vilainement encore au bout d'une corde !

Terrifié par ces most accentués d'un ton terrible, le cabaretier s'éloigna en toute hâte, heureux d'en être quitte à si bon marché ! Lorsqu'il revint chez lui, il trouva sa maison vide. Faustin et Sarah l'avaient quittée un instant après lui sous la conduite du capitaine Schiffnetter. La rage de Mathevey s'exhala en cris impuissants. Il rugissait comme un tigre auquel on arrache sa proie et faisait des serments épouvantables de vengeance, chargeant de malédictions le prêtre et le soldat qui sauvaient ses enfants.

Ces faits se passaient la veille de Noël. Jacob le Rouge, Faustin, Sarah et Léonard Villoz devaient faire leur abjuration et recevoir le baptême le jour de saint Etienne. Tous les parrains étaient déjà désignés : Melchior de Miolans pour Jacob ; Romuald Schiffnetter pour Faustin ; le chanoine Louis de Brens pour l'ex-ministre Villoz ; Ferdinand de Conzié et Flavienne Dompnier pour Sarah.

En attendant ce jour bienheureux, la veuve Dompnier et sa fille étaient venues demeurer au château, où le gouverneur leur avait assigné un logement à côté de celui de Sarah et de Faustin. Les trois femmes passaient leurs journées à coudre les vêtements blancs que la fille de Mathevey devait porter le jour de son baptême, en chantant de pieux cantiques. Faustin, lui, quoique rendu bien joyeux par l'approche du jour où il deviendrait chrétien ne riait ni ne chantait. Il n'avait pas supporté impunément les brutalités de son père ; son corps était couvert de meurtrissures. Les souffrances morales, jointes aux mauvais traitements, développèrent en lui le germe d'une affreuse maladie. Il se mourait lentement, et tous ceux qui l'approchaient ne pouvaient se faire illusion et lui auguraient une fin prochaine. Lui-même était loin de se dissimuler la gravité de son état. Sa mélancolie habituelle était devenue une sorte de marasme dont la joie qu'il ressentait d'entrer dans une vie nouvelle contrebalançait à peine les effets.

Le bon Léonard Villoz avait aussi une large part de douleurs. Un

jour, en revenant à la maison, après avoir entendu le sermon du
missionnaire, il fit, au beau milieu de sa cour, un immense feu de
joie de tous ses livres calvinistes. Bibles interpolées, controverses, brochures, pamphlets, flambaient côte à côte avec les œuvres
lourdes et malsaines de Luther, de Calvin, de Zwingle, de Mélan-
chthon et des autres sectaires du même acabit. Qu'on juge de la
fureur de madame Balbine, pour qui ces épais volumes représentaient
un trésor de science en même temps qu'une valeur monétaire.
Cette fureur devint de la frénésie lorsqu'elle apprit que son mari
jetait aux orties le rabat de Genève, abdiquait sa charge de pasteur des âmes et rentrait dans le giron de l'Eglise romaine. Dès
lors la discorde se mit au camp d'Agramant, et le séjour de sa
maison devint impossible à l'ex-révérend. Sa femme le menaça de
l'abandonner. Il lui répondit par un tant mieux si fermement accentué, que la vieille furie, pour lui faire pièce, renonça *hic et
nunc* à mettre son dessein à exécution. Elle avait, du reste, réfléchi qu'elle se trouverait sans asile, car elle aimait peu son frère,
dont le caractère l'épouvantait justement. Villoz n'y gagna rien.
C'était une guerre de tous les instants, où les objets du ménage
servaient de projectiles. Tintin Mitié et la servante Elisabeth eurent le courage de résister à leur forcenée patronne et furent mis
à la porte, sans autre forme de procès.

CHAPITRE XX

La lune brillait au ciel, et ses pâles rayons, tombant sur la terre, aisaient miroiter comme un tapis de moire d'argent la neige dont .lle était couverte; les arbres, chargés de givre, ressemblaient à le gigantesques candélabres de cristal. Des milliers d'étoiles scin-.illantes parsemaient la voûte céleste dont l'azur, d'un bleu de sa-phir, n'était assombri d'aucun nuage. Les veilleurs de nuit ve-uaient de crier, de leur voix rauque et tremblante :

— Onze heures, citoyens, dormez en paix !

La cloche du château d'Allinges sonnait à toute volée, emplissant la campagne de ses tintements sonores éveillant mille échos en-dormis. Deux hommes se dirigeaient vers le bourg. Il eût été diffi-cile de les reconnaître : tous les deux étaient enveloppés de man-teaux drapés en mille plis ; leurs visages se cachaient sous l'ombre de leurs coiffures. Le plus grand possédait une haute stature dont l'ombre colossale s'allongeait démesurément derrière lui. Il portait une *celada* en acier bruni sur laquelle se jouait un panache de plumes rouges. Ses bottes, armées d'éperons, frappaient lourde-ment le sol durci par le gel.

— Brrr..., dit-il en rompant tout à coup le silence, j'ose à peine parler, car c'est un vrai miracle si mes paroles ne gèlent pas sur mes lèvres ! Savez-vous, monsieur le comte, que l'auteur du *Roman du Renart* a bien raison de présager vente bise pour ce 'our le Noël? *Les mots dorez du saige breton* (1) sont tout autant de mensonges, car ils annoncent moucherons à Noël et glaçons à Pâques... La peste étouffe..., mais qu'allais-je dire? continua le bavard personnage en se reprenant, laissons la peste aux gens d'Egypte, et gardons ce froid de loup qui produit une sensation si désagréable sur ma vieille carcasse. Ah! vraiment, il faisait plus chaud à la bataille de Saint-Quentin, où notre duc Tête-de-Fer défit si joliment les gens de France. C'était, il est vrai le 10 du mois d'août, jour de la fête du bienheureux saint Laurent, et nous subîmes, comme ce valeureux martyr, le supplice du gril!... Nous avalâmes ce jour-là plus de poussière que de vin, croyez-le, maître Jac... messire le comte, veux-je dire. Je combattais alors sous le gonfanon écartelé de France, de Castille et de Léon, du noble duc de Médina-Cœli, grand connétable d'Aragon, adelantado-mayor de Castille, qui possède quatre noms patronymiques, autant de duchés et de grandesses, sept marquisats et sept comtés. L'on peut nommer cela des grands seigneurs, monsieur de Chênemarie!... Il était aussi affable, aussi doux, aussi gracieux pour le soldat qu'un simple cornette de dragons, et c'est lui qui me rapporta ces paroles dites après la bataille par le roi Philippe à Son Altesse de Savoie, qui lui voulait baiser la main : *C'est plutôt à moi à baiser la vôtre qui m'a procuré une si belle victoire!* Est-ce parler noblement, hein? Il faut dire aussi que les savoyards avaient pris à l'ennemi cinquante drapeaux, trente bannières,, vingt guidons, dix-huit canons ou couleuvrines et tant de prisonniers qu'on n'en savait que faire.

Notre bienveillant lecteur n'aura pas besoin de faire un grand effort d'imagination pour reconnaître le personnage dont nous venons de reproduire les paroles. Il a déjà deviné Romuald Schiffnetter et notre ami Jacob le Rouge, lequel porte depuis la veille le nom et le titre auxquels il a droit.

---

(1) *Les mots dorez du grand et saige breton, en latin et français, avec plusieurs bons enseignements proverbes et dictz moraux des anciens, profitables à un chacun; plus aulcunes propositions subtiles, problegmatiques et enigmatiques, sentences, ensemble l'interprétation d'icelles.* Paris, 1557, un vol. in-8. Cet ouvrage est de Prosper Grosnet.

— Vous êtes un trésor d'érudition, répondit Charles de Chêne
marie avec un léger accent d'ironie. Un moine de Saint-Benoît
vous envierait votre mémoire et votre savoir ! Mais ces faits merveilleux sont bien loin de nous, capitaine, et le présent, à vrai
dire, m'offre plus d'attraits que le passé. Je suis heureux ! Ah ! si
Faustin pouvait guérir, il ne manquerait rien à mon bonheur !

Un gémissement fut la seule réponse que lui fit le vieux soldat.
Romuald se hâta de siffloter une villanelle pour cacher son émotion, car il n'estimait pas qu'il fut digne d'un homme d'épée de
pleurer comme une femme.

— C'est une joyeuse fête, murmura-t-il d'un ton sourd et d'une
voix tremblante qui cadraient mal avec ses paroles, il faut bannir
toute espèce de chagrin !... Dieu peut tout ! Fions-nous à lui.

— Ah ! je suis le dernier venu de ses enfants, à peine digne de
le prier, mais si, dans sa miséricorde infinie, il daignait exaucer
ma prière... Enfin ! espérons, cher capitaine, *contrà spem, speran-
dum* ! nous disait ce matin le bon monsieur de Sales.

Comme ils arrivaient à l'entrée du bourg, un spectacle dont
aucune description ne saurait rendre la splendeur, leur arracha,
malgré la tristesse de leurs pensées, un cri d'admiration. Une
foule silencieuse et recueillie se pressait dans la rue et sur la
place, se dirigeant par groupes distincts vers l'Eglise, dont les
vitraux étincelaient de clarté. Le plus grand nombre pénétrait
dans le lieu saint ; quelques-uns restaient debout sous le porche
ou s'asseyaient sur les marches du perron. A l'autre extrémité de
la voie principale débouchait un cortége magnifique. Trois cents
soldats, armés de toutes pièces et portant chacun une torche allu-
mée à la main, s'avançaient en bon ordre, bannière en tête, et
précédés de vingt tambours et d'autant de clairons. Le gouverneur, entouré d'une brillante escorte d'officiers, de gentilshommes
et de pages, fermait la marche. L'ardente lueur des torches jetait
des reflets sanglants sur les cuirasses d'acier, les boucliers da-
masquinés, les pourpoints de velours et de soie, les fourrures
précieuses ; elle faisait étinceler d'un incomparable éclat les broderies d'or et d'argent, les pierreries chatoyantes, les joyaux de
prix, semés à profusion sur les vêtements des chevaliers.

Entre le ciel et la terre, au sommet des rochers diaprés de neige,
la masse imposante du vieux manoir d'Allingés flamboyait comme

si l'on eût allumé derrière ses murailles un vaste incendie. Les vitraux coloriés de ses nombreuses fenêtres resplendissaient de toutes les nuances de l'arc-en-ciel et se découpaient, lumineux, sur les murs sombres et noirs.

On avait allumé de grands feux à la cime des tours les plus élevées, qui semblaient couronnées d'un diadème de flammes d'où jaillissaient d'immenses gerbes d'étincelles, dominées par un panache de fumée, qui allait ondoyant et se tordant en spirale, se perdre dans l'espace.

Le bourg tout entier était illuminé par ces torrents de lumière, et tous les détails du paysage ressortaient avec des oppositions bizarres d'ombre et de clarté qui lui prêtaient un aspect fantastique.

La cloche tintait sans cesse, envoyant des fusées de notes argentines s'unissant, dans un concert d'une harmonie indicible, au son guerrier des clairons, aux sourds murmures de la foule, au cliquetis des armes, au fracas du pas lourd des soldats.

Le comte et Romuald s'arrêtèrent d'un commun accord pour jouir à leur aise de la beauté du spectacle. Silencieux, absorbés dans leur admiration, ils attendirent que le dernier soldat fût entré dans l'église. La place était à peu près déserte. Deux ou trois groupes restaient stationnaires auprès du temple ; aucune clarté ne brillait aux fenêtres des maisons.

— Hum! dit soudain Romuald, il serait temps d'entrer, ce me semble. La messe va commencer, et je me soucie peu d'arriver à ma place après que le prêtre est à l'autel. Je rougirais de ne pas entendre depuis l'*Introïbo* jusqu'à la génuflexion de l'Evangile selon saint Jean, sans parler du prône et des chants, *et cætera*... Tiens! tiens! continua le capitaine d'un ton sérieux, voyez-vous ces deux ombres noires qui glissent en rasant le long des murailles hors de la ligne de lumière tracée par la réverbération de l'illumination du château ? Je n'aime pas les gens qui se cachent ; et vous, monsieur le comte ? Pas plus que moi, je suppose ? Sauf meilleur avis, il doit y avoir un complot là-dessous. Ces hypocrites huguenots ont été bien avenants à l'égard de nos missionnaires ! Or, je vous le déclare, leurs mines confites en dévotion ne me plaisent guère ; leur calme et leur douceur ne me paraissent pas du meilleur aloi !

Donc, il faut veiller comme... comme un bon nautonnier veille sur sa barque, — excusez la comparaison.

Les allures mystérieuses de ces personnages n'avaient pu échapper à l'œil perçant du capitaine et justifiaient amplement ses soupçons.

— Ecoutez! lui répondit Jacob d'un ton bref; il ne s'agit point de plaisanter. Il y a eu aujourd'hui même un conciliabule de calvinistes fanatiques chez Grégoire Mathevey.

— *Ohimé*! gronda Romuald, le cas est grave!

— Très-grave. Cet homme est furieux : on a eu l'imprudence de lui arracher ses victimes. Avez-vous jamais vu une tigresse privée de ses petits ? C'est la même chose, avec cette seule différence : le carnassier aime sa progéniture, il souffre dans son amour maternel, et cet homme, au contraire, voit sa haine réduite à l'impuissance.

— Je n'ai jamais vu de tigresse ni même de tigres, dit naïvement le capitaine. J'aurais pourtant pu voir ceux que l'empereur Soliman envoya au roi François; malheureusement, je faisais à cette époque la campagne de Smalkade, et en fait de bêtes féroces, je ne vis que l'ignoble figure de Martin Luther, lequel mourut en cette même année 1546.

— Passons. Grégoire Mathevey a voué une rancune mortelle à M. de Sales, au comte Melchior, à tous les catholiques. Il s'agit de prévenir un crime... cet homme est de ceux qui risquent l'échafaud pour assouvir une vengeance. Allez à la messe; moi je fais sacrifice du bonheur que j'éprouverais à y assister; ma présence est nécessaire ici, je ferai le guet aux alentours. Les poignards de ces conjurés d'une nouvelle espèce ne m'épouvantent point. Déjouer leurs combinaisons sera pour moi un plaisir véritable.

— Mais, s'ils allaient vous tuer?

— Bah! on ne tue pas comme cela un homme de ma trempe. Rassurez-vous, mon ami.

— Prenez garde! s'écria presque involontairement le capitaine.

Charles de Chénemarie se mit à rire et reprit avec un accent à la fois dédaigneux et résolu :

— Oh! oh! vous êtes plus poltron que je ne le croyais? S'il s'agissait de vous exposer au danger, vous le seriez bien moins.

Ne craignez rien. Ma rapière est solide : plus solide encore le bra
jui la tient. J'ai l'œil vif, l'oreille fine et la main prompte. Cel
vaut une escorte de dix lansquenets, ne vous en déplaise. Alle
lonc, et ne pensez à rien de tout ceci, capitaine.

Celui-ci acquiesça d'un geste bonhomme au désir de son ami, e
faisant un demi-tour sur lui-même il se disposa à s'éloigner. Tou
à coup, il répéta en sens inverse la conversion qu'il venait d'opé
rer, fit décrire à son torse une courbe suffisante pour mettre se
ièvres à la hauteur de l'oreille du comte, et lui souffla, à voix basse
et d'un air mystérieux, ces paroles énigmatiques :

— A propos, si vous en pouvez prendre votre charge, conservez
m'en une bonne poignée, mon ami.

— Une charge de quoi ? une poignée de quoi ? répondit le jeune
homme tout interloqué.

— Eh bien ! du trésor !

— Du trésor ?...

— Oui ! Parfaitement ! Précisément ! Certainement ! C'est bier
cela ! répéta Romuald en baissant la tête à plusieurs reprises, et
se déhanchant, en ponctuant chaque mot par une quantité de geste
affirmatifs dont la moitié eût suffi à vingt phrases dix fois plu
longues.

— Mais je comprends de moins en moins, s'écria M. de Chéne
marie, assez impatienté.

— Je vais vous expliquer la chose en deux mots, seigneu
comte !

— Bon ! si c'est en deux mots, vous en avez pour une demi
heure... Nos deux personnages sont arrêtés devant la maison
commune. Ils attendent notre départ. Vous avez le temps de me
conter votre histoire.

— Je serai bref : une fois en ma vie, cela ne peut tirer à conséquence. Ecoutez donc. En 1559, un gentilhomme de la garde écos-
saise, Comyn Dhu Mac Innas-Kerr de Glendalough, m'affirma ceci
Pendant la veillée de Noël, à minuit précis, la terre s'entrouvre
devant la porte des églises, et Satan apparaît. Il a le don d'ubiquité,
vous ne l'ignorez nullement. Or, le gouffre ainsi creusé conduit à
sept chambres superposées. La première contient de l'argent, la
seconde, de l'or, la troisième, des perles et ainsi de suite jusqu'à
la septième qui renferme des monceaux de diamants. L'homm

que le hasard a conduit là, peut descendre dans les entrailles de la terre, et remonter chargé d'incalculables richesses. Mais la vision commence au moment où le prêtre, tenant en ses mains la sainte Hostie, prononce les paroles sacramentelles... Si l'homme, avide de s'enrichir, n'a pas remis le pied sur le sol alors que la sonnette retentit, annonçant l'accomplissement du sacrifice, il devient la proie du démon... Vous me direz, poursuivit le capitaine en remettant sa voix à son diapason naturel, que ces gens d'Ecosse ont une imagination aussi longue que leurs braies sont courtes. Ce sont des sauvages montagnards, il est vrai, mais on ne peut nier des faits aussi évidents. Le malin a bien d'autres cordes à son arc. Faites qu'il ne vous tende point d'embûches, et Dieu nous préserve de tomber sous sa griffe...

Sur quoi, le soldat s'éloigna d'un pas rapide.

. . . .

Comme il entrait dans l'église, François de Sales montait à l'autel. Il avait pour servants de messe deux pages de Montmayeur ils avaient changé leur brillante livrée contre de simples robes de lin. C'était un spectacle émouvant et grandiose à la fois. Melchior de Miolans, prosterné sur un prie-dieu dressé devant la balustrade de l'autel, priait avec une ferveur angélique. Un décuple rang de soldats remplissait le milieu de la nef ; sur les bas-côtés, une foule de femmes, d'enfants, de vieillards s'agenouillaient sur les dalles humides. Au fond, sous la tribune de l'orgue, il y avait un groupe d'hommes au regard sombre qui frémissaient de rage, se voyant forcés à l'admiration.

, Car c'était admirable que de voir ces vieux soldats, blanchis sous le harnois de guerre, fléchir le genoux devant cet autel couronné d'une humble crèche, sur la paille de laquelle reposait un tout petit enfant, sauveur du monde. Ils avaient combattu dans cent batailles, marché dans le sang, heurté des piles de cadavres ; ils ignoraient la peur ; ils ne connaissaient ni les joies, ni les douleurs de la famille ; à peine se rappelaient-ils qu'ils avaient eu une mère... Cependant, en face de ce jeune prêtre au visage inspiré qui célébrait le plus auguste des sacrifices, ils sentaient leurs cœurs s'attendrir... Peut-être n'avaient-ils jamais pleuré, et ils sentaient des flots de larmes emplir leurs paupières. Ils balbutiaient des prières qui se composaient de trois mots : Dieu espoir pardon

Ah ! les anges durent sourire à cette ignorance qui s'exprimait naïvement, sans poésie, sans abondance de langage, mais qui était si grande, si pleine d'éloquence et de sincérité. Et Marie, fleur qui donna le fruit, sans cesser d'être fleur, jetait sur eux, du haut des cieux, ce regard embrasé d'amour où l'on reconnaît la mère.

Oh ! c'était bien un jour d'allégresse...

La fête ne pouvait être plus belle sous la coupole de la basilique du Vatican, sous les voûtes du dôme de Milan, sous les arceaux gothiques de Notre-Dame-de-Paris. Dieu renaissait dans cette humble église d'où s'élevait un concert de prières d'autant plus précieuses qu'elles venaient, non de saints, mais de pécheurs.

Noël ! Noël !

Jésus est né...

Les prophètes disaient :

« Réjouissez-vous, filles de Jérusalem et de Sion. Voici que le Seigneur viendra ; une immense lumière éclairera ce jour ; les montagnes distilleront la douceur ; des collines couleront et le lait et le miel, parce que le grand prophète sera venu et renouvellera Jérusalem ; voici que Dieu viendra, homme de la maison de David, pour s'asseoir sur son trône ; vous le verrez, et votre cœur sera dans la jubilation :

« Voici que le Seigneur viendra, notre protecteur, le saint d'Israël, portant le diadème des rois. Et sa domination s'étendra d'une mer à l'autre, du fleuve aux extrémités de la terre... Les rois l'adoreront, et toutes les nations se prosterneront devant lui. »

Ce fut encore plus beau lorsque ces hommes vinrent se mettre à genoux devant la table de communion et soulevèrent de leurs mains jointes la nappe de lin pour recevoir le corps trois fois sacré de leur Seigneur et de leur Maître. Il y en eut plus de deux cents qui s'approchèrent ainsi de l'autel, tremblants devant la majesté de Dieu, eux que les mugissements du canon n'avaient pu faire trembler, eux qui riaient dans la mêlée, eux qui raillaient la mort. Pendant ce temps, un chœur de voix céleste, de voix d'enfants et de jeunes filles retentissaient sous la voûte à demi effondrée de la

L'Apôtre. 14

vieille église. Elles chantaient le cantique d'allégresse, l'hymne de louanges :

> loire à Dieu, au plus haut des cieux,
> Et paix sur la terre aux hommes de bonne volouté.

Enfin, la messe achevée, le prêtre bénit cette multitude ; soldats, vieillards, adolescents se courbèrent sous le signe de la croix... Noël !... Noël !...

CHAPITRE XXI

POUR FAIRE SUITE AU PRÉCÉDENT, AVEC L'EXPLICATION D'ICELUI.

Les deux personnages mystérieux qui avaient éveillé l'attention du capitaine Schiffnetter ne parurent pas s'apercevoir qu'ils étaient épiés. Charles de Chênemarie, accroupi derrière le piédestal de la croix, ne perdait aucun de leurs mouvements. Voyant la place absolument déserte, ils n'hésitèrent plus et, la traversant dans une partie de sa largeur, ils s'arrêtèrent devant le cabaret de la *Pomme d'Api*. Charles entendit, malgré la distance, la pène claquer dans la serrure et le battant de la porte retomber lourdement sur le chambranle. Aussitôt il s'élança et courut vers la maison de Grégoire Mathevey. L'une des croisées de l'étage supérieur s'illuminait, au même instant, d'une vive lueur :

— Ils sont dans la chambre de Faustin, pensa le jeune homme. Comment pourrais-je voir et entendre?

Une réflexion soudaine lui fit entrevoir le moyen d'arriver à ses fins. Un marronnier élevait son tronc raboteux, d'où s'élançaient plusieurs branches énormes, tout auprès de la maisonnette, et l'une de ses branches en contournait l'angle, mêlant ses rameaux aux lianes de la vigne vierge. Or la chambre de Faustin était précisément située à cet angle. Embrasser le tronc de l'arbre, arriver à l'extrémité de la branche, fut pour l'agile jeune homme l'affaire d'un instant. Ainsi placé, il pouvait tout voir et tout entendre. Son regard plongeait, à travers les vitres en losanges, encastrées d'un réseau de plomb, dans une petite pièce à plafond bas, meublée d'une misérable couchette, d'une table boiteuse et de quelques rayons d'une trentaine de volumes. Ce réduit obscur était naguère la demeure de Faustin. Une lampe éclairait les acteurs de cette scène, en qui Charles reconnut le père et la tante de son malheureux ami. Les traits de dame Balbine réflétaient une exaltation violente. Une rougeur fébrile les animait; ses yeux gris brillaient d'une flamme sombre et jetaient des regards pleins de fureur et de haine. Le visage de Grégoire Mathevey exprimait les mêmes sentiments. Tous les deux semblaient discuter avec animation. M. de Chénemarie put recueillir quelques fragments de leur entretien:

— Et je te dis, moi, s'écria Balbine de sa voix aigre, avec un geste solennel, je te dis que c'est une œuvre pie, une œuvre sainte, une œuvre méritoire devant le Seigneur! Les fils de Jacob ne massacrèrent-ils pas Sichem, fils d'Hémor, son père et tout son peuple, pour venger l'enlèvement de leur sœur Dinah? Moïse ne tua-t-il pas un Egyptien qui frappait un Israélite et dont il cacha le cadavre dans le sable? Othoniel tua Chusan, roi de Mésopotamie; Aod poignarda Eglon, roi de Moab et délivra les enfants d'Israël des Moabites.

— C'est vrai, femme, s'écria Grégoire en tressaillant, l'Ecriture nous apprend ces choses. Mais n'est-il point dit aussi: Tous ceux qui prendront le glaive périront par le glaive?

— Et qui le saura?

— Dieu!

La furie bondit comme une tigresse à qui l'on arrache ses petits, et glapit, en frémissant de rage:

— Frère, c'est Dieu qui commande ce meurtre. L'abomination de la désolation couvre tout Israël !... Nos frères se prosternent devant cet homme à la barbe blonde. Il t'a ravi et ton fils et ta fille, l'espoir de ta vieillesse, la gloire de tes cheveux blancs... Je suis veuve à cause de lui. Il m'arrache mon époux, il fait de tous ceux-là des sectaires de Rome, la Babylone papiste ! Et tu refuses de te venger de cette injure !

— Femme, je n'ose pas, balbutia Grégoire en se couvrant le visage de ses deux mains.

— Ah ! tu n'es pas mon frère, alors ! As-tu moins de courage qu'une pauvre femme ? Judith se rendit au camp des Assyriens et trancha de ses propres mains la tête d'Holopherne et le grand-prêtre lui dit : « Tu es la gloire de Jérusalem et la joie d'Israël, tu es l'honneur de notre peuple et tu seras bénie à jamais. »

— Femme, tu es un démon tentateur, n'ajoute pas un mot, tu me rendrais fou.

— Mieux vaudrait pour toi être fou que vivre déshonoré, Grégoire Mathevey !

— Assez ! je te l'ai dit, ce meurtre... Je ne puis... je n'ose !

Balbine éclata d'un rire strident, comme le cri de la lime mordant sur l'acier. Puis elle reprit, en donnant à ses paroles un accent de terrible raillerie :

— Tu n'oses pas ?... Le vieillard était débile, usé, presque moribond... il était ivre le soir où tu le poussas... La chute fut mortelle. N'as-tu jamais senti de remords ? Cela vous lacère le cœur, Grégoire ; cela ressemble à des aiguilles de fer rougi au feu que l'on promènerait incandescentes sur la chair vive... Mais, peux-tu connaître ces supplices, toi qui n'as plus de cœur ! Allons donc, lâche ! assez d'hypocrisie. Entre nous, c'est bien inutile. Tue, tue cet homme, non parce que c'est un papiste, mais parce que c'est un prêtre, mais parce qu'il t'a arraché d'entre les mains cet enfant que tu hais... Et tu le hais parce que tu crains qu'il ne te fasse, un jour, subir la loi du talion, devenant parricide, étant fils d'un parricide... Tu le hais à cause de sa supériorité, à cause de son intelligence ; et moi, je le hais... veux-tu savoir pourquoi ? Parce qu'il n'aurait pas le courage d'imiter ton exemple et de t'assassiner, comme tu assassinas... le vieillard !

Grégoire fit un geste de rage et parut prêt à s'élancer sur sa sœur... Il se mit à parcourir la chambrette, en tournant sur lui-même comme un lion dans sa cage.

— Va, continua l'affreuse mégère, ce prêtre ne se défendra pas. C'est un saint, tu en feras un martyr. Eh bien ! consens-tu à laver dans le sang l'injure qu'il m'a crachée au visage ?

Le cabaretier était arrivé au paroxysme de l'exaltation

— Maudite sois-tu, rugit-il. Ah ! tu es bien de mon sang... Oui, il le faut !... Je le veux !... Je le tuerai, cet homme... Je veux sentir l'acier de mon poignard entrer dans ses chairs frémissantes et grincer sur ses os... Il mourra dans les affres d'une horrible agonie... Son sang ruissellera tiède, âcre sur mon corps, et puissent les esprits infernaux faire qu'il retombe sur la tête de l'enfant... Ah ! maudit soit le jour exécré où ma mère me jeta sur la terre.

. . . .

La foule s'écoulait, silencieuse... Les soldats sortirent de l'église, en bon ordre, en criant :

— Noël ! Noël !

M. Louis de Brens marchait à côté du gouverneur. François de Sales avait déclaré qu'il resterait à l'église le reste de la nuit. Il voulait célébrer encore la messe de l'aurore, puis celle du jour. Le gouverneur s'était, il va sans dire, rendu à ses désirs. Mais il avait prié Romuald Schiffnetter, de veiller de près sur le saint missionnaire. Une heure plus tard, les rues d'Allinges étaient désertes, nombre de fenêtres demeuraient illuminées, on entendait le cliquetis des verres, mêlés à des chants, à de joyeuses exclamations. Il y avait bien longtemps que les gens d'Allinges n'avaient pas célébré le réveillon dans les joyeuses nuits de Noël.

Romuald Schiffnetter sortit de l'église, lorsqu'il se fut assuré que nul ne pouvait l'épier ; il tenait à conserver la liberté de ses mouvements. Il s'enveloppa soigneusement de son manteau et se mit à se promener de long en large, en se livrant au monologue le plus intéressant :

— Bon ! se disait-il, voilà M. de Sales en sûreté. Les projets de nos mystérieux conjurés seront déjoués sans coup férir... Messire François ne veut mie quitter l'église avant d'avoir dit la messe de l'aurore... M'est avis que peu de fidèles y assisteront... D'abord la garnison sera trop occupée ce matin... Puis, j'entends certaines onomatopées, comme dirait le plus crotté de mes amis, Amadis,

Jamyn de Troyes en Champagne, lequel est un poëte fameux et
fait joliment mentir le proverbe : quatre-vingt-dix-neuf moutons
et un Champenois font cent bêtes... Je voudrais bien savoir si
Troyes en Champagne est la même ville qui fut assiégée par les
rois de la Grèce et emportée par surprise ?... M. de Conzié m'en
parlait ces derniers jours et me disait que cette Troyes se nommait
Illion... Pour en revenir aux susdites onomatopées, — ce mot est
plein de mystères ! — elles me démontrent que les huguenots
savent aussi réveillonner. Cela me fait venir l'eau à la bouche et
me rappelle ce noël fameux de messire Lucas Lemoigne, curé de
Notre-Dame du Puy-la-Garde, en Poitou.

Il alla s'asseoir sur une marche du perron, ramena les plis de
sa cape autour de ses jambes et commença d'une voix peu mélo-
dieuse, à chanter le noël de messire Lucas :

> *Conditor*, le jour de nouel
> Fist un bancquet, le nompareil
> Que fuct faict passé à longtemps,
> Et si le fils à tous venons. Noël !

— Peste ! grommela-t-il entre ses dents, je suis légèrement
enrhumé, ce me semble ! J'avais la voix plus claire, quand j'étais
simple argoulet à la solde du baron de Bolviller... Je crois encore
l'entendre, ce digne seigneur, lorsqu'il dit aux gens de Bourg :
« S'il s'en trouve parmi vous qui ne soient pas de ma ligue, je mets
tout à sac, à feu, à sang ! » Pourtant, il n'avait pas plus de deux
mille hommes de pied et les douze cents chevaux que lui avait
fournis M. le roi de Bohême ; avec cela il eût voulu reconquérir les
états du duc *Scianca-ferro* !

Et il se mit à fredonner, en essayant vainement d'adoucir les
sons rauques de sa voix :

> Il y avait perdrix, chappons,
> Oyseaulx saulvaiges, des hairons,
> Levraulx, congnilz (1), aussi faisan
> Pour toutes manières de gens. Noël !

(1) Lapins.

Biscuyt, pain d'orge et gasteaulx,
Fouaces, chogues, cassemulseaux (1),
Pain de chapitre et eschaudez
Amanger si le demandez. Noë

Il y vint un bon bouteiller,
Qui ne.....

Le vieux soldat s'interrompit brusquement et se dressa de toute sa hauteur, un pistolet dans une main, son épée de l'autre. La cause de cette alerte c'est qu'une forme noire venait d'apparaître inopinément devant lui.

— Qui vive? s'écria Romuald.

— Ami, répondit une voix bien connue.

— C'est vous, monsieur de Chénemarie?

— Oui, mon cher capitaine.

Ce dernier remit sa rapière au fourreau, suspendit le pistolet à la boucle de sa ceinture et vint droit au jeune seigneur en disant :

— Tant mieux ! tant mieux ! monsieur le comte. Je ne me divertissais guère sur ce siége de pierre, froid comme glace. Je fredonnais pour me distraire le noël de Puy-Lagarde. Vous savez

Il y vint un bon bouteiller
Qui ne cessa onc de verser,
Tant que un barrault il asséca.
In sempiterna secula. Amen. Noël!

— Il s'agit bien de chanter ! s'écria Charles de Chénemarie avec un air de profonde tristesse. La vie de notre bienfaiteur est menacée, ami Romuald : il faut veiller, si nous ne voulons pas que ce our de fête devienne pour nous un jour de deuil.

Et il dépeignit, dans toute son horrible réalité, la scène dont, par la permission de Dieu, il venait d'être témoin. Il sut donner à ses paroles un tel accent de vérité, il répéta si fidèlement l'entretien de Grégoire avec sa sœur, qu'il fit passer dans les veines de son

(1) Pâtisseries.

auditeur un frisson d'épouvante. Romuald fut presque incrédule.
Il n'osait concevoir la pensée d'un si lâche attentat; il ne pouvait
comprendre par quelles suggestions de l'enfer, une femme formait
de tels projets, par quelle punition de Dieu elle possédait l'art de
persuader un homme comme Grégoire, d'exciter son fanatisme,
d'enflammer son imagination en interprétant faussement la Sainte
Ecriture et de l'amener à commettre un meurtre sans honte, sans
regrets, sans remords. Il fut pourtant forcé de se rendre à l'évidence, mais si tout autre que Charles de Chênemarie était venu lui
révéler de semblables crimes, il eut refusé de le croire.

— Il s'agit de tirer ceci au clair, murmura-t-il, atterré par les
renseignements du comte. Ces gens-là ont évidemment des com-
plices : Balbine doit agir sous l'instigation de quelque misérable...
Maître Jehan Wildbunt, l'ambassadeur de Berne que nous avons
si rudement traité l'autre jour, n'est pas étranger à cette affaire, je
le gagerais.

— Berne et Genève ont évidemment un grand intérêt à se débarrasser de M. de Sales, ajouta le comte. Le Père Chérubin de
Maurienne, qui prêche contre la réforme dans cette seconde ville,
est obligé de prendre des précautions infinies pour sauvegarder son
existence.

Romuald Schiffnetter, doué d'une merveilleuse faculté d'observation, d'une rare sagacité et de promptitude de conception nécessaire aux hommes de guerre accoutumés à lutter sans relâche
contre les ruses de l'ennemi, avait déjà combiné son plan. Il
l'exposa d'une voix brève et rapide à son compagnon

— Ecoutez, dit-il, monsieur le prévôt ne connaît pas dame
Balbine. Cette femme le sait à l'église, seul. Elle va venir le chercher sous un prétexte quelconque et l'emmener hors du bourg.
L'abbé ne se laisserait pas égorger sans crier, et nos deux gredins
ont peur de se compromettre ; ce n'est donc pas ici qu'ils exécute-
ront leur infâme dessein. Nous pourrions déjouer toutes ces combinaisons en nous montrant à dame Balbine, ou bien en arrêtant
le Mathevey, mais ce serait à recommencer : après celui-là un
autre. Du reste, M. de Sales s'expose trop. Il est bon qu'il reçoive
une petite leçon. Ne vous inquiétez pas, suivez-moi et tâchez
d'imiter exactement chacun de mes mouvements.

Il y avait, auprès de l'église un énorme tas de moellons dont on avait récemment débarrassé l'intérieur du lieu saint. Ces décombres, amoncelés à l'angle de la muraille, offraient une cachette sûre d'où l'on pouvait tout voir sans être vu. Charles et le capitaine s'y embusquèrent, l'épée à la main et le poignard entre les dents.

Bientôt ils virent s'éteindre la faible lueur qui brillait à l'étage du cabaret de Grégoire. La porte s'ouvrit en grinçant sur ses gonds, puis fut refermée avec précaution. Une forme humaine, à peine distincte au milieu de l'obscurité, glissa le long des maisons de la rue aux Oyes et disparut presque aussitôt. Ils ne tardèrent pas à voir apparaître dame Balbine, enveloppée d'une mante et de voiles qui la déguisaient entièrement. Elle avança d'un pas furtif, monta les six marches du perron et pénétra hardiment dans le temple.

— Attention ! soupira le capitaine d'une voix moins élevée que le susurrement de la brise. Ne bougez non plus qu'une image, ami Charles.

Il remit son épée au fourreau, ne conservant à la main que sa dague, mignon joujou à coquille de nacre avec lequel il perçait facilement un angelot d'or, et s'accroupit derrière les pierres avec la prestesse d'un chat. Cinq minutes s'écoulèrent. La porte de l'église se rouvrit, et dame Balbine se montra sur le seuil de l'église accompagnée de François de Sales. Elle s'arrêta au bas du perron.

— Prenez la rue aux Oyes, dit-elle au saint prêtre, suivez la route de Margencel, vous trouverez à droite un étroit sentier qui vous mènera à la cabane de Jérôme Fouard.

Hélas ! poursuivit-elle en feignant de sangloter, ma pauvre sœur a été prise d'un mal subit... elle veut abjurer l'hérésie et mourir catholique... Oh ! pressez le pas... moi, je cours chez le barbier du bourg, lequel est un habile physicien.

François de Sales n'en demanda pas davantage. Dans sa naïve bonne foi, dans son ardeur à faire le bien, il ne songeait nullement à sa sûreté, se préoccupant avant tout de sauver les âmes. Dût-il mourir sur la brèche, il n'eût jamais consenti à modérer son zèle, et il oubliait, en présence des larmes et des paroles artificieuses de cette femme, les lois de la plus simple prudence. Il prit donc, d'un pas hâtif, la direction que Balbine venait de lui

ındiquer, et celle-ci, satisfaite du succès de sa ruse, reprit paisiblement le chemin de sa demeure.

Il n'y avait pas une minute à perdre. Le capitaine et Chénemarie
firent en courant le tour de l'église, sortirent du bourg et le tour-
nèrent à travers champs, derrière les vergers et les jardins, sans
ralentir la rapidité de leur course. Ils ne tardèrent pas à se trouver
à l'endroit où commençait le sentier désigné par Balbine. C'était
un étroit passage ménagé entre deux rangées de vieux saules
entremêlés de bouquets de coudriers, de ronces et de buissons ;
arbres et arbustes formaient un inextricable fourré de lianes, de
branches, de rameaux et d'épines. Le long d'une de ces haies, la
neige avait fondu et laissait un petit espace de terrain libre. A
vingt pas de là s'élevait un *murger*, sorte de muraille construite
avec des pierres non liées avec du mortier. Schiffnetter devina
que l'assassin devait être embusqué derrière ce murger. Il fit
signe à Charles de s'arrêter et de se tapir derrière la haie. Puis,
mettant sa dague entre ses dents, il se débarrassa, avec une dexté-
rité sans égale et sans faire le moindre bruit, de son épée, de sa
ceinture et de sa cape. Après quoi, il se baissa lentement, s'étendit
sur le sol et se mit à ramper lentement sur la terre nue. Comme
il tournait l'angle du murger, François apparaissait à l'entrée du
sentier.

Il allait vite, le chapelet à la main, et priait pour l'âme qu'il
croyait en péril de mort.

Tout à coup un léger bruit réveilla les échos endormis : Grégoire
armait un pistolet ; il craignait de trembler en se servant d'un
couteau. Les plus lâches d'entre les lâches préfèrent tuer de loin...
François n'entendit pas. Il continua d'avancer... un éclair brilla...
une détonation retentit, suivie aussitôt d'un cri de rage et du
cliquetis du fer contre du fer... Puis des imprécations étouffées,
des blasphèmes et des rugissements de colère troublèrent le silence
de la nuit. Un éclat de rire homérique y répondit.

Charles de Chénemarie, en trois bonds, se trouva sur le théâtre
de la lutte...

François de Sales ne ressentit aucune terreur. Il poursuivit
résolument son chemin et se trouva bientôt en présence d'un
étrange spectacle.

Grégoire Mathevey, couché sur le sol, se débattait vainement sous les étreintes du robuste lansquenet. Ses jambes et ses bras étaient déjà garrotés avec une solidité à toute épreuve, et Romuald s'occupait à le bâillonner avec le même soin. Le digne homme, sans pitié pour l'ennemi qu'il venait de vaincre, insultait à sa défaite en riant de tout son cœur.

Le comte, nonchalamment appuyé sur son épée nue, se bornait à contempler cette scène qui, après avoir menacé d'être fort tragique, devenait d'un comique achevé.

François, effaré, voulut d'abord porter secours à celui qu'il voyait se rouler sur le sol en poussant de sourds gémissements ; son premier mouvement fut de défendre le faible contre le fort, mais il reconnut d'abord le capitaine et son ami Charles. Il entrevit alors une partie de la vérité.

— Que se passe-t-il donc? demanda-t-il, ému malgré lui, et tout effaré de se trouver, en rase campagne, à cette heure de la nuit, en présence de ses deux amis qui, certes, n'étaient pas venus là dans le simple but de faire une promenade sentimentale...

— Têtebleue!... monsieur le prévôt, s'écria Romuald hors de lui-même en voyant son plan si bien réussir, vous êtes bien heureux d'avoir deux bonnes lames comme celle de Chénemarie et la mienne à votre service !... Il se passe que le mécréant que voici, renégat, huguenot, parricide, assassin, caressait le doux espoir d'ajouter un crime nouveau à la kyrielle déjà bien longue de ses méfaits... Caché derrière ces pierres, il vous visait depuis cinq minutes et je dois avouer que, pour un individu qui n'en fait pas sa profession, il sait ajuster fort bien un homme au bout de son point de mire. Heureusement, je me trouvais là et je suis arrivé à temps pour lui saisir le bras et faire dévier le canon de son pistolet. Alors cet excellent monsieur a voulu se redresser, je l'ai terrassé en un clin d'œil, et, comme vous pouvez vous en assurer, si vous en daignez prendre la peine, il est à cette heure proprement ficelé. Eh ! eh ! poursuivit le soldat d'un ton goguenard et en s'adressant à l'assassin, vous voyez, monsieur, que nous connaissons notre métier. *Mucho sabe la raposa, pero mas el che la toma.* Je traduirai ceci pour votre agrément personnel : le renards en sait long, un peu moins pourtant que celui qui le prend.

— Mais, reprit François, encore mal revenu de sa surprise, comment vous trouvez-vous ici?

— Ah ! ceci est une autre histoire, dit à son tour le comte Charles.

Alors il conta brièvement au missionnaire les divers événements de la soirée, l'entretien de Grégoire avec dame Balbine, en un mot tout ce que notre lecteur connaît déjà suffisamment

François fut atterré par ces révélations.

Il remercia d'abord le Seigneur d'avoir veillé sur lui et de lui avoir suscité des sauveurs.

— Mon Dieu, dit-il, soyez mille fois béni de m'avoir tiré du danger. Ma vie est à vous et vous pouvez en disposer comme il plaît à votre volonté ; je m'incline d'avance devant vos décrets. Mais, je vous remercie, ô mon Dieu ! d'avoir placé deux braves cœurs entre le poignard de cet homme et ma poitrine, et de m'avoir ainsi donné l'occasion d'adorer votre éternelle prévoyance et votre bonté infinie.

Ces mots dits, il s'approcha de Grégoire qui gisait à demi-évanoui, s'agenouilla auprès de lui et se mit en devoir de délier les cordes qui étreignaient ses membres.

— Que faites-vous ? s'écrièrent à la fois Romuald et Charles.

— Je fais mon devoir, dit François d'un ton ferme et en continuant sa tâche, Dieu ne nous ordonne-t-il pas le pardon ?

— Oui, s'écria Chénemarie en arrêtant le bras du prêtre, mais celui-là n'est pas seulement votre ennemi ; c'est l'ennemi de la société entière, c'est un parricide, c'est le bourreau de ses propres enfants.

François hésita un instant. Le comte disait vrai : Grégoire appartenait à la justice humaine, et nul n'a le droit d'entraver l'exécution de ses arrêts. Cette irrésolution fut de courte durée :

— Non , dit-il, je ne sais pas ce que cet homme a fait, je ne le connais pas... Au nom de Jésus-Christ, je lui pardonne. Si la justice humaine a quelque chose à lui reprocher, elle saura bien le trouver : nous n'avons aucun mandat pour agir contre lui

Ayant achevé de dénouer les cordes, il aida le misérable à se relever. Romuald grommelait à part lui contre cette générosité intempestive :

— Faites mieux ! s'écria-t-il d'un ton ironique , demandez-lui pardon de ne vous être pas laissé tuer par lui ! Il vous en cuira, monsieur le prévôt, d'agir ainsi à l'égard d'un vaurien pareil... Qui sait ? Demain peut-être, il essaiera de vous...

— Paix ! interrompit François d'une voix sévère, demain Dieu me protégera comme il m'a protégé aujourd'hui. Voulez-vous livrer au bourreau le père de votre ami, capitaine, le père de votre fiancée, Chénemarie ? Allez, mon ami, et ne péchez plus, dit-il en s'adressant au criminel, je vous pardonne et vous promets en mon nom aussi bien qu'en ceux du comte de Chénemarie et du capitaine Schiffnetter que nul ne saura jamais ce qui s'est passé en ces lieux.

Grégoire, depuis l'instant où le missionnaire était intervenu n'avait pas prononcé une syllabe. Il ramassa son manteau et sa toque, se couvrit de l'une et s'enveloppa de l'autre ; puis, après avoir fixé d'un air hautain le gentilhomme et son compagnon, il s'approcha de François, lui saisit la main et la baisa, sans articuler un seul mot. Il s'éloigna ensuite lentement, sans regarder en arrière, sans manifester en aucune façon les sentiments qui s'agitaient en lui.

Un peu après, les autres reprirent le chemin du bourg.

CHAPITRE XXII

ADIEUX.

Nous croirions agir avec présomption si nous entreprenions la tâche de décrire la cérémonie du baptême des quatre catéchumènes convertis par François de Sales, et dont la conversion devait ramener le Chablais tout entier à la foi catholique. De même il serait au-dessus de nos forces de donner une forme à la joie de ces nouveaux fils de l'Église ; des sentiments de ce genre, nous l'avons dit et nous le répétons, sont inexprimables : on les ressent, on ne peut les analyser.

Franchissons donc un espace de trois jours. Nous nous retrouvons, le 29 décembre, dans la chambre de Faustin, au château d'Allinges. L'émotion qu'il a ressentie en sentant l'eau régénératrice inonder son front n'a fait qu'aggraver ses souffrances ; une commotion violente a bouleversé tout son être. Le mal, impitoyable, a produit d'immenses ravages dans ce corps usé, affaibli. Chose étrange ! au milieu de cet affaissement, de cette prostration physique, l'intelligence a conservé toute sa grandeur, l'esprit toute son acuité, le cœur son ardeur de sensation. Le corps penche vers la tombe : c'est une ruine, un cadavre animé par un dernier souffle... L'âme se dégage, lumineuse, splendide, de ce monceau de pourriture et se montre dans toute sa radieuse beauté.

L'enfant est là, étendu dans un grand fauteuil, auprès d'une fenêtre. Des coussins le soutiennent de tous côtés ; un tapis de fourrure blanche se drape autour de lui. Un rayon de ce pâle soleil d'hiver tombe sur son visage, à travers les vitraux émaillés des couleurs les plus vives et met un reflet rose sur ses traits blêmis. Ses mains s'allongent, effilées, jaunes comme des mains de cire, sous la couverture moelleuse. L'œil, enfoncé dans son orbite profonde, n'a plus de lueurs ; le regard qui s'en échappe est terne, froid, indifférent.

L'on voit que ce pauvre malade attend l'heure de la délivrance, patient, résigné, heureux de mourir et n'ayant plus l'espérance de vivre.

Son ami, son autre lui-même, Charles de Chénemarie est à ses côtés. Son bras entoure le col de Faustin, son regard fixe le sien, son visage se penche sur celui de l'être aimé. Il voudrait bien pleurer, son cœur est gonflé de larmes ; il n'ose pas : il craint d'effrayer l'enfant, de ternir sa joie, de troubler le calme de ses derniers instants.

Ils sont seuls. Ne faut-il pas qu'ils se disent adieu, ou plutôt au revoir ? Ne faut-il pas que leur amitié s'épanche encore une fois, la dernière peut-être, en un tendre entretien. La mort a marqué l'un d'eux du signe fatal. Dieu rappelle à lui cette âme assez épurée par le creuset de la souffrance...

Charles se taisait, impressionné malgré lui par ce terrible spectacle d'un jeune homme expirant à la fleur de son âge et sentant chaque heure annoncer l'instant de sa mort. Il entendait un bourdonnement lugubre bruire à ses oreilles et répéter les sons lents du glas funèbre. Il sentait son cœur battre sourdement dans sa poitrine ; il lui semblait que chacune des douleurs lancinantes qui brisaient sous leurs étreintes de fer le corps de Faustin se répercutait sur lui-même ; que chacune de ses pensées avait un écho dans son esprit.

Le silence lui pesait horriblement et il n'osait pas le rompre. Ses tempes battaient à la seule pensée d'affronter ce suprême entretien. Le moribond comprit les angoisses de son ami. Avec une délicatesse infinie il prit le premier la parole. Sa voix faible modulait des sons harmonieux, on eût dit la voix d'un ange ou d'un enfant au berceau.

— Charles, dit-il, vois combien la nature est belle... Arbres et buissons ont perdu leur éblouissante parure de neige... Il n'y a

plus de diamants ni de cristaux suspendus aux rebords des toits...
Le ciel est pur, limpide... le soleil dore la cime de nos Alpes bien-
aimées. N'est-ce pas? on ne peut se lasser d'admirer !

Charles de Chénemarie baissa la tête et n'osa répondre.

Il avait peur qu'un cri ne trahît ses angoisses et il se tut, compri-
mant, à force d'énergie, sa tristesse et sa douleur. Faustin admirait
le soleil, et peut-être ce soleil caresserait de ses rayons sa tombe
entr'ouverte; il admirait les sapins et peut-être irait-on les dépouil-
ler ce même jour de leurs rameaux verts pour en décorer son cercueil.

— Mon ami, continua Faustin, Dieu est grand ! Dieu est bon !
Il a fait le printemps qui succède à l'hiver, la mort qui succède à
la vie... Mon existence a-t-elle été autre chose qu'une mort vivante? Eh bien ! je vais renaître dans l'éternité !

Charles fléchit les genoux et se mit à pleurer amèrement.

— Pleures sur toi, reprit le jeune malade, sur toi que je laisse,
condamné à vivre !... Moi, je fus heureux un jour et je meurs...

— Oh ! ne dis pas cela, ne dis pas cela, s'écria Charles d'une
voix entrecoupée par les larmes. Il faut vivre, il faut lutter contre
le mal, il faut repousser loin de toi-même la pensée de la mort.
Est-ce qu'on meurt à vingt ans ?

— Oui, mon ami, et c'est un précieux privilège : abandonner la
terre à l'aurore de la vie, c'est échapper aux désenchantements,
aux désillusions, c'est partir avec une âme encore vierge, une
conscience sans remords. On a moins de comptes à rendre là-haut..
On laisse moins de regrets ici-bas...

— Et le lot de ceux qui restent, c'est l'affliction ! c'est l'amertume du souvenir.

— Pauvre Charles ! nous serions tous les deux bien à plaindre,
si nous n'étions pas devenus membres de la grande famille catholique ! Oh ! si tu me voyais mourir, triste, isolé, incertain de mon
sort, avec l'épouvante de l'agonie, l'horrible peur de l'éternité,
sans consolation et sans prières !... Je te plaindrais... Si notre séparation devait être éternelle, si tu ne voyais en moi qu'un misérable dont l'âme rentre dans le néant lorsque la chair tombe en
pourriture... Je te plaindrais !... Mais le temps est court !... Dieu
nous sépare aujourd'hui; demain, il nous réunira... Nous nous
retrouverons devant lui, jouissant de la vie éternelle, de l'immortalité... Ce sera bientôt, va ! le temps est court !

— Je ne puis me faire à cette idée, murmura le comte d'une voix sombre. Mon cœur se gonfle à te voir si courageux devant cet instant suprême; il me semble qu'il est impossible que tu meures... Et ma seule consolation, c'est d'espérer que je ne pourrai survivre à ce déchirement.

— Pauvre Charles !

— Je prierai Dieu, la Vierge et les saints ! Je meurtrirai mes genoux sur les dalles; je frapperai la terre de mon front... Le Maître exaucera mes supplications : tu vivras, Faustin !

— Charles, je mourrai ! Qui es-tu, pour demander une vie à Dieu? Quel triste présent me ferais-tu? Cette vie nouvelle, je pourrais la polluer, la vouer au mal et la perdre plus tard, dans les tortures de l'impénitence, l'âme bourrelée de remords, sans joie, sans espérance !... Je ne suis fait ni pour la lutte, ni pour les combats, je le répète... Mieux vaut expirer, heureux, au printemps de son âge...

Charles sentit son cœur se briser; sa poitrine se souleva, déchirée par des sanglots. Il pleura des larmes amères... Faustin le regardait en souriant. A le voir ainsi, calme, résigné, indifférent aux choses de ce monde; à voir, au contraire, Chénemarie pâle, défait, les yeux rouges, les traits décomposés, l'on eût dit que celui-ci était le mourant, celui-là le consolateur.

— Occupons-nous de choses sérieuses, reprit Faustin au bout d'un instant. Il n'y a rien de brutal comme un fait, mon Charles, et la mort est le plus brutal de tous les faits. Je la vois en chrétien, non en philosophe. Elle ne m'épouvante point, mais je n'oserais la braver... Elle me paraît moins affreuse parce que je la considère comme un passage de cette vie misérable où j'ai tant souffert, dans une vie d'incomparable félicité, qui n'aura jamais de fin. Soumets-toi à la volonté de Dieu. Ne pleures pas : souffres-tu donc de me voir heureux?... Ecoute. J'ai deux choses à te léguer ici-bas. ma sœur et ma fiancée...

Il s'interrompit et jeta sur son ami un regard anxieux. Puis, d'un ton craintif, il poursuivit :

— J'avais un ami que j'aimais... Il voulait devenir mon frère. Charles de Chénemarie, comte et marquis, riche et puissant, sa

L'Apôtre.   15

rappellera-t-il les promesses du pauvre, du plébéien Jacob-le-
Rouge.

Un éclair de fierté brilla dans les yeux du gentilhomme.

— Et qui donc, s'écria-t-il avec feu, qui donc pourrait m'en empêcher ? Oh ! Faustin, je te le jure, je n'aurai jamais d'autre épouse
que Sarah Mathevey...

Faustin le contempla avec attendrissement et reprit, d'une voix
timide.

— Mais le monde, que dira-t-il ? Sarah est pauvre, de naissance
obscure...

— Elle a quarante quartiers de noblesse dans le cœur, interrompit vivement Chénemarie. Elle est riche de vertus. La couronne
perlée siéra bien à son front virginal... Je l'aime, Faustin ! Dieu
a béni cet amour, chaste, pur, exempt de faiblesse, de passions
honteuses. François de Sales m'approuve entièrement. Et si le
monde refuse de me prendre tel que je suis, je vivrai loin du
monde, à l'abri des orages, sans souci des conditions humaines.

— C'est parler noblement ! dit le pauvre malade avec une joie
sincère. Ma sœur ne mourra pas sans avoir connu les félicités de
ce monde ; le printemps de sa vie sera sa jeunesse, puisque son
enfance en a été l'hiver. Que ne puis-je espérer le même bonheur
pour ma douce amie Flavienne !

— C'est la sœur de Sarah, dit Charles de Chénemarie, pourquoi
ne vivrait-elle pas auprès de nous ?

Faustin secoua la tête et reprit avec un accent mélancolique.

— Non, Charles, Flavienne est la femme forte dont parle l'Evangile. Elle saura supporter sans murmure une séparation que Dieu
lui-même exige ; sans doute, elle versera des larmes amères. Mais
un jour la consolation pénètrera dans son cœur, à son insu peut-
être.

Veille sur elle : soustrais-la aux entraînements de l'âme.

Sois son frère à elle, puisque tu le veux, mais sois aussi le frère
de son époux... Mon Dieu ! bénissez tous ceux qui m'aiment et
donnez-moi la force de ne pas regretter leur amour.

Il s'interrompit de nouveau et pleura. Charles n'osa point troubler ce silence. Au bout d'un instant Faustin reprit.

— J'ai quelque chose encore à te demander, Jacob. Quand je serai
parti, lorsque Sarah deviendra ta compagne, le... le... vieillard

mon père, demeurera seul sans appui, sans consolations, sans soutien dans sa vieillesse !... Il n'aura personne pour guider ses pas chancelants, personne pour faire respecter ses cheveux blancs... il vivra seul, isolé ! en proie à des souvenirs amers, abandonné des hommes peut-être... Et qui sait? pauvre, misérable, dévoré par la maladie... Oh ! cela m'effraie, cela m'épouvante, Charles de Chénemarie...

— Est-ce notre faute, à nous? répondit le comte d'un air sombre. Lui-même a fait sa vie telle qu'elle est. Lui-même a rejeté loin de lui ceux qui devaient l'aimer... Tu meurs pour lui...

— Arrête! qu'importe, c'est mon père !

— Il t'a abreuvé d'outrages... il t'a frappé...

— C'est mon père.

— Il n'a eu pitié ni de ta jeunesse, ni de la faiblesse de ton corps, ni de ta sensibilité, ni de ton immense besoin d'affection...

— C'est mon père, te dis-je ! Et ma volonté dernière est que tu me remplace auprès de lui. J'ai souvent mérité qu'il me traitât ainsi. J'étais un enfant insoumis et rebelle... S'il m'a fait du mal, je supplie Dieu de le lui pardonner. Charles, de grâce, deviens son fils, aime-le, vénère-le... à cause de moi. Tu verras; un cœur bat sous cette rude enveloppe. Tu parviendras à le ramener à la vérité, à le rendre bon, pieux, charitable. Et, du moins, je mourrai avec l'espérance bien chère de n'être point séparé de lui pendant l'éternité.

M. de Chénemarie se trouvait dans une position difficile. Il ne voulait ni ne pouvait révéler à son ami les événements de la nuit de Noël, la tentative d'assassinat commise par Grégoire, le secret terrible, ce secret du parricide impuni, dont le hasard l'avait fait le dépositaire. C'eût été porter le coup mortel au malade, rompre le dernier fil qui l'attachait à la vie, empoisonner son agonie par le désespoir et le mépris. D'un autre côté, s'engager à remplir les dernières volontés de Faustin, avec l'arrière-pensée de les éluder en ce qui concernait son père, le loyal jeune homme n'y songea même pas. Il choisit donc un terme moyen. Il promit à son ami de ne jamais laisser manquer de rien Grégoire Mathevey, de le traiter avec déférence et de faire tout au monde pour le ramener au bien, mais il ne lui cacha nullement qu'il ne le recevrait pas dans sa maison s'il s'obstinait à vivre dans l'hérésie.

Depuis un instant, Romuald Schiffnetter avait pénétré dans la chambre sans être vu. Il entendit la prière de Faustin, la réponse de Charles. Pour prévenir une discussion, il dénonça sa présence par un petit bruit et s'approcha du malade en cherchant à prendre un air souriant. Faustin l'accueillit avec amitié.

— Eh! bonjour, notre ami, s'écria le capitaine, modérant sans s'en apercevoir les éclats de sa voix, vous allez mieux aujourd'hui, paraît-il, car vos joues sont illuminées d'une couleur de rose qui fait plaisir à voir et vos yeux brillent comme des escarboucles.

— Une lampe, au moment de s'éteindre, jette une éblouissante clarté, répondit Faustin. Ainsi l'homme, au déclin de sa vie, sent palpiter son cœur et le sang affluer à son cerveau... C'est une fugitive lueur... la dernière étincelle.

— Voulez-vous bien vous taire, s'écria Schiffnetter en se détournant pour s'essuyer les yeux... Maudite poussière ! grommela-t-il afin d'empêcher que son geste fût autrement interprété. N'ayez point de ces pensées importunes qui troublent votre âme, aggravent les effets de votre maladie. *No hierre Dios con dos manos*, Dieu ne frappe pas des deux mains, comme disait le digne seigneur don Juan de Villamizar, du temps où nous occupâmes la ville de Santià. S'il a créé des ports aux mers et des grèves aux rivières, *à la mar puertos y a los rios vados*, il a fait aussi des remèdes aux maladies — Je suis venu céans pour vous distraire, ami Faustin... vous avez coupé ma verve, avec vos idées funéraires !... Tenez-vous tranquille, tant que Charles de Chénemarie et Romuald Schiffnetter du schloss de Rothemburgergenhâb seront de ce monde, Grégoire Mathevey sera soigné tout comme un coq en pâte, malgré... Enfin, suffit!...

— Bon capitaine ! murmura Faustin moitié souriant, moitié attendri, bon cœur ! Oh ! je vous aime bien, allez !... mon amour et ma reconnaissance vous sont acquis à jamais !... à jamais !... Puis-je parler d'avenir.

Romuald toussa fortement pour dissimuler son émotion, et sa main alla chercher derechef le grain de poussière imaginaire qui amenait de grosses larmes dans ses yeux. Il fit au gentilhomme un signe d'intelligence et, d'une voix un peu étranglée au début, mais qui ne tarda pas à reprendre sa vitesse habituelle, il remit sa langue en mouvement.

— De grande maladie on revient en santé : le meilleur myre, mége, médecin ou chirurgien, c'est d'avoir l'esprit en joie, hum! hum! par la morgoy! je suis tout hilare, *hijos mios*. Outre que le soleil reluit, je viens de renouveler connaissance, verre en main, avec un charmant garçon, fils d'un seigneur de mes amis, Prosper de Genève, marquis de Lullins. Vous le connaissez, peut-être? Il est un des soixante de la garde ducale... Brave jeune homme, en vérité... Je fis mainte campagne avec son père ; et tenez ! j'assistai à l'un de ses plus beaux exploits. Au temps où le seigneur André Provana fortifiait le port de Villefranche, en 1560, je crois. Le duc Emmanuel Philibert voulut visiter les travaux. Son Altesse avait avec elle une cinquantaine de gentishommes, parmi lesquels votre serviteur et cinq cents arquebusiers... Soudain, trois galères tunisiennes, plus deux grands navires entrent dans le port. C'était le renégat Occhiali, corsaire des plus fameux, qui débarquait avec une armée de pirates et de malandrins, jugeant l'occasion bonne pour faire ample moisson. Avant que nous eussions pu nous mettre en défense, trente officiers, quarante soldats avaient été fauchés par le terrible cimeterre des fils du Prophète. — Si c'est Mahomet qui leur a inventé cette arme et leur a enseigné le mouvement, c'était, par les tripes de Calvin !... un horrible bandit. — Bref, ce qui n'avait pas été tué ou fait prisonniers, prit la fuite... Des savoyards auraient bravement soutenu le choc, mais des arquebusiers italiens !... la peste soit d'eux !... Le duc allait être pris, Prosper de Lullins, sans plus de politesse, le jette à bas de son cheval, le prend dans ses bras, donne son propre destrier à M. Jean-Baptiste de Cambiano qui ne pouvait marcher, étant travaillé de la goutte, et se jette à la mer, tenant toujours le duc entre ses bras. Il ne pouvait pas nager, avec un pareil fardeau. Heureusement, une barque vide se trouvait là, ils y montent tous les deux... Le duc était sauvé. Croyez-vous que cet infâme Occhiali réclama douze mille écus pour la rançon de ses prisonniers et voulut être présenté à madame la duchesse? Madame Marguerite (1), laquelle était une savante femme, sachant le grec et le latin comme un bénédictin, lui joua un joli tour. Elle fit recevoir le pirate, en

(2) Marguerite de Valois.

son lieu et place, par la petite madame de Viry, qui le tourmenta
le plus spirituellement du monde et s'en moqua fort

Le bavardage du vieux soldat obtint le résultat auquel il s'attendait. Vivement intéressé par cette anecdote, Faustin oublia ses
tristes pensées et la douleur physique fut elle-même calmée par ce
remède, le plus efficace de tous : la distraction. Enchanté d'avoir
opéré une si belle cure, maître Schiffnetter, dont la provision
d'historiettes eût suffi à composer plusieurs in-folios, devint intar-
rissable. Il employa son après-midi entière à narrer maints épisodes curieux de sa vie aventureuse, y mêlant les innombrables personnages de toutes conditions et de tous pays qu'il avait connus. Il
les amusa tellement qu'un mieux sensible se manifesta dans l'état
du malade. Charles sortit bien joyeux de cette chambre, se repro-
chant, pour ainsi dire, d'avoir été si triste. Il comptait sans le len-
main.

CHAPITRE XXIII

BIENHEUREUX CEUX QUI MEURENT DANS LE SEIGNEUR.

Un illustre écrivain anglais disait que certaines figures humaines,
indépendamment de la beauté physique, nous charment et nous
subjuguent plus que les plus parfaits linéaments ciselés sur le
marbre par les sculpteurs de la Grèce. Tel était le visage de Faustin, étendu sur son lit de mort. Sa tête appuyée sur un carreau se
noyait dans un flot de cheveux blonds qui se mêlaient en nuages
sur son front et descendaient en cascades soyeuses sur ses épaules. Un rayon de soleil illuminait sa figure blême, amaigrie. Ses
paupières bleuâtres se rabattaient à demi sur ses yeux éteints ; un
pli profond creusait ses joues livides ; ses lèvres décolorées, en-

tr'ouvertes, laissaient voir ses dents blanches, luisantes... Ses
mains sortaient, fluettes et sans couleur, des manches de sa chemise et s'appuyaient mollement sur le velours sombre de la couverture.

Sur ses traits flétris, auxquels la mort n'enlevait rien de leur
pureté, mais sans leur rien laisser de leur grâce, on admirait une
expression de calme et de sérénité à rendre jaloux un ange du
paradis. Cet enfant n'appartenait déjà plus à la terre : son âme
était prête à quitter, sans effort, sans tristesse, la dépouille réser-
vée aux vers du tombeau et à paraître, belle d'innocence et d'a-
mour, devant le Juge suprême, le Justicier infaillible.

La chambre avait un air de fête. Une foule recueillie l'emplis-
sait, absorbée dans la contemplation d'un spectacle sublime : la
mort d'un chrétien.

Il y avait en face du lit une petite table couverte d'une nappe
blanche, ornée de flambeaux dorés et de rameaux verts, à défaut
de gerbes fleuries. Un instant auparavant, Dieu était descendu des
splendeurs des cieux, pour venir se reposer sur cet humble trône.
Les rois de la terre veulent de l'or et des gemmes chatoyantes, un
chef-d'œuvre de ciselure, de patience et d'art ; il leur faut le dais
à courtines de brocart, les panaches de plumes ondoyantes... Dieu
est plus humble : une table de bois, un tapis de lin, des fleurs, c'est
tout ce qu'il désire. On ne lui donne pas plus. Faustin venait de
recevoir le Viatique sacré qui infuse au moribond les forces nécessaires pour faire le terrible voyage de l'éternité ; ce corps presque
sans vie était devenu un temple, le temple de Dieu ; cette âme
prête à s'envoler ressentait d'indicibles joies et brûlait de rompre
à tout jamais la dernière, la frêle chaîne qui la retenait à la terre.

Tous priaient.

C'est la seule chose que l'homme de foi puisse faire auprès du
lit d'un mourant. Les consolations de ce monde ne sont plus rien à
cette heure suprême. Il faut penser à l'éternité, il faut parler de
l'éternité. Dieu seul console. Dieu seul assiste. Prier Dieu, c'est
vivre ; mourir en priant, c'est la seule manière de mourir sans
douleur.

Peu importe que le corps se torde sur son lit de souffrance ; peu
importe que le cœur se brise sous les étreintes du mal ; que le sang
se coagule dans les veines ; que la chair tressaille sous l'aiguillon

de la douleur; que les angoisses de la torture broient cet amas palpitant d'os et de chair meurtries... Peu importe! pourvu que l'esprit soit calme, le cœur, pur, la conscience, tranquille; pourvu que
le remords ne hurle pas dans celle-ci, et que le désespoir ne lacère
pas celui-là... Qu'est-ce donc qu'une heure, un jour, une année
d'agonie, auprès d'une éternité de bonheur? La souffrance du corps
est une expiation. Ceux qui la supportent, sans malédiction contre
Celui qui l'envoie, pour l'amour de l'Homme-Dieu crucifié afin de
racheter les péchés du monde, s'en font un mérite devant le Tribunal divin... Les anges entonnent dans le ciel un hymne d'allégresse pour célébrer la délivrance de cette âme ravie à cette vallée
de douleurs et d'amertumes... La mère tend les bras à son fils d'ici-
bas, effaçant par ses supplications auprès de Jésus, les fautes du
moribond... *Beati mortui qui in Domino moriuntur.* Oh! oui,
bienheureux ceux qui meurent dans le Seigneur, et puisse le Très-
Haut nous accorder cette grâce immense d'exhaler notre dernier
soupir sans craindre l'avenir, sans pleurer sur le passé...

Ils priaient...

Il y avait là notre vieil ami Romuald, le vaillant ·capitaine,
l'homme de cœur, le chrétien plein de foi,.. Incliné sous le poids
d'une émotion qu'il n'avait jamais ressentie, il contemplait, à
travers les larmes donc ses regards étaient obscurcis, l'enfant
couché sur ce lit de mort... On l'eût dit taillé dans un bloc de
pierre: il ne faisait pas un mouvement, ses lèvres ne remuaient
point, mais quelle ardente prière montait de son cœur au ciel!

Il y avait aussi Léonard Villoz, l'ancien ministre de l'erreur, aujourd'hui fidèle disciple de la vérité une, immuable. Il tremblait de
tout son corps, vacillant comme un roseau livré aux brutales caresses de l'aquilon... La seule prière qu'il osât formuler était
celle-ci:

— Mon Dieu, faites que ma mort soit aussi belle à vos yeux que
celle de ce martyr.

Charles de Chénemarie, assis derrière le bas du lit, ressemblait
à une vivante image de la désolation. Il n'avait pas la force d'imposer silence à sa douleur et de contenir les sanglots qui lui déchiraient la poitrine. Ses mains se crispaient convulsivement sur
son visage, laissant apercevoir ses yeux injectés de sang, rendus
arides par l'excès même de sa douleur. Des frissons prolongés

ébranlaient son corps par intervalle : il ne voyait plus, ni n'entendait plus et se plongeait tout entier dans une torpeur interrompue de temps à autre par des soupirs ou des cris rauques qu'exhalait sa gorge desséchée. Qui n'a vu, auprès d'un lit de mort cette figure sombre, immobile, glacée, sans larmes et sans voix, de l'ami disant à son ami un éternel adieu en cette vie ?

François de Sales pensait à cette âme qui allait s'envoler sur les ailes des archanges. Il enviait son bonheur, déplorant en même temps la perte de cet esprit d'élite qui auraient pu faire tant de bien. Il pleurait et souriait à la fois ; payant un juste tribut à la nature, mais heureux d'assister aux derniers moments d'un vrai chrétien. L'espérance resplendissait en rayons de feu dans son regard profond. Il suivait des yeux les moindres mouvements du malade, prêt à s'élancer pour le secourir dans ses défaillances, pour lui rappeler, à l'heure dernière, le ciel et ses joies éternelles, Jésus et ses miséricordes infinies.

Quel sombre contraste son maintien formait avec celui d'un autre personnage debout à son côté.

Grégoire était là, pâle, blème, immobile, glacé. La voix du sang parlait en lui; il eût voulu pleurer, crier, sangloter comme sanglotaient ceux qui s'agenouillaient autour de ce lit de souffrances. Il ne pouvait pas. Sa douleur paraissait feinte, ses lamentations, ironiques, odieuses. L'on dardait sur lui des regards de mépris, et il le sentait. Les yeux baissés, ses mains gauchements croisées, lui faisaient un masque d'hypocrisie. Courbé sous l'opprobre, il n'osait prier ni se plaindre. Il était à la fois heureux de faire triompher sa haine, malheureux de voir mourir sa victime, sous ses yeux, et de penser qu'il avait assassiné son fils.

— A boire ! murmura Faustin en ouvrant péniblement les yeux et d'une voix semblable à un souffle... à boire !

François de Sales fit un pas en avant. La mère Domphier l'avait déjà prévenu et portait aux lèvres du jeune homme un vase plein d'eau pure. Faustin but avec avidité. Sa tête retomba sur l'oreiller, un long soupir s'exhala de sa poitrine.

— Souffrez-vous, mon enfant? lui demanda le saint missionnaire d'un ton paternel.

— Oh ! oui... je souffre !... c'est pour un instant.

— Prenez courage! Dieu vous voit, Dieu vous entend, Dieu

vous aime. Offrez-lui votre souffrance en expiation des fautes que vous avez commises. Songez, mon fils, mon enfant, songez au Christ expirant sur une croix au milieu de tourments que nulle langue humaine ne saurait décrire, afin d'arracher les hommes à la perdition. Chacune de vos douleurs trouve un écho dans mon âme et je prie bien pour vous, pour que la vierge Marie vous obtienne de supporter en chrétien ces angoisses.

Il n'y avait personne dans cette chambre funèbre, qui ne pleurât en entendant ces paroles si simples et si touchantes. Personne, sauf le père qui regardait sans voir, écoutant sans comprendre.

— Je souffre... dit Faustin d'une voix plus élevée. Mon Dieu! Jésus! secourez-moi... à boire encore! J'étouffe... oh! monsieur de Sales, venez à moi... ma poitrine brûle, noyez... noyez ce feu qui me dévore...

D'un mouvement convulsif, il rejeta loin de lui les couvertures et sa poitrine apparut sillonnée de contusions bleuâtres, marbrée de taches sanguinolentes, qui ressortaient sur la peau blanche comme l'ivoire. Schiffnetter serra les poings, vint droit à Grégoire et lui montrant du doigt ces marques accusatrices.

— C'est pourtant vous qui avez fait cela!

Grégoire détourna la tête et pâlit, mais il ne se sentit pas la force de répondre à ce reproche terrible.

François de Sales appuya sur son bras la tête du moribond et continua de murmurer à son oreille les consolations ineffables qu'inspire Dieu à ses ministres en ces heures suprêmes où la vie essaie une dernière lutte contre la mort. Faustin se calma peu à peu; son visage reprit sa sérénité, ses traits contractés se détendirent, son regard changea d'expression et sa tête retomba sur l'oreiller.

— Courage, lui dit François à voix basse.

— Mon père, donnez-moi quelques gouttes de ce cordial, reprit Faustin en désignant du doigt un flacon rempli d'une liqueur semblable à des rubis en fusion. J'ai besoin de faire un dernier effort, et la force me manque.

Le saint prêtre accéda à ce vœu et porta aux lèvres du mourant ce précieux breuvage. Une faible teinte rosée empourpra ses joues et disparut en quelques secondes. Alors l'enfant se souleva péniblement sur sa couche, et d'un geste appela ses amis auprès de lui.

Ce tableau était saisissant. Faustin, à demi-assis, s'appuyait à une pile de coussins, la tête renversée en arrière, le corps gracieusement incliné. Sa main droite reposait dans celle de François de Sales, sa main gauche étreignait le bras de Chénemarie. Romuald Schiffnetter debout au pied du lit, dans une attitude raide et guindée, les bras croisés sur sa poitrine, contemplait ce groupe qu'un peintre eût voulu reproduire au prix de sa vie.

Léonard Villoz, à genoux, ne savait faire autre chose que pleurer. Montmayeur, Conzié, le chanoine Louis et d'autres seigneurs, debout, la tête découverte, attendaient l'issue de cette scène solennelle. Sarah et Flavienne, presque folles de douleur, furent entraînées hors de la chambre mortuaire. Grégoire Mathevey fit un mouvement comme pour les suivre, mais il ne put faire un pas, et il resta, impassible en apparence, en proie à des remords, à des angoisses indicibles, cloué sur les dalles.

— Ami, dit Faustin à Charles de sa voix lente et brève, n'oublie aucune de mes volontés dernières... Souviens-toi... Prie pour moi, souvent, toujours!... Prie pour ceux que la foi n'a pas encore effleuré de son aile, afin qu'ils disent : *Peccavi !* afin qu'ils viennent, humbles et confiants en Dieu, mourir, comme je meurs, dans le sein de l'Eglise romaine... Oh! la lutte sera grande, longue et pénible... Des années et des années se passeront... des siècles s'entasseront sur des siècles... Il y aura bien du sang versé, bien des larmes... avant que la vérité ne se fasse jour et que l'aurore du triomphe éclaire le monde! Ah! que n'eussé-je pas donné pour contribuer à cette œuvre divine... Charles, tu es chrétien, tu es gentilhomme, travaille et prie... fais ce que j'aurais pu faire...

Charles releva la tête et répondit avec l'accent le plus ferme qu'il pût s'imposer :

— Faustin, je consacrerai ma vie à la défense de la vérité, à la guerre contre l'erreur, guerre sans trêve, sans relâche, sans défaillance, sans merci ; défense sans faiblesse et sans honte.

— Merci, murmura simplement Faustin.

Faustin se tourna légèrement du côté de M. de Sales, continua avec un accent dans lequel on lisait son immense affection pour le saint missionnaire :

— Oh! vous qui m'avez sauvé, soyez béni... Je vacillais, sans clarté pour me conduire, sans appui pour soutenir mes pas, sans but et sans joie. Vous m'avez donné le flambeau de la foi, l'espérance qui console et la charité qui remplit le cœur d'amour vrai pour les hommes... Je vous dois la consolation dans mes souffrances, la force dans mes efforts. Par vos enseignements, vous m'avez appris à mourir, moi faible et chétif enfant, mieux que ne meurt un homme, mieux encore que ne meurt un soldat. Soyez béni mille fois.

Alors le moribond lança un coup-d'œil ardent, embrasé d'amour et de charité sur l'homme qui se tenait, immobile et muet, à quelques pas de là, et d'une voix aiguë, sonore, avec un accent déchirant, il prononça ces deux mots :

— Mon père !...

Ce cri vibra dans le cœur de tous les assistants et fit passer un frisson dans le corps des plus aguerris. Grégoire seul ne parut pas l'avoir entendu. L'enfant se tordit sur sa couche, saisi d'affreuses convulsions. Puis d'une voix rauque, stridente, étranglée, qui se faisait jour à grand'peine à travers sa gorge aride, il s'écria :

— Je ne veux pas mourir !... je ne veux pas mourir... Jacob ! Charles ! Sarah !... au secours... sauvez-moi... Je veux... Ah ! ma mère, ma mère, pose tes lèvres sur mon front et je serai guéri...

Cette exaltation tomba soudain, comme elle était venue. Son regard se joua, calme et souriant, sur ceux qui l'entouraient. Ses lèvres ébauchèrent un rire nerveux ; mu par une force extraordinaire, il se souleva, et se mit à parler, avec cet accent charmant et naïf des tout petits enfants qui met un éclair de bonheur dans s yeux des jeunes mères :

— N'est-il pas vrai je ne mourrai point ? O ma sœur, vois là-bas cette ombre diaphane et blanche, elle répand autour d'elle un parfum suave à l'égal des parfums d'Orient. C'est notre mère, ma mère ! Elle me fait signe de rester encore, mon heure n'est pas venue... Je veux entendre encore les mélodieux concerts des oiselets dans les bois, le murmure des cascades... Je veux me réchauffer encore aux gais rayons du soleil... Je veux respirer les senteurs embaumées des fleurs de mai... C'est un rêve que je fais, n'est ce pas ? A vingt ans l'on ne peut être étendu sur un lit d'agonie, et mourir entouré de tant d'être chéris, de tant d'amis bien-aimés.

Maman... je ne souffre plus, ta vue m'a délivré... Plus de souffrances... plus de tyrannie...

Ce délire calme tomba comme était tombée l'exaltation arrivée
à son paroxysme. La figure du mourant, transfigurée par une sorte
d'extase, revint à son état normal. Son regard s'arrêta sur son
père. Il voulut parler, mais ses lèvres s'agitèrent sans produire
aucun son. Une blancheur mate s'étendit sur ses traits; sa tête
retomba sur l'oreiller et son regard demeura fixé, plein d'une
muette supplication sur Grégoire Mathevey.

Romuald Schiffnetter, hors de lui, s'avança vers cet homme, et
lui dit avec un accent terrible :

— Laisserez-vous mourir votre enfant sans lui accorder le baiser
de paix.

Alors Grégoire se mit à trembler comme une feuille au vent, fit
de la tête un geste convulsif et s'élança...

François de Sales ouvrit les bras et l'arrêta dans son élan.

— Il est trop tard, murmura le saint prêtre, qui pleurait, votre
fils est mort... Prions !

Et toute cette foule se prosterna à l'entour de ce cadavre, tandis
que le père tombait foudroyé par ses remords et sa douleur, sans
voix, sans mouvement, sans connaissance.

Beati qui moriuntur in Domino!...

CHAPITRE XXIV

AUPRÈS DU LIT DE MORT.

L'on faisait, auprès du cadavre de Faustin Mathevey la veillée de mort. Sarah, assise au chevet du lit mortuaire, s'occupait à un étrange travail. Comme Flora Mac-Ivor, la veille du jour où la tête de Fergus Wich-Ian-Vohr devait tomber sous le glaive de la loi, elle cousait de ses propres mains le linceul de son frère. Son attitude peignait une profonde tristesse, une tranquille majesté. Sa douleur n'était point de ces douleurs vulgaires qui s'exhalent en cris et en gémissements. Le premier tribut de larmes payé à la nature, ses yeux s'étaient taris ; elle puisait dans sa foi ardente une énergie suffisante pour résister aux entraînements de son cœur. La résignation est une vertu chrétienne. Sarah apprenait à se résigner.

Elle était assise, le corps droit, la tête à demi penchée sur sa poitrine, sur un petit escabeau que les plis de sa robe grise cachaient entièrement. Elle cousait lentement, sans s'interrompre sinon pour jeter un regard furtif sur le lit, ou lever les yeux au ciel avec une expression sublime de prière. Auprès d'elle, Charles de Chénemarie offrait l'image de la désolation. Cette âme d'élite, cette âme forte et puissante, ce grand cœur et ce grand esprit avaient reçu une impression terrible. En perdant cet ami qu'il aimait tant, Charles perdait presque tout ce qui l'attachait à ce monde. Sans famille, sans parents, il avait rencontré cette perle rare, ce diamant précieux qu'on nomme l'amitié, et Dieu le faisait tout à coup seul, isolé sur la terre... Il pleurait silencieusement, mêlant à ses sanglots des prières ferventes, sans pouvoir détourner son regard de ce corps si plein de jeunesse et de vie quelques jours auparavant, et maintenant plus froid et plus rigide qu'un morceau de marbre.

François de Sales n'avait pas quitté, depuis le matin, cette chambre funèbre. Il savait combien sont précieuses aux cœurs pleins de foi les consolations de la religion; il les prodigua donc à ces deux malheureux, et, voyant que, comme Rachel sur la montagne, ils ne voulaient pas être consolés, il éleva ses pensées vers le ciel et s'absorba dans cet entretien sublime avec la divinité.

Les deux tiers de la journée se passèrent ainsi dans le silence

Au moment où nous rentrons en scène, il était près de minuit.

La jeune fille achevait sa pénible tâche. Lorsqu'elle eut fait le dernier point, deux larmes roulèrent sur ses joués blêmes et vinrent enrichir de deux perles ce linceul immaculé. Une lampe fumeuse éclairait à peine cette vaste chambre et ces trois statues animées.

— Hélas! murmura Sarah, d'une voix lente et basse. Qui m'eût dit ce matin, que j'aurais, ce soir même, terminé le dernier vêtement de mon frère... Voyez, messire François, comme ce drap est souple, doux et léger... Vierge de toute souillure, il sera bientôt rongé par les vers du tombeau... Hélas! hélas! notre vie est chose bien fragile... Dieu nous fait heureux un jour et nous expions le lendemain les joies de la veille.

François laissa s'échapper de sa poitrine un profond soupir et répondit en donnant à sa voix un accent affectueux:

— Jésus-Christ aussi disait à son père: Mon père, faites que ce calice s'éloigne de moi!... Il sentait se révolter en lui la nature humaine et tressaillir au fond de son être les fibres les plus intimes...

Mais il ajoutait: Que votre volonté soit faite! Et vous répétez chaque jour ces divines paroles dans l'oraison du seigneur, ma fille!...

Charles de Chénemarie porta la main à sa poitrine comme pour étreindre son cœur et le broyer, vide qu'il était désormais d'amour pour la créature.

— Et vous, continua le missionnaire en se retournant vers le comte, avez-vous déjà oublié les paroles que votre ami vous adressait, il y a peu de jours? Soyez chrétien, vous dis-je! Rien n'est éternel en ce monde, et quel que soit le moment de la séparation, il ne doit point être pénible, car le temps est court, et deux âmes faites pour se comprendre ne tardent pas à se retrouver.

La jeune fille reprit :

— Déjà toute espérance était éteinte dans mon cœur, et pourtant j'espérais encore. Voyez-vous, monsieur de Sales, Faustin était plus qu'un frère pour moi. De bonne heure nous fûmes tous les deux orphelins et livrés à une impitoyable tyrannie. Dieu veuille me pardonner de prononcer ces mots pour la dernière fois... Il me soutenait, m'encourageait, me montrait sans cesse un visage riant, cachant souvent, sous de joyeuses apparences, une invincible mélancolie. Il pleurait, si je n'étais pas sage : aussi faisais-je de mon mieux pour que le bonheur éclairât son visage de ce rayon de bonté que j'aimais tant à voir en lui. Alors, il jouait avec moi, oubliant sa dignité de frère aîné, sa gravité qui m'imposait une sorte de respect... Il se faisait enfant pour se faire aimer d'une enfant...

Sarah souriait à travers ses larmes, et le bon M. de Sales, heureux de ces épanchements qui endormaient la douleur de cette jeune fille, se gardait bien de l'interrompre.

— Plus tard, il me servit de maître. Il m'enseigna les grandes vérités de la religion chrétienne... Il me laissa entrevoir les erreurs de la réforme, les sublimes beautés de la communion romaine... Comment eussé-je fait pour ne point l'aimer?... Quand on est venu me dire, ce matin, qu'il avait exhalé son dernier souffle, j'ai senti mon cœur se déchirer et une grande secousse a brisé mon corps... J'ai cru un instant que j'allais expirer ; cette pensée m'a donné la force de supporter le coup affreux dont la volonté divine me frappait... Oh ! j'ai bien souffert et j'ai appelé la mort... Puis je compris combien j'étais coupable de la désirer, même tacitement, et je suppliai Jésus de me pardonner cette faute : le désespoir en était la cause... Je le sens bien, tout est fini pour moi sur la terre, hormis prier Dieu pour lui et pour moi !

Charles de Chénemarie s'avança lentement, se traîna, devrions-nous dire, jusqu'auprès de Sarah. Il lui prit la main et jeta sur elle un regard animé d'une indicible expression de respect et d'amour. Et d'une voix que l'émotion rendait tremblante, hésitante comme celle d'un petit enfant, il dit ou plutôt bégaya ces mots :

— Vous vous trompez, Sarah ! vous avez autre chose à faire. Si Faustin vous entendait, il vous dirait ceci : « Ma sœur, il y a un honnête homme qui vous aime et que vous aimerez à cause de moi. Consacrez votre vie à le rendre heureux, il vous donnera la sienne pour que le moindre de vos désirs soit satisfait. Il remplacera auprès de vous le frère que Dieu a rappelé à lui ; vous lui rendrez cet ami qu'il pleurera jusqu'à ce qu'il le rejoigne dans l'éternité. Alors, unis par les liens les plus doux, vous donnerez au vieillard une famille, afin que sa vieillesse soit heureuse, et vous aurez accompli le précepte : Honorez votre père et votre mère. « Voilà ce que Faustin répondrait à vos paroles ; termina le gentilhomme en faisant un geste solennel.

Sarah détourna la tête et sourit amèrement.

— Que venez-vous parler de bonheur, s'écria-t-elle, à côté d'une tombe, en face de la mort ?

— Les dernières volontés d'un mourant sont chose sacrée, Sarah. Or, j'ai pris l'engagement d'être un fils pour votre père, et pour vous un... un frère, si vous refusez de m'accepter pour époux.

— Le comte de Chénemarie ne saurait admettre sous son toit un homme et une femme du peuple, monseigneur.

— Vous me croyez donc bien mauvais ? Sachez-le, Sarah, je ne serai jamais que Jacob-le-Rouge, si vous ne partagez pas avec mo la fortune de mes ancêtres et la couronne perlée. A vous d'être l'arbitre de ma destinée. Je remplis un devoir qui m'est bien doux en vous sommant, ici même, devant l'excellent abbé de Sales, de répondre franchement, librement, à la proposition que je vous ai faite d'être mon épouse.

Sarah se leva :

— Vous connaissez mes sentiments, Charles. Je ne puis ni ne veux refuser ce que vous m'offrez si généreusement. Ne me demandez rien de plus. Ce serait une insulte à la majesté de la mort.

— Pauvres enfants ! dit François de Sales en jetant sur eux un regard plein de bonté, vous craignez faire mal en parlant, en face de ces restes mortels, de bonheur et d'espérance. Rassurez-vous, Dieu aime les cœurs purs, les esprits chastes : il vous bénit du ciel et les anges sourient à vos fiançailles. L'âme de votre frère, prosternée aux pieds du Très-Haut, dans le séjour des bienheureux,

L'Apôtre.

se réjouit de voir s'accomplir ici même ses derniers vœux terrestres.

Comme il achevait ces mots, un homme, un spectre plutôt, apparut sur le seuil. Il se traînait, la tête presque penchée sur la poitrine, en poussant de sourds gémissements. C'était Grégoire Mathevey. Il avait vieilli de dix ans en quelques heures. Son visage inondé de larmes, ses yeux éteints, sa démarche chancelante, en faisaient un objet de pitié : son plus mortel ennemi eût senti sa haine disparaître, en le voyant ainsi accablé, terrassé par la douleur, sans forces et sans voix.

Mus par un involontaire sentiment de respect, Charles et François se levèrent et s'inclinèrent devant cet homme qui leur avait fait tant de mal ; devant ce coupable, assassin de son fils, meurtrier de son père, dont la vie n'avait été qu'un enchaînement de crimes, d'infamies, de lâchetés. Il y a dans la douleur quelque chose de bien grand, de bien sublime !...

Sarah, éperdue, retomba sur son siége et se couvrit le visage de ses deux mains, faisant des efforts inouïs pour contenir ses sanglots.

Grégoire fixa sur elle ses yeux hagards et se mit à trembler de tous ses membres. Il courba la tête en passant devant le saint prêtre et vint droit au lit sur lequel il s'appuya, car il était près de tomber.

Il contempla un instant ce cadavre qui se dessinait, raide, immobile, sous les plis du drap, et, tout à coup, poussant un cri déchirant, il s'affaissa sur lui-même ; ses genoux se heurtèrent violemment sur le sol, ses mains crispées étreignaient les franges des rideaux, de rauques sanglots, des cris lamentables déchiraient sa poitrine. Il resta bien longtemps abîmé dans sa douleur, aux pieds du cadavre de sa victime...

Sarah vint s'agenouiller à côté de lui, elle appuya sa main sur l'épaule de son père...

Il se leva d'un bond, et, pour la première fois peut-être, ils confondirent leurs larmes, la fille suspendu au cou de son père et le père ne se lassant pas d'étreindre son enfant sur son cœur.

Le visage de Sarah était transfiguré... Une joie immense, indicible, surnaturelle éclatait dans son regard... La grâce de Dieu opérait un miracle.

Grégoire, après avoir longtemps joui du bonheur d'aimer, oublia le passé et sentit un être nouveau succéder en lui au vieil homme. Dans cet instant, il comprit le mal qu'il avait fait et la peine qu'il s'était donné pour se rendre malheureux, alors qu'il lui eût été si facile d'embellir son existence par l'amour de ses enfants. La foi pénétra dans son âme. Il vit où se trouvait l'erreur, où se montrait la vérité.

Il vint à François de Sales qui lui ouvrit ses bras, en disant avec cette admirable bonté qui lui gagnait tous les cœurs :

— Venez, mon ami, embrassez-moi... Il ne reste rien du passé, vos larmes effacent tout...

— Oh ! sanglota le malheureux, j'ai trop péché, Dieu ne peut plus me pardonner...

— Vous blasphémez encore, mon frère. Sa miséricorde est infinie... Il est juste, mais bon !... Ne savez-vous pas qu'il y a plus de joie dans le ciel pour un pécheur repentant que pour quatre-vingt-dix-neuf justes persévérant dans le bien ?... Pierre avait renié Jésus et Jésus en a fait le chef de son Eglise !... Ne redoutez pas la colère d'En-Haut !... Chacune de vos larmes a effacé un des péchés de votre vie, et la page où ils étaient inscrits est maintenant aussi blanche que la neige.

— Et vous, mon père, me pardonnerez-vous ? balbutia Grégoire, stupéfait par la charité du saint prêtre. Et vous, monseigneur, poursuivit-il en s'adressant à Charles, vous que j'ai insulté, calomnié, pourrez-vous me regarder sans colère ?

Ni François ni Chénemarie ne répondirent, mais, serrant Grégoire dans leurs bras, ils lui donnèrent le baiser de paix, et Sarah, ne pouvant supporter tant d'émotions successives, perdit connaissance. . . . .
. . . .

Oh ! libres-penseurs, bourreaux des consciences, assassins de l'intelligence, meurtriers de toute civilisation, de toutes lumières, de tous nobles sentiments; vous qui feignez de ne plus croire à Dieu, à la Vierge, aux saints, à la vertu, à la chasteté, au dévouement, au patriotisme, au désintéressement, à l'amour, dites-nous, est-ce auprès du cadavre de l'un des vôtres, au nom de votre égoïste et fausse fraternité, que s'opèreraient de pareils miracles ?

CHAPITRE XXV

DES SENSATIONS QUE PEUT ÉPROUVER UN HOMME VIVANT, ENFERMÉ DANS UN CERCUEIL ET ASSISTANT A SES PROPRES FUNÉRAILLES.

Les obsèques de Faustin Mathevey eurent lieu, selon l'usage, le lendemain de sa mort. La coutume de Savoie ne permettait pas à ses parents d'y assister, mais le comte de Chênemarie et Romuald Schiffnetter durent imposer silence à leur douleur et se préparer à suivre jusqu'à sa dernière demeure l'ami qu'ils avaient aimé. Il avait été décidé que le corps serait enseveli dans l'ancien cimetière du bourg, à côté de l'église abandonnée depuis l'invasion de l'hérésie. On avait creusé la fosse à l'angle d'un mur, sous un vieux saule pleureur.

Au moment où le funèbre cortège se disposait à quitter le château, l'on vit, sous la voûte de la porte principale où le cercueil était déposé, apparaître Grégoire Mathevey, qui venait dire à son fils un dernier, un suprême adieu. Le vieillard s'appuyait sur le bras de Sarah. Tous s'écartèrent avec respect devant ces deux affligés, dont la démarche lente, le visage décoloré trahissaient les souffrances. Grégoire, si robuste et si fort peu de jours auparavant, n'était plus que l'ombre de lui-même. Une caducité précoce avait courbé ses épaules, blanchi son visage ridé, flétri ses traits. Il vint avec sa fille s'agenouiller devant cette bière qui renfermait un trésor dont il n'avait compris la valeur qu'en le perdant à tout jamais. Mornes, écrasés par cette douleur, qui n'a point de larmes, qui dessèche la bouche, qui pétrifie le cœur, ils eussent fait pitié à leur plus cruel ennemi. Leurs yeux se fixaient, arides, ardents, sur ces planches de sapin qui renfermaient la triste dépouille de l'être aimé; leurs lèvres frémissaient, muettes cependant, et parfois se crispaient en un sourire navré; puis un frisson secouait leurs membres et les tordait, les faisait osciller comme le vent d'orage fait plier les hauts peupliers. Ils priaient. L'une demandait à l'âme de son frère de la protéger d'en haut et de veiller sur elle; l'autre s'humiliait et demandait pardon. Ce repentir immense navrait. On oubliait qu'il y avait là une victime et un meurtrier. Grégoire et sa fille restèrent là bien longtemps, abîmés dans leur douleur, oubliant le monde, ne sachant plus le passé. Puis le vieillard comprit qu'il fallait partir. Il poussa un grand soupir et se leva, tout d'une pièce. Il se pencha sur la bière, l'enveloppa de ses bras, et laissant retomber sa tête sur le drap mortuaire, il éclata en sanglots.

— Mon père ! dit Sarah...

Il ne répondit pas. Les larmes inondèrent son visage ; il avait perdu connaissance. Il pleurait encore et ne sentait déjà plus.

Deux soldats l'emportèrent, sans mouvement, sans vie peut-être, dans l'intérieur de la forteresse. Sarah les suivit d'un pas automatique ; silencieuse, l'œil sec, sans même savoir à quelle impulsion elle obéissait. La vie semblait s'être retirée d'elle. Dans ces moments, l'on est bien près de la folie, et c'est miracle que la misérable bête humaine puisse résister à de tels assauts.

Le cortège se mit en marche.

François de Sales et le chanoine de Brens, revêtus l'un et l'autre du surplis de lin et de l'étole blanche, symbole de virginité, s'avançaient les premiers, précédés de la croix, cet étendard qui, suivant une expression du roi de France, flotte sur notre berceau et doit ombrager notre tombe. Le cercueil, recouvert de blanches draperies, orné de fleurs, venait ensuite, porté par quatre jeunes gens qui se souvenaient peut-être d'avoir outragé celui qu'ils menaient ainsi à sa dernière demeure. Graves, tristes, ils oubliaient, en présence de la mort, leurs dédains d'autrefois. Qui leur rendrait à eux ce suprême service ? Quels bras se chargeraient de leur cadavre et quelles mains amies le couvriraient de fleurs ?

Une foule de soldats, d'hommes du peuple, de femmes et d'enfants, la tête découverte, s'alignaient derrière eux en deux longues files. Beaucoup pleuraient qui, la veille, raillaient Fauslin et le torturaient insouciamment. Pourquoi la mort inspire-t-elle tant de charité ? Charles de Chénemarie, Romuald Schiffnetter, Montmayeur et Conzié tenaient la tête du cortège. Ceux-là versaient de vraies larmes, brûlantes, amères. C'étaient de vaillants cœurs et qui

savaient aimer. Ils priaient : ces rudes soldats savaient croire
aussi.

Les prêtres chantaient les sublimes paroles que l'Eglise accorde
à ceux qui meurent dans leur robe d'innocence, vierges de toutes
souillures, purs devant Dieu. . . . .

Le convoi pénétra dans l'église. Le cercueil fut déposé dans la
nef. Bientôt les cierges brillèrent, illuminant les plus sombres
recoins de la vieille église, jetant leurs vives lueurs sur les murailles noircies et les lambris poudreux; la fumée de l'encens, âcre,
épaisse, parfumée, s'éleva, ondoyant en spirales grises. La sonnette
de l'enfant de chœur retentit, la foule s'agenouilla, pieuse, recueillie, et saint François de Sales, revêtu des ornements sacerdotaux,
apparut au pied de l'autel.

Qu'elles sont admirables les prières que l'Eglise adresse au
Seigneur pour les trépassés.

— « Dieu qui toujours voulez oublier les offenses et pardonner,
» nous vous supplions pour l'âme de votre serviteur à qui vous
» avez, en ce jour, ordonné de quitter le monde, de ne pas le
» livrer aux mains de l'ennemi, de ne pas le condamner au feu
» éternel, mais d'ordonner qu'il soit reçu par les anges, conduit en
» patrie céleste, parce qu'il a cru et espéré en vous... »

Ensuite, le prêtre lit les consolations touchantes que renferme
l'épître de saint Paul aux Thessaloniens :

« Nous qui vivons, nous qui sommes abandonnés sur la terre,
» nous serons aussi ravis dans les nuages, dans l'espace, devant
» le Christ, et nous serons toujours en la présence de Dieu. Ainsi
» consolez-vous mutuellement dans cette espérance. »

Après l'évangile un chœur de voix mâles et sonores entonne le
Dies Iræ.

Quel homme, fut-ce même un de ces chrétiens à la foi morte,
sans vigueur dans leur croyance, sans courage en face de l'attaque,
sans énergie dans les luttes de ce monde, quel homme a jamais
entendu sans frémir cet hymne formidable qui gronde sous les
voûtes des églises, lorsqu'un cadavre est là, gisant, qu'on va rendre
à la terre. Déjà l'âme a comparu devant le tribunal divin. Le
jugement est prononcé, irrévocable, sans appel. Pendant que l'on

prie sur la dépouille qu'elle animait, cette âme commence son éternité. Où? Près de Dieu, des anges et des saints. Le mystère des arrêts divins est inviolable. Prions.

Et l'Eglise nous rappelle, alors, que lorsque Dieu sera las de souffrir les injures de ses ingrates créatures, il anéantira son œuvre et nous appellera tous au jugement solennel..... Toutes les générations qui se sont succédé sur la terre comparaîtront devant lui... Il séparera de nouveau le bon grain de l'ivraie... Il repoussera les orgueilleux, les impudiques, les homicides, ceux en un mot qui n'auront pas observé les lois que Moïse reçut sur le mont Sinaï, les sublimes préceptes que Jésus vint enseigner aux hommes, en se faisant humble parmi les humbles, pauvres entre les pauvres, en subissant le martyre de la croix, pour obtenir de son père la rédemption du monde!

« Jour de colère sera ce jour, où le monde tombera en poussière!... Quelle terreur! lorsque viendra le Juge qui doit juger toutes choses!... La mort et la nature frémiront de stupeur en voyant toutes les créatures se lever du tombeau pour comparaître devant Lui! »

Mais ces images terribles sont adoucies par les plus suaves espérances. Le juge est sévère, mais il est juste. Sa miséricorde et sa bonté sont infinies. Un élan d'amour, un repentir sincère suffisent à la rançon de qui l'a offensé.

Doux Jésus, vous êtes mort pour moi, et pour moi, vous êtes descendu sur la terre... Daignez vous en souvenir et ne me perdez pas en ce jour... »

Dies iræ !

Oh! quel profond penseur, quel admirable poète, quel prophète inspiré a écrit ce merveilleux poëme? A quelle source a-t-il puisé ces accents terribles, quelle voix lui a dicté ces lamentations sublimes, ces humbles supplications? Celui-là était plus grand qu'Homère, plus grand que Virgile, plus grand que Dante : nous ignorons son nom, et peut-être ce nom doit-il rester inconnu jusqu'à la fin des siècles. Il dédaigna la gloire périssable et voulut sa récompense plus belle. Son œuvre vivra autant que le monde. Elle touchera bien des âmes. Elle promet, elle console, elle émeut, elle épouvante, elle subjugue. Et quand l'orgue tonne, gémit, rugit ou murmure avec elle, les cœurs les plus endurcis s'ennoblissent.

l'esprit le plus rétif est dompté, l'incrédulité la plus obstinée est vaincue, l'orgueil le plus superbe est humilié.

Quand François de Sales eut prononcé les dernières paroles de la messe : *Requiscat in pace,* il s'approcha du cercueil. Aussitôt les voix plaintives, aiguës des enfants de chœur, s'unissant aux voies graves des prêtres, s'élevèrent pour chanter cette admirable mélopée de l'âme qui demande au Seigneur de la délivrer de la mort éternelle, en ce jour de terreur où les cieux et la terre trembleront sur leurs bases, lorsque Dieu viendra juger le siècle par le feu... Jour de colère, jour de malheur et de misère, jour plein de grandeur et plein d'amertume.

La foule, émue, se pressait autour du catafalque. Les cierges flamboyaient. Un rayon de soleil blafard pénétrait à travers les vitraux et se jouait sur les dalles.

Tout à coup la voix du prêtre s'étrangle dans sa gorge... Les enfants de chœur, éperdus, s'enfuient en poussant des cris d'épouvante.

La foule effrayée recule. Un grand silence se fait.

C'est que des gémissements étouffés viennent d'interrompre les chants sacrés. C'est qu'une voix sourde appelle au secours, et que cette voix semble jaillir, à travers les planches du cercueil et les étoffes qui le drapent.

— Je suis vivant! sauvez-moi! Seigneur, je crie vers vous du fond de l'abîme.

Est-ce que la mort va rendre sa proie ?

A l'effroi succède la joie. La multitude se précipite; en un clin-d'œil la bière est dépecée par des mains frémissantes, et l'on voit apparaître, comme porté en triomphe, ce mort que l'on pleurait naguère. Chose étrange, ses cheveux étaient devenus blancs comme la neige. Il poussa un grand soupir, aspira fortement l'air imprégné des senteurs fades de la cire et du parfum de la myrrhe ; il promena un regard émerveillé autour de lui, puis s'arrachant aux embrassements de ses amis, il courut se prosterner devant le saint tabernacle.

Nous n'essaierons point d'analyser quels sentiments émouvaient et troublaient la multitude assemblée autour de ce cercueil brisé, vide, et qui, stupéfaite, contemplait cet enfant miraculeusement sauvé de la mort.

Quelques-uns partirent pour aller annoncer la bonne nouvelle à Sarah, à son père...

Lorsqu'il eut fini de rendre à Dieu ses actions de grâce, Faustin monta les marches de l'autel et se retourna vers la foule :

— Mes frères, dit-il d'une voix que l'horreur de la tombe glaçait encore, mes frères, Dieu m'a donné la vie une seconde fois, que son nom soit béni !... Nul ne saura jamais ce que mon âme a ressenti, tandis qu'enfermé là sans pouvoir faire un mouvement, j'entendais vos voix prier pour moi. Je renonce au monde, et cette vie que j'ai reconquise, je la voue au service du Ciel. François de Sales, saint entre les hommes et saint devant Dieu, recevez mon serment et mettez le comble à vos bienfaits en écartant les obstacles qui pourraient m'empêcher d'entrer dans la maison du Seigneur.

. . . .

Quand ils rentrèrent au château d'Allinges, ils trouvèrent Sarah priant auprès du corps de son père. Grégoire Mathevey avait succombé à l'excès de ses émotions.

Si jamais nous complétons cette œuvre, que des circonstances, indépendantes de notre volonté, nous condamnent à mutiler, nous ferons le récit des derniers jours de François de Sales, l'apôtre du Chablais, glorieux patron de notre Savoie.

Il vit alors, en 1622, auprès de son lit de souffrance, l'abbé Faustin, qui vint accompagné de sa sœur Sarah, comtesse de Chénemarie, de celui qu'on appelait autrefois Jacob-le-Rouge, de Flavienne, veuve d'Emmanuel de Conzié. Cinq ou six joyeux enfants, adolescents ou jeunes hommes déjà suivaient leurs mères et formaient comme une garde d'honneur à Romuald Schiffnetter. Celui-ci portait bien ses quatre-vingt-seize ans. Droit, ferme sur ses jambes, les épaules à peine voûtées, le regard vif, il réalisait le type de ces vieux burgraves ensevelis dans leur tanière des bords du Rhin. Devenu colonel-général de l'infanterie de Savoie, créé baron par le duc Charles-Emmanuel, l'humble capitaine n'avait eu nulle peine à se transformer en grand seigneur.

Les principaux personnages de ce récit eurent donc le bonheur de revoir celui qui leur avait ouvert les voies du salut, et nous n'avons rien à dire de leur histoire pendant les vingt années de bonheur qui précédèrent la mort de l'apôtre bien-aimé.

TABLE DES MATIÈRES

LIMOGES. — IMPRIMERIE DE BARBOU FRÈRES.

www.ingramcontent.com/pod-product-compliance
Lightning Source LLC
Chambersburg PA
CBHW070505030726
47503CB00004B/1170